KB261059

이유

이가서
Leegaseo publishing

이유

이채원 장편소설

차 례

1장

악몽

1

여기가 어디일까?

왜 아무것도 보이지 않을까? 왜 이렇게 어두울까? 그런데 이상하다. 몸을 움직일 수가 없다. 몸을 뒤척일 수도 고개를 돌릴 수도 손을 움직일 수도 없다.

"하나야. 우리 하나, 이제 그만 자⋯⋯. 이제 일어나야지."

아! 이건 엄마 목소리다. 엄마가 나를 깨우는 소리가 들린다.

'네, 엄마. 알았어요.'

이렇게 대답하며 벌떡 일어나고 싶은데⋯⋯ 아무 소리도 낼 수 없고 일어설 수도 없다.

도대체 무슨 일일까⋯⋯.

“하나야……”

엄마 목소리가 이상하다. 우는 듯하다.

“하나야, 엄마가 잘못했어. 인제 얼른 깨어나……”

정말 모르겠다. 난 어쩌면 자고 있었던 게 아닐지도 모른다…….
자고 있었다면, 그리고 이제 깨어난 거라면, 왜 이렇게 꼼짝도 할 수
없을까. 무슨 생각이든 떠올리려고 해도 머릿속이 텅 빈 듯하다.

“왜 자꾸 내려가? 인도에서 타.”

“인도에서는 잘 안 타져. 여기는 좋아.”

갑자기 어디선가 두리 목소리가 들린다.

그래, 이제 생각이 난다.

엄마도 할머니도 안 계셨고 두리가 바퀴 달린 운동화를 타고 싶
어 했다. 차도에서 타지 말라는데도 인도에서는 잘 탈 수 없다며
자꾸 차도로 내려갔다.

“차 다니잖아. 엄마가 그러지 말라고 했지?”

“세븐은 뒤로 타는데……”

팔짱을 낀 채 엉뚱한 말을 하는 두리를 그저 지켜보고만 있었다.
고집 피우면 오히려 말 안 듣는 걸 알기에 더 애쓰지도 않았다. 그
러고 보니 두리 실력이 늘었다. 엉거주춤 이상한 포즈로 걷기만 하
더니 제법 탈 줄 알았다.

그래, 그러다가…….

갑자기 머리가 깨질 듯이 아프다. 그래, 어떤 장면이 생각난다.

두리가 길 한가운데까지 갔고, 내가 "이쪽으로 와!"라고 소리쳤던 것 같다. 그리고 두리가 내 쪽으로 회전하려다 넘어졌다. 순간 내 몸도 움찔, 뛰어가려고 앞으로 쏠렸지만 멈추었다. 두리 혼자 일어나야 한다고 생각했다.

두리는 반쯤 일어서서 허리를 숙인 채 제 무릎을 보고 있었다. 엄살쟁이 두리의 징징거리는 소리가 들렸다. 그래도 나는 꼼짝하지 않고 소리만 질렀다.

"괜찮아. 다 그러는 거야. 어서 씩씩하게 일어나."

그때였다. 차 소리가 나서 그쪽으로 고개를 돌려 보니 커다란 트럭이 달려오고 있었다. 아주 빠르게……. 얼른 두리 쪽을 다시 보았다. 두리는 여전히 허리를 숙인 채였다.

"두리야!"

그래, 그랬다. 너무 놀라 정신없이 두리에게 달려갔고, 그때쯤 차 클랙슨 소리도 났던 것 같다. 나는 있는 힘껏 두리를 밀쳤다.

그 다음부턴 기억이 잘 나지 않는다.

내 몸이 잠시 붕…… 떠오른 것 같았고, 두리를 보려고 무지 애썼던 게 기억난다. 몸이 어딘가 아팠던 기억은 없다.

그렇다면 나는 지금 교통사고로 누워 있는 모양이다. 이곳은 병원이고. 그러고 보니 병원에서 맡게 되는 독특한 냄새가 나는 것도 같다. 아무것도 보이지는 않지만.

그런데 두리는, 두리는 어찌 되었을까? 두리는 무사할까?

덜컥, 겁이 난다.

혹시 많이 다친 것은 아니겠지?

갑자기 심장이 아주 빠르게 뛰기 시작한다. 마치 달리기를 했을 때처럼.

두리가 넘어졌을 때, 내가 얼른 가서 일으켜 세워서 인도로 데리고 나왔으면 어찌 되었을까? 사고가 나지 않았을까? 그래, 그랬을 것이다.

내 동생 두리는 초등학교 2학년인데 하는 행동은 예닐곱 살짜리로밖에 안 되어 보인다. 그렇다고 자꾸 옆에서 도와주고 대신 해 주면 늘 어린애 같을 거라는 생각이 들어서 나는 평소에도 두리에게 자꾸 스스로 뭐든지 하게끔 했다.

하지만 두리는 무언가를 하는 것이 다른 아이들처럼 쉽지는 않다.

그래서인지 엄마와 할머니는 말로는 두리 스스로가 하게끔 내버려 두자고 하면서도 번번이 대신 해 주거나 도와주는 것 같다. 특히 할머니는 말이다. 하지만 나는 두리가 서툴고 못해도 자꾸 스스로 하게 해야 한다고 생각했다.

그런데…… 이제 생각이 달라졌다. 사고가 나고 보니 그렇게 생각했던 것이 후회스럽다.

바로 가서 일으켜 세웠더라면…….

심장이 점점 더 빠르게 뛰어 터져 버릴 것만 같다.

문소리가 나고 가까이 다가오는 발소리가 들린다.

“여선아.”

누군가 엄마를 부른다.

“오늘도 아무것도 먹지 않았지? 이러다가 너야말로 큰일 나겠다. 뭐라도, 아주 조금이라도 먹자, 응?”

엄마 친구일까? 들어 본 목소리 같기도 하다.

“어쩜 장기전이 될지도 모른다면서……. 이러면 네가 어떻게 견뎌 내? 사흘째야. 그동안 물 몇 모금밖에 먹지 않았잖아.”

“내…… 가…… 어떻게 뭘, 목으로 넘기겠니?”

“정말…… 기적이라도 일어났으면 좋겠다.”

“무슨 소리야? 기적이라니, 그렇게 말하지 마. 우리 하나가 깨어날 수 없다는 말처럼 들려.”

엄마의 목소리는 작지만 너무나 단호해 찬바람이 느껴지는 것 같다. 마치 냉장고 문을 연 것처럼.

사흘. 내가 사흘 동안이나 깨어나지 않고 있다는 말인가? 많이 다쳤나 보다. 아무 데도 아프지 않은데……. 그렇게 오래 깨어나지 않고 있으니 엄마가 얼마나 걱정하고 있을지 짐작이 간다. 엄마처럼 예민한 사람이.

아마도 엄마는 내가 깨어날 때까지 아무것도 먹지 않을 것이다. 나는 다 안다. 그러다 엄마가 쓰러질지도 모른다. 그러잖아도 건강하지 못한 엄마인데, 걱정이다.

2

이건 현실이 아니다.

아이가 사흘째 깨어나지 못하고 있다.

그래, 이건 절대 현실이 아니다.

아이의 손에선 이렇게 분명한 온기가 느껴지는데…… 왜 아이는 꼼짝도 하지 않는 걸까?

아이가 '엄마'라고 부르는 소리를 이토록 간절히 원하게 될 줄 몰랐다.

설마 하나가 이대로 영원히 깨어나지 않는 일은 없겠지. 아니, 절대 그런 일은 없을 것이다. 그렇게 된다면…… 이대로 딸, 하나가 이 생의 끈을 놓아 버린다면…… 나는 결코 나를 용서할 수 없다. 도무지 살아…… 갈 수 없다.

만약 내가 그날 바로 집으로 돌아갔다면, 그랬다면…… 사고는 나지 않았을 것이다. 그랬을 것이다.

신문과 방송을 장식하는 신용불량자들, 카드 빚에 쫓기는 사람들, 그것은 남의 이야기가 아니었다. 사고가 난 날, 나는 유채동산이라 일컫는 살림살이에 대한 압류를 통보한 S카드사에 갔다.

압류되지 않으려면 대환대출을 해야 했으며, 그 절차를 밟기 위해 갔는데, 담당자와 상담해 보니 전화로 설명 듣던 것과 달라 일이 잘되지 않았다. 마녀사냥이라도 당하는 것 같았던 그곳에서의 기분을 떨쳐 버리려고 했지만, 빌딩을 빠져나와서도 미로 속의 쥐처럼 그 근처를 몇 바퀴나 돌고 있었다.

또다시 아무것도 할 수 없다는 불안감이 거대한 마력처럼 나를 옥죄었다.

해결해야 할 것은 태산인데, 정작 나 스스로 아무것도 할 수 없는 무기력한 상황, 정말이지 내 몸 안에 폭탄이라도 장치되어 있어 그대로 터져 버렸으면 싶었다.

얼마 후 주문에 걸린 듯 뱅뱅, 맴돌던 그곳에서는 빠져나왔지만 발걸음은 집으로 향해지질 않았다. 목적지는 없었지만 그저 멈추지 않고 걸었다.

그대로 집으로 돌아갔어야 했다. 카드사 사람들 때문에 감정을 소모해서는 안 되는 일이었다.

하나야. 대답 좀 해 봐, 응? 다녀오겠다고 했잖아? 그렇게 말했잖아?

"다녀오겠습니다"라고 하던 울음 섞인 딸의 목소리가 내내 귀를 때린다.

그랬다. 그날 아침, 나는 하나를 울려서 학교에 보냈다. 나도 모르게 올라간 손이 하나의 뺨을 스치고 지나갔을 때, 멈칫했지만 이미 늦어 있었다.

발단은 하나가 제 동생이 하는 질문에 짜증을 내서였다.

사실 아들이 하는 질문을 들어 주며 인내심을 갖고 차근차근 대답해 주는 것이 쉬운 일은 아니다. 어떨 때는 나도 대답을 해 주다가 짜증을 내는 게 사실이었다. 게다가 말도 안 되는 질문을 반복해서 할 때에는 솔직히 인내심을 발휘하기가 쉽지 않다.

"도대체 말도 안 되는 소리를 하니까 그렇지. 왜 나만 갖고 그래?"

딸아이에게 소리를 지른 것은 그 애의 그 말 때문이었다.

"다섯 살이나 어린 동생 하나 제대로 다룰 줄 모르는 것도 문제지만, 너, 지금 엄마한테 대드는 거야? 어디다 대고 눈을 흘기며 소리를 질러?"

"소리 지른 것 아닌데 엄마는 왜 그래⋯⋯."

딸아이는 제 발등에 시선을 둔 채 퉁퉁 부은 목소리로 대답했고, 그 말이 끝나기도 전에 내 손이 올라갔던 것이었다.

사실 그러지 않아도 되는 문제였다. 한 걸음만 물러서 보면 아무것도 아니었고 딸아이의 입장도 충분히 이해되는 상황이었다. 게다가 딸아이는 작년 겨울부터 사춘기가 온 것 같았다. 그 애도 나름대로의 특별 관리가 필요한 시기였다.

하지만 알면서 아무것도 하지 못했다.

나는 딸에게만은 유독 인색한 엄마였다.

왜 울분이나 분노가 화살이 되어 딸에게 날아갔을까.

언제부터인가 그랬던 것 같다. 더군다나 카드 빚에 시달리면서부터 난 내게 일어나는 모든 상황들을 1센티미터라도 떨어져서 볼 수 있는 여유를 잃어 버렸다. 내게 일어나는 일들을 가려보지 못하게 된 것이다. 모든 상황은 바로바로 날카로운 비수가 되어 날 찔렀고 나는 몸을 비틀며 비명을 지르곤 했다.

하나는 눈물 바람으로 현관문을 나서면서 "다녀오겠습니다"라고 말했지만, 나는 아이와 눈도 마주치지 않았다. 그때는 화가 나서가 아니었다.

그것이 딸아이의 마지막 모습이었다.

"여선아."

누가 어깨를 잡는다. 미란이다.

사람들로부터 점점 멀어져 이제 섬처럼 살고 있지만 유일하게 아직 곁에 있는 친구, 초등학교 선생님인 미란은 하나가 사고로 입원한 후, 매일 병원에 와 주었다.

미란은 아무것도 먹지 않는 나를 걱정한다. 하지만 난 아무것도 먹을 수가 없다.

기적이 일어나기를 바란다는 미란의 말이 오히려 나를 두렵게 한다. 기적을 갈망한다는 것은 곧 현 상황이 불가능한 상황이라는 것을 인정하는 것만 같아서.

"무슨 소리야? 기적이라니, 그런 말 하지 마. 우리 하나가 일어날 수 없다는 말처럼 들려."

"그런 게 아냐. 어서 깨어났으면 해서……."

"알아."

신경이 날카로워질 대로 날카로워져 있음을 안다. 하지만 내 신경 따위야 끊어지든 폭발해 버리든 상관없다. 하나만 깨어난다면.

"오늘은 금방 가야 해. 별 도움이 안 되어도 네 옆에 있어주고 싶은데…… 시숙 생일이라서 식구들이 모여."

"고마워. 괜찮으니 어서 가 봐."

"그래. 기운 내. 내일은 기쁜 소식이 있을 거야."

"으응……."

미란의 말에 금세 눈자위가 뜨거워진다.

그래, 내일은 우리 하나가 일어날 거야. 일어나서 자우림 노래가 듣고 싶다고 할 거야. 그렇지, 하나야?

3

미란 아줌마가 왔다가 갔다.

미란 아줌마가 나가고 난 뒤 엄마가 다시 내 손을 잡는다. 내 오른쪽 두 번째 손가락에 뭔가 딱딱한 것을 씌워 놓은 것 같다. 엄마는 두 손으로 내 손을 꼭 감싸고서 자기 얼굴에 갖다 댄다.

"하나야, 안 돼. 알지? 이대로 가면 절대로 안 돼. 하느님, 제발…… 우리 하나 깨어나게 해 주세요."

손이 축축해진다.

엄마가…… 울고 있다.

곧이어 엄마의 얼굴이 무게를 싣고 손 위로 포개진다. 엄마가 엎드린 모양이다. 이제 눈물만 아니라 소리까지 섞여 흐른다. 엄마가 울음을 참으려고 애쓰는지 느낌이 생생하게 전해진다.

엄마 입술을 헤집고 나와서 엄마와 내 손가락 사이를 비집고 터져 나오는 울음소리는 갇혀 있는 짐승이 가시 우리를 뚫고 나오기 위해 내는 소리처럼 처절하다. 그래서 울음소리는 더욱 괴상하고, 마치 날카로운 칼처럼 내 몸 여기저기를 찌른다.

사실 엄마는 강한 척하고 울보가 아닌 척하지만 나는 다 안다. 엄마가 울보라는 사실을.

혼자 맥주를 마시고 난 밤, 양손에 각각 내 손과 두리 손을 잡고 누워서 노래를 부르면서 눈물을 흘리던 엄마. "난 영화배우가 되었어야 해. 감정이입이 이렇게 잘돼"라고 말하지만 엄마가 노래 때문에 우는 것이 아니라는 사실을 나는 알고 있었다.

슬픈 내용의 비디오를 빌려와 아예 휴지통을 옆에 갖다 두고 눈이 퉁퉁 붓도록 울면서 엄마는 영화 때문이라고 말하지만 울고 싶은 날 빌려온 비디오라는 것도 알고 있었다.

두리에게 동화책을 읽어 주면서도 목이 잠기는 엄마, 누군가와 전화로 안 좋은 이야기를 주고받은 뒤에나 두리 때문에 속상할 때면 화장실에서 오래오래 세수를 하던 엄마.

"하느님, 필요하다면 제가 대신 아플게요. 제 몸을 대신 가져가

시고 하나를 온전하게 돌려주세요.”

엄마의 목소리가 가늘게 떨린다.

할머니는 일요일마다 성당에 가지만 엄마는 가지 않는다. 그런데 지금 기도를 하고 있다.

나도 어서 일어났으면 좋겠다. 그래서 엄마랑 이야기하고 싶다. 하지만 엄마가 나 대신 아픈 건, 그건 나도 싫다. 그냥 내가 빨리 깨어났으면 좋겠다.

엄마는 사실 자주 아팠다. 겉으로 보기에도 바람 불면 날아갈 것처럼 마른 엄마는 몸도 무지 약해서 밥보다 약을 더 많이 먹었다. 약을 안 먹는 날보다 먹는 날이 훨씬 많을 정도였다.

수술도 두 번이나 했고, 과로와 신장염 때문에 입원을 한 적도 몇 번이나 있었다.

작년에 장 절제 수술을 받을 때는 정말 많이 놀랐다.

“배가 너무 불러. 무슨 문제가 있는 거야.”

토요일부터 배가 아프다던 엄마는 일요일에는 참지 못하고 응급실에 갔지만 그저 장염이라는 진단을 받았다. 하지만 월요일 아침, 눈으로 봐도 확실히 표가 날 만큼 엄마 배는 불러 있었다.

장염이 아니었고, 무슨 병인지 정확히 모르지만, 대장과 소장을 자르는 수술을 급하게 받아야 했다. 배가 부른 것은 복수가 차서라고 했다.

수술은 예상보다 2시간이나 초과하여 5시간 30분 정도 걸렸고,

평소에 혈압이 높았던 엄마는 그날 밤에 쇼크 상태에 들어가 병원 사람들을 긴장시켰다고 했다. 만약을 대비해서 가족이 와 있어야 겠다는 말을 듣고, 두리와 나 때문에 집으로 와 있던 할머니는 우리를 깨우면서부터 울기 시작했고, 병원에서도 연신 눈물을 찍어 냈다.

그날 밤, 나는 엄마 코에 산소 호흡기가 꽂혀 있는 걸 보면서 엄마가 죽을지도 모른다는 말은 거짓말이라고 생각했다. 절대 그런 일은 없을 거라고 생각했다. 얼마나 힘을 주고 입을 다물고 있었는지 나중에 어금니 쪽 볼이 아팠다. 엄마가 다시 깨어날 때까지 우리에게는 일분일초가 죽음 같았다.

그런데 그렇게 약골인 엄마가 대신 아프겠다니 말도 안 된다. 또 그때처럼 위험해지면 어떻게 하는가 말이다.

"하나야, 엄마가 잘못했어……. 인제 그만 일어나……. 다 엄마 때문이야. 네가 깨어나지 않으면 엄마는…… 엄마는……."

엄마가 또 소리 내어 운다.

왜 엄마가 자꾸 미안하다고 하고 엄마 잘못이라고 하는지 모르겠다. 엄마가 트럭 운전사도 아니면서 말이다. 아마 엄마는 늦게 온 것 때문에 그러는 건지도 모른다. 그렇다고 엄마 잘못은 아니다. 엄마는 가끔 이렇게 터무니없이 감상적이다.

"엄마가 하나 사랑하는데……. 하나, 그거 알지? 사랑하는 거 알지?"

갑자기 나도 울고 싶어진다. 물론 나는 엄마가 나를, 우리를 얼마나 사랑하는지 알고 있다.

엄마가 가끔 화를 내고 신경질을 부리고 잔소리를 할 때는 엄마에게 화가 나기도 했다. 특히 두리 때문에 억울한 말을 들을 때는 속상했다.

엄마는 사실 할머니와 달리 조용한 편이었다. 큰소리도 내지 않고 무슨 일이 생기면 말로 설명을 잘해 주는 편이었다. 그런데 가끔 신경질을 부리거나 소리도 지르고 심지어 때리기까지 했다. 그렇게 평소와 다른 엄마의 난폭한 모습을 볼 땐 무섭기도 했고, 나도 소리쳐 울고 싶기도 했다.

하지만 엄마가 나를, 우리를 사랑한다는 사실을 의심한 적은 없었다. 그런 엄마가 가끔 돌변하는 것은 너무 많이 힘들기 때문이라고 생각했고, 그래서 참으려고 노력했다.

엄마는 우리를 아빠 없이 7년 동안 키우고 있다.

엄마가 혼자 힘으로 우리를 키우며 살아가는 일이 얼마나 어렵고 힘들지 조금은 짐작하고 있다. 특히 요즈음은 엄마가 돈 때문에 몹시 힘들어하는 것 같다. 엄마가 할머니랑 나누는 대화에서 그것을 알아차릴 수 있었다.

얼마 전에는 어떤 아저씨들이 우리 집까지 찾아와서 엄마랑 목청을 높인 적이 있었다. 카드 회사에서 나온 사람들이었다.

그 아저씨들은 엄마에게 나쁜 사람이라고 했다.

"어떻게 된 게 남의 돈 쓰고 안 갚는 사람이 발 뻗고 자는 세상이야."

목소리가 되게 큰 그 아저씨는 혼잣말을 하면서 우리 집 이곳저곳을 둘러보았다.

"어서 두리 데리고 방에 들어가."

엄마의 목소리는 아주 낮았고 얼굴은 숨을 쉬고 있지 않는 사람처럼 보였다. 난 얼른 두리의 손목을 잡고 작은방으로 들어갔다.

할머니가 안 계셔서 속상했다. 목소리도 크고 엄마보다 훨씬 씩씩한 할머니가 있었더라면 어쩐지 안심될 것 같았다.

"쓸 때는 기분 좋게 쓰고 왜 안 갚는 겁니까?"

"카드사는 뭐, 땅 파서 장사합니까?"

아저씨들의 목소리가 점점 커졌다.

"목소리 낮추세요. 애들 있는 게 안 보여요?"

엄마 목소리가 날카로워지고 있었고, 방 안에서 귀를 곤두세우고 있는 내 가슴은 두근거렸다.

"그러니까 책임을 져야지요. 애들 걱정하시는 분이 이런 모습을 보이면 애들이 뭘 보고 배우겠습니까?"

"압류 진행해야겠군. 손해 보더라도 진행하자고. 나쁜 사람들은 세상 뜨거운 맛을 좀 봐야 해."

나도 모르게 주먹이 쥐어졌다. 눈물이 나올 것 같았다.

"엄마 가 보자."

두리가 방문을 열고 나가려고 했다.

"이리 와."

얼른 두리를 잡아당기고 문을 닫았다.

잠깐 동안 문틈으로 본 엄마는 양팔을 엑스 자로 해서 자기 몸을 껴안고 있었다. 떨고 있는 게 분명했다.

"컴퓨터, 침대, 냉장고, 텔레비전, 카펫까지 모두 다 해당되는 거 아시죠?"

"남의 돈 쓰고 안 갚으면 그게 사기꾼 아뇨?"

그 말을 듣고는 정말이지 너무너무 화가 났다. 당장 나가서 그 사람들에게 그런 말 하지 말라고 소리를 지르고 싶었다. 하지만 나는 두리를 꼭 붙들고 가만히 서 있었다. 온몸이 떨려서 이를 꽉 악물었다. 엄마도 나랑 같을 거라는 생각이 들었다.

두리가 '갈 거야. 갈 거야' 하면서 자꾸 몸을 버둥대었다.

"가만히 못 있어? 엄마 화내면 좋아?"

무섭게 말했지만 사실 나도 나가고 싶었다. 나가서 엄마 옆에라도 서 있고 싶었다. 아무것도 할 수 없더라도 그저 서 있기라도 하고 싶었다. 하지만 방에서 한 발자국도 나갈 수가 없었다. 나랑 두리가 그 사람들을 보는 것을 엄마가 너무나도 싫어할 것을 잘 알기 때문이었다.

그날 밤, 잠결에 화장실에 가다가 엄마가 베란다에 앉아 있는 것을 보았다. 어둠 속에 혼자 앉아 있는 엄마를 보니 갑자기 숨이 콱 막혔다. 이사 가기 위해 싸 둔 이부자리처럼 동그랗게 몸을 말고 있는 엄마에게 다가가 등을 꼭 껴안으며 힘내라고 말하고 싶었지만, 나는 꾹 참았다.

지금도 엄마에게 힘내라고 말하고 싶은데…….

엄마 마음 다 아니까 쓸데없는 걱정 말라고 하고 싶은데……. 지금은 참고 싶지 않은데…… 난 지금 아무 말도 할 수가 없다.

솔직히 엄마가 걱정할 것이 한두 가지가 아니라는 걸 난 안다. 걱정이라는 단어가 떠오르자 돈이라는 단어가 금방 뒤따른다.

안 그래도 돈 없는데 혹시 병원비가 많이 나온 건 아닐까? 교통사고가 나면 운전한 사람이 병원비를 대 주는 거겠지?

병원에 입원해 있으면서도 원고를 쓰다가 할머니한테 잔소리를 듣던 엄마 얼굴이 떠오른다. 이것저것 골치 아플 텐데, 나 때문에 시간을 뺏겨 일도 못할 테니 속상하겠다.

그런데 정말 운전한 사람이 병원비를 전부 다 대 주는 걸까? 일부라도 엄마가 내야 하는 것은 아닐까? 그럼 엄마가 너무 힘들겠다. 내가 빨리 일어나야 엄마가 걱정을 한 가지라도 덜 텐데……. 나도 어서 다 낫고, 엄마를 힘들게 하는 빚도 어서 해결되면 좋겠다. 그래서 엄마가 환히 웃을 수 있는 날이 빨리 왔으면 좋겠다.

엄마는 모를 것이다. 엄마의 웃는 얼굴이 얼마나 예쁜지. 엄마는 웃을 때 눈까지 웃는데, 그 모습이 참 예쁘다.

어른이 되면 돈을 많이 벌어서 엄마를 내내 웃게 해 주고 싶다.

엄마는 충분히 그래야 한다.

4

“아직……. 하지만 곧 깨어날 거예요. 그죠?”

수화기 저편에서 어머니가 긴 한숨을 내쉰다.

두리랑 집에 있으면서도 마음은 병원에 와 있다는 것을 안다.

“여선아.”

어머니의 부름에 얼른 대답하지도 못한다.

“마음 강하게 먹어. 너까지 쓰러지면 안 돼. 당기지 않더라도 뭐 좀 먹고. 체할 것 같으면 소화제 갖다 놓고서라도 먹어.”

“…….”

“내가 늘 그랬지? 우리한테는 몹쓸 큰일 같은 건 안 생긴다고. 걱정 마. 걱정 마, 알았지?”

어머니의 주술 같은 다짐을 들으며 나는 고개를 계속 주억거린다. 어머니의 말이 아무런 근거가 없더라도 사실이어야 한다.

그래, 큰일은 안 생겨, 우리 가족에겐. 하나는 곧 깨어날 거야.

하나의 손을 다시 세게 잡는다.

이 세상에 자기 손을 이토록 간절하게 잡고 있는 사람이 있다는 걸 느낀다면, 엄마가 얼마나 절실하게 자기를 원하고 있는지 느낀다면, 하나가 깨어날지도 모른다.

눈도 마주치지 않고 보낸 아침이 하나와의 마지막일 수는 없다, 절대로.

두근두근, 조바심이라 표현해야 하나? 가슴속에서 빠른 템포로 작은 북들이 울리는 것 같고, 한쪽 가슴에서 심한 통증이 느껴진다. 아파서 자꾸 손이 간다. 나도 모르게 그 부위를 탁탁 친다.

하나야, 절대 안 돼. 이대로 엄마 손 놓아 버리면 안 돼. 알지?

아이의 뺨을 때렸을 때 손에 전달되던 느낌, 온갖 감정의 색이 뒤섞여 붉어져 있던 아이의 눈빛이 고스란히 되살아나 쇠 표창처럼 가슴에 꽂힌다.

언제부터였을까. 나는 아이를 때리고 있었다. 과하게 야단치고 화내는 것도 부족해 아이를 때리고 있는 자신을 발견할 때마다 얼마나 소스라쳤는지 모른다.

지난 몇 년 동안 아이에게 참으로 난폭하게 굴었다. 어이없는 일로 화를 내고 억지를 부렸다. 그렇게 아이에게 터무니없이 모질게 굴고 돌아서면 몇 발짝 못 가서 마음이 아리고 아려서 아무것도 못하고 전전긍긍했다.

기가 막히는 것은 혓바닥을 깨물 만큼 후회하고서도 또다시 이성을 잃어버린다는 거였다. 다시는 감정을 실어 아이에게 심하게 굴지 말자, 내 인생이 성에 안 찬다고 괜히 아이 삶에 욕심 부리지 말자, 다짐하면서도 또다시 같은 잘못을 저지르고 또 같은 반성을 하는 못난 엄마가 나였다.

무엇이 나로 하여금 서서히 미쳐 가게 한 것일까.

하지만, 그래도 그땐 기회가 있었다. 자는 아이 곁에 누워 꼭 껴안으며 귓가에 대고 속삭일 수 있었다.

"미안해, 그리고 사랑해! 우리 딸."

그러면 대답이라도 하듯 아이는 뒤척이며 내 쪽으로 돌아누워 팔을 감아 왔었다.

아이를 마음 아프게 한 날이면 하교 시간에 맞춰 교문 앞에서 기다릴 수도 있었다. 나를 발견하고 대번에 함박웃음을 지으며 바람개비처럼 뛰어오는 아이에게 "일이 있어서 근처에 왔었어. 남학생들 본다. 좀 예쁘게 걸어"라고 괜한 핀잔을 주면서 주위를 두리번거리며 슬그머니 아이의 손을 잡을 수도 있었다.

아이로 하여금 애꿎은 눈물을 흘리게 한 날 저녁, 보고 싶은 영화 줄거리를 쓰고 주말에 보러 가자는 내용의 메일을 부칠 수도 있었다. 당장 문자메시지로 "ㅇ ㅋ * ^ ^ *……"라는 답장을 보내고서도 몇 분 지나지 않아 방문을 빠끔히 열고 "엄마 진짜지?"라며 헤헤거리던 아이의 얼굴을 볼 수도 있었다.

그렇게 서로의 눈을 보면서, 서로의 목소리를 들으면서 사과든 용서든 나눌 수 있었기에 이처럼 안타깝지는 않았다. 다시 뭐든지 함께할 수 있었기에 이처럼 속이 타들어 가지는 않았다. 이처럼 피를 쫙쫙 말리는 절절한 후회는 안 들었다.

사과를 하든지 변명을 하든지, 혹 더 상처를 내든지 함께하는 시간 속에서 나눌 수만 있다면 괜찮다. 다 괜찮다.

그랬다. 아이에게 용서를 구할 시간이 없을 수도 있다는 생각을 미처 하지 못했다. 아이를 더 많이 사랑할 수 있는 시간이 없을 수도 있다는 생각은 차마…… 하지 못했다.

아아…….

생각할수록, 애한테 못할 짓을 왜 이리 많이 했을까.

내 삶이 힘든 것이 아이의 탓이 아니거늘, 아이 때문에 내 어깨가 더 무거운 것이 아니거늘, 어느새 아이에게 마음 놓고 투정을 부리고 있었다.

두렵다. 무섭다. 심장이 쪼그라들거나 터져 버릴 것만 같다. 행여나 아이가 내게 다시는 기회를 주지 않고 가 버릴까 봐, 야단맞고도 금방 헤헤거리며 얼굴에 떠올리던 웃음을 다시는 보여주지 않을까 봐 너무 두렵다.

이제 아이가 깨어나면 말할 것이다. 엄마가 나약해서 삶의 현기증을 느낄 때마다 애꿎은 우리 딸에게 투정 부렸다고, 이젠 더 이상 나약해지지 않겠다고. 그리고 아이의 머리를 오래오래 꼭 안아 줄 것이다.

하나야! 엄마에게 그럴 수 있는 시간을 줄 거지, 응?

순간, 뒷주머니에서 진동이 느껴진다. 핸드폰이다.

"여보세요."

"S카드의 이민석입니다."

어머니와의 연락 때문에 핸드폰을 꺼 놓지 못했다.

"어떻게 생각 좀 하셨습니까?"

무슨 생각을 하란 말인가, 아이가 사경을 헤매고 있는데.

울컥, 울화가 치민다. 그들이야 연체자들 개개인의 사정을 일일이 알 수도 알 필요도 없겠지만 말이다.

"무슨 생각이요. 당분간 아무것도 할 수 없다고 했잖아요."

"도대체 왜 그러십니까? 쓸 때는 기분 좋게 쓰고 나 몰라라, 배째란 말입니까? 정말 사람들이 왜 이 모양들인지. 시간을 드렸으면 성의를 보이셔야지요. 책임감도 없습니까? 버티면 된다고 생각합니까? 세상이 그리 호락호락합니까?"

시끄럽다. 남자의 목소리가 너무너무 시끄럽다. 핸드폰에서 남자를 끄집어내고 싶다.

"정말로 법적 조치를 할 수밖에 없습니다. 나중에 딴말 마세요."

"협박하셔도 전 힘이 없어요."

"뭡니까? 협박이라뇨? 전 설명을 하는 것뿐입니다. 그래도 말귀 알아듣는 사람 같아서 잘해 줬더니, 영 안 되겠네. 스스로들 대접받기를 거부하면서 당연히 할 말을 하면 심하다느니 어쩐다느니 난리들이야. 그러니까 못 갚겠다, 이 말이야?"

이제 반말이 되어 버린 남자의 목소리가 들리지만 난 아무 느낌이 들지 않는다. 아무런 감정조차 생기지 않는다. 아이가 깨어나지 않고 있을 뿐이다.

"알았어요. 마음대로 하세요."

전화를 끊는다. 그리고 파워 버튼을 누른다. 있는 힘껏, 아주 길게. 마치 바퀴라도 죽이듯이.

그리고 여전히 죽은 듯이 누워 있는 아이를 간절하게 바라본다.

2장

공간

1

"얼굴이 왜 그 모양이에요? 정말 늘 아슬아슬해."

김 사장이 나를 요모조모 뜯어보는 눈빛을 하고 묻는다.

"아이가…… 사고를 당했어요. 교통사고……. 오늘이 나흘째예요. 깨어나지 않아요."

내 목소리가 낯설다. 내가 아닌 다른 사람이 말하는 것 같다. 마치 복화술을 하는 것처럼.

"어떻게 그런 일이……."

"이제 곧 깨어날 거예요."

김 사장이 뭐라고 다른 말을 할까 봐 나는 얼른 말을 덧붙인다.

김 사장하고는 미리 약속이 되어 있었다. 새로운 일을 시작하기로 했다. 대필 작가가 자주 필요한 출판사여서 종종 함께 일을 해 왔다. 그러고 보니 남의 글을 참 지긋지긋하게도 많이 썼다. 빨리, 많이 써 버리면 남의 글을 안 쓰고도 살아갈 수 있을 줄 알았다.

그런데 왜 나는 지금 여기 있을까.

요 몇 달은 정말 지옥이다. 아니 사실, 몇 달이 아니라 몇 년 동안인지 모르겠다. 순간순간 잊고 지낼 때도 있었지만 어느덧 주위를 둘러보니 지옥에서 버둥거리고 있었다.

어떻게 하다가 이렇게 되었을까.

내가 서 있는 인생의 좌표가 여기가 될 줄 몰랐다.

내 인생이 내가 연출하는 대로, 마음먹은 대로 움직여준 것은 푸르도록 젊었던 그 시절뿐이었던 것 같다. 그 이후로는 아무리 기를 쓰고 잡아당기거나 버티어도 어디론가 원하지 않는 곳으로 떠밀렸다.

어쩌면 나 스스로 모래 폭풍 가까이 갔던 것인지도 모른다. 모래 폭풍 가까이 간 다음에는 말려들어 가지 않으려고 발버둥이를 쳤지만 이미 때는 늦어 있었다. 그랬을지 모른다. 인생이 저 혼자 뚜벅뚜벅 걸어 다니지는 않을 테니까.

나는 글을 쓰고 싶었다. 아주 어렸을 때부터. 그냥 내 몸이 이렇게 생긴 것처럼 자연스럽게 글을 쓰고 싶었다. 반찬이 아니라 아주 맛있게 잘 지어진 밥 같은 이야기를 들려주는 작가가 되고 싶었다.

초등학교 때는 내가 지어내서 하는 이야기가 재미있다며 주위엔 친구들이 늘 빙 둘러앉아 내 작은 얼굴을 쳐다봐 주고 있었다.

푸르른 시절 동안 정말 열심히 습작했고, 그 푸름이 절정이던 나이에 소설가로 등단했다. 그리고 사람들이 읽고 싶어 하는 이야기를 쓰겠다고 소망했다. 그런데 그 소망은 아직 이루어지지 않았다. 내 이름을 달고 나가는 내 작품을 제대로 쓰지 못한 것이다.

사는 일에 떠밀려서라고 하면 너무 빈약한 변명일지 모르겠다. 하지만 내겐 그것이 분명 이유였다.

그런데 대필과 리라이팅을 주로 하며 고스트라이터라는 이름으로 살면서 솔직히 마음 한구석이 늘 편치 않았다.

내 이름을 달고 나오는 책……, 그것이 무엇일까.

대필 작가라고 당당하게 말하기 시작한 것은 두리가 장애를 가지고 있다는 사실을 알고 난 뒤부터였다.

두리 때문에 내가 가지고 있는 탤런트에 감사하기로 했다. 아이와 함께 시간을 보내면서도 경제활동을 할 수 있다는 사실 때문이었다. 아이가 나를 필요로 할 때 거의 대부분 함께 있을 수 있어서 얼마나 다행인지 몰랐다.

그리고 다짐했다. 대필이든 무엇이든 내가 할 수 있는 일이라면 뭐든지 해서 두리를 기필코 다른 아이들처럼 만들고 말겠다고. 아니다. '다른 아이들처럼'이 아니라 자신의 자리를 차지하고 밝은 곳에서 다른 사람들과 어울려 살도록 만들겠다고.

그런데 왜 이렇게 되었을까. 1년의 3분의 2는 요일 개념도 없이 열심히 살았는데, 무엇이 잘못되었던 걸까.

"부탁한 거 준비했어."

김 사장이 봉투를 꺼내 탁자 위에 놓는다.

새로 시작한 일의 원고료를 미리 받기로 한 것이다. 하나가 사고 나기 전에 한 약속이었다. 탈고하기도 전에 원고료를 전부 다 지불해 주는 것은 예외적인 일이었다.

"이런 말, 해도 되는지 몰라. 이번 책은 워낙 시간이 빠듯해서, 원고 나온 다음에 수정하는 기간이 짧아야 해. 그래서 정 작가에게 부탁하는 거야. 정 작가를 믿으니까. 그래서 선례에도 없는 원고료 선지급을 하기로 한 거고. 그런데 일이 생겼다니 걱정이네. 원고 쓰는 데 지장 없겠어?"

김 사장의 목소리가 모기 소리 같이 들린다.

아이는 깨어났을까. 혹시 깨어났는데 아무도 곁에 없어서 다시 끈을 놓아 버린 건 아닐까.

"아뇨, 절 아시잖아요. 시간 안 어길게요. 이렇게 먼저 신경 써 주셨는데……."

"그래, 그래. 정 작가 스타일이야 내가 알지. 그나저나 애가 빨리 좋아져야 할 텐데……. 별일은 없겠지?"

왜 김 사장의 말이 기원처럼 들리지 않을까.

이런 것만 봐도 내가 위태롭다는 걸 알 수 있다. 어느덧 아무것도 진심으로 받아들일 수 없는 가슴이 되고 말았다.

아이 핑계를 대며 돈 봉투를 쥐고 얼른 일어난다.

밖에 나오니 비가 내리고 있다.

병원에서 나올 때는 비가 오지 않았다. 이번 여름은 비와 함께 시작되어 비와 함께 흐르고 있는 것 같다.

검게 짙어진 아스팔트를 보면서도 망설임 없이 그대로 발을 내딛는다.

거리의 사람들이 우산 아래서 좁은 보폭으로 걷고 있다. 혼자 혹은 둘씩, 우산 안에서의 사연들이 벌레 소리처럼 멀어졌다 가까워졌다 한다.

내 딴에는 빨리 걸어 보지만 점점 거리는 넓어지고 그만큼 나는 작아진다. 색색의 우산들 사이에서 나는 한 점으로 고립된다.

"주말엔 비가 안 와야 할 텐데……."

"그러게. 안 온다고 하긴 했는데……. 장모님 모시고 가는 첫 여행인데……."

머리 위로 굵은 물방울을 떨어뜨리며 지나가는 파란 우산 속에서 들리는 남자의 목소리가 마치 폐쇄된 공간에서처럼 울려 나온다.

괜히 허둥대는 마음으로 택시 승강장 쪽으로 움직인다.

빨리 가야지. 우리 하나가 날 찾기 전에 가야지.

비 오는 탓인지 택시는 더 안 잡힌다.

겨우 택시에 올라타자 기사가 달갑지 않은 목소리를 낸다.

"다 맞으셨네요. 요즘 우산은 필순데. 시트가 젖으면……."

"죄송해요, 기사님."

그 말을 하고 얼른 쏟아지는 빗줄기에 시선을 둔다. 기사가 인상을 쓰든지 말든지 상관없다. 아무튼 기사는 나를 병원으로 데려다 줄 것이다. 그러면 된다. 그 외는 아무것도 상관없다.

돈 봉투가 들어 있는 가방의 무게가 무릎을 누른다.

돈의 위력은 생각보다 강하고 치밀하다. 어느새 내 구석구석을 점령하고 있지 않은가.

지금까지 원고료는 은행 온라인을 통해 받았지 이렇게 직접 받은 적이 없었다. 통화를 했을 때, 별 설명을 하지 않아도 김 사장은 송금하는 대신 직접 만나서 주는 번거로움을 택해 주었다.

카드 빚을 연체하게 되자 거래하던 은행의 통장을 사용할 수 없었다. 카드 결제하던 통장 말고 새로운 통장을 만들면 되겠지만 아직 통장을 만들지 못했다. 빨리 새 통장을 만들지 못하는 이유는 어쩐지 내 이름으로 된 통장이면 그 안의 돈까지 빼앗아 갈 것만 같아서였다. 그렇지 않다는 것을 알면서도 심정적으로 그런 기분이 들었다. 카드사 입장에서야 어떻게든지 받아야 할 돈, 돈이 생기면 일부만이라도 빚부터 갚아야 한다고 생각하겠지만 나로선 당장의 생활비였다. 방세 낼 돈이고, 쌀 살 돈이고, 애들 연필 살 돈이고, 아프면 병원 가야 할 돈이었다.

사실 원고료를 받으면 급한 불이라도 끌 생각이었다. 대환대출로 돌려서 한 달치라도 내든지 일부만 내고 연장을 해 달라고 하든지 할 참이었다. 그렇게 하면 빚 독촉에서 조금은 벗어날 수 있을 것 같았다. 도대체 난 추심 전화나 방문을 견뎌내는 것이 너무 버겁다.

원고라도 쓰고 앉아 있을 때, 그런 전화를 받으면 다시 원고에 집중하는 데 최소한 30분은 걸렸고, 어떨 때는 한나절 내내 마음을 잡지 못했다. 나보고 약해 빠졌다고 하지만 어쩔 수가 없었다. 어떡하든 벌어서 갚아야 하는데 일을 못하게 되는 꼴이었다. 그래서 가능한 한 재촉을 받지 않아야 했다.

내가 택할 방법이 돈으로 따지면 또다시 바가지를 왕창 쓰는 일이라 할지라도 어쩔 수 없었다. 하지만 그런 방법조차 택할 수 없는 상황이라 그냥 있었던 것이다. 그런데 김 사장에게 받은 돈은 대환대출로 돌릴 수도 없게 되었다. 딸아이의 병원비로 들어가야 하니까.

삶은 늘 생각지도 못한 복병이 기다렸다는 듯 나타나고, 그 복병의 공격은 거의 성공한다.

딸아이를 친 차는 뺑소니를 쳤다.

그리 늦은 시간도 아니었는데 주변에 사람이 없었고, 딸은 깨어나지 못한 채이고, 두리는 제대로 설명해 주지 못했다. 승용차가 아니라는 것만 알아낼 수 있었다.

도무지 고통에는 최고봉조차 없나 보다.

빗줄기가 점점 굵어지고 있다.

소리가 들리지 않는 차창 밖의 풍경이 참으로 비현실적으로 느껴진다. 아니, 모든 것이 실제 상황 같지 않다. 비를 맞고 택시에 앉아 하나에게 달려가고 있는 나도, 눈앞에서 움직이고 있는 거리의 사람들도 다 거짓 같다.

호흡이 빨라진다.

아무 생각도 말자. 지금은 아이를 빨리 데려오는 일만 생각하자.

아이만 깨어나 준다면, 뭐든 할 수 있을 것 같다.

사람이 얼마나 간사해질 수 있는지, 얼마나 나약한지, 바보처럼 이렇게 때를 놓친 후에야 깨닫고 있다. 아무것도 할 수 없다며 죽고 싶다고 절규했는데, 실제로 아이가 생의 끝에 서 있게 되자 이제야 뭐든지 할 수 있다고 절규하다니, 생으로 완전히 돌아서기를 이렇게 간절히 바라다니…….

어리석고 어리석은 자.

핸드폰을 꺼내 들어 어머니에게 전화를 건다.

"두리 데리고 병원에 좀 오세요."

"괜찮을까? 작년에 너 수술했을 때 많이 울어서 힘들었는데……. 그 뒤로 또 한참 동안 병원 갈 때마다 힘들었잖아."

어머니가 내 말을 듣고서 한숨 끝에 덧붙인다.

"괜찮을 거예요. 두리가 오면 하나가 깨어날지도 모른다는 생각이 들어요. 하나가 두리 귀찮아하면서도 얼마나 끔찍이 위했어요?

자기가 보호자였어요. 내가 두리에게 화내거나 안은 채 울고 있으면 애 놀란다며 자기가 데리고 가고……."

그 말을 하는데 목이 또 멘다.

"알았다. 곧 가마."

수화기 저편의 어머니의 목소리도 젖어 있다.

하지만 나는 핸드폰을 접으며 터져 나오려는 눈물까지 막아 버린다. 훌쩍거리고 있을 수 없다. 핸드폰을 꽉 쥔 채 주먹으로 무릎을 탁탁 친다.

차가 왜 이렇게 더디게 가는 걸까.

왜 이렇게 불안할까.

길도 막히지 않는데 왜 이리 마음이 급한지 모르겠다. 앉은 채로 뛰고 싶을 만큼.

입술을 만지던 손가락 끝에 미끌미끌한 것이 느껴진다. 피다. 입술을 너무 뜯어서 피가 나 버린 모양이다.

손등으로 쓱 닦아 내자 선명한 붉은빛이 붓끝으로 그리듯 그려진다. 얼른 아랫입술을 입 속으로 말아 넣는다. 짭짤하고 비릿한 피 냄새…….

그랬다. 내 몸엔 아주 정상적으로 피가 돌고 있다.

나도 모르게 입술을 세게 문다. 약간의 통증을 느끼면서 바라보는 하늘은 하늘 같지 않고 거대한 회색 벽 같다.

2

병실 문 앞에 서서 잠시 호흡을 가다듬는다.

제발!

다행히 하나는 병실에 얌전히 누워 있다. 하나를 붙들고 있는 기계들도 정상적으로 작동하고 있다. 순간 안도의 숨을 내쉰다. 하지만 연이어 나를 점령하는 것은 표현할 수 없는 안타까움이다.

여전히 정지된 화면처럼 누워 있는 하나.

'하나야, 언제 엄마 눈을 마주 봐 줄 거니?'

하얗다 못해 푸른빛이 도는 하나의 얼굴을 한없이 보고 있는데 진동이 느껴진다. 어머니 전화다.

"병원 현관이야."

"네, 병실 쪽으로 오세요. 제가 나가 있을게요."

곧장 병실로 데려오기 전에 두리에게 이야기를 해야 한다는 생각에 복도로 나가 기다린다.

가능한 한 혼란스러워하지 않도록 주의해야 하는 우리 아들 두리. 늘 규칙적인 시간표대로 움직이는 아이. 지금 같은 정도에 도달하기 위해 우리 가족이 흘린 눈물이 얼마나 될까.

자폐아.

두리는 자폐증 진단을 받았다. 다행히 경미해서 어떻게 노력하느냐에 따라 어쩌면 거의 표가 나지 않을 만큼 호전될 수도 있다고 했지만, 그조차 말처럼 만만치 않았다. 겪어 보지 않으면 알 수 없는 미묘한 막막함과 결핍감, 나는 두리와 함께 몇 년을 걸어오면서 그것을 느꼈다.

우리 두리는 다른 아이들과 다를 뿐이다, 그렇게 생각하려고 자신을 다그치고 또 다그쳤다. 부족하거나 이상한 것이 아니라 다를 뿐이다. 하지만 그 다름으로 해서 아이도 나도 얼마나 힘들게 헤쳐 나와야 했는지 모른다.

자폐증은 워낙 증상이 다양할 뿐더러 정확한 치료법도 없다.

병원에서 거의 경계선에 있다고 진단할 만큼 다른 자폐아들에 비해 두리는 증상이 심각한 편이 아닌데도 늘 당혹스러웠다.

자폐아는 일단 일반적인 기준으로 보면 사회적 연령과 학습능력, 지능 등이 제 또래에 비해 훨씬 떨어진다. 그런 것들을 진단하는 기준 자체가 일반적인 잣대이기 때문이라고 나는 생각한다. 자폐아들이 어떤 상황이나 현상을 보고 느끼고 판단하는 것은 일반인과 다른데 같은 방법으로 요구하고 같은 방법으로 대응하기 바라기 때문이다.

우리에게는 아무렇지도 않은 소리나 행동이 그 아이들에게는 엄청난 고통일 수 있는데, 그들은 상황에 따라서는 위험한 것인지, 올바르고 그른 것인지 등의 판단도 잘하지 못한다.

"두리야, 누나 아파. 알지?"

"네."

두리는 의자에 앉은 채 제 신발코를 보고 있다. 아니, 그저 고개를 약간 숙이고 있다. 자기가 좋아하는 것 말고 집중해서 보는 일은 별로 없다. 그저 스치듯 볼 뿐이다.

"누나, 보고 싶지?"

"네, 보고 싶어요."

제 누나도 안 그러는데 꼬박꼬박 존댓말을 쓰는 아이. 말을 잘 안 하다가 하나씩 배워 가면서 말문을 텄기 때문일까.

"누나 저 방 안에 있거든. 보고 오자."

"네……."

"그런데 지금 누나는 두리랑 얘기할 수가 없어."

"왜요? 화를 냈어요?"

"많이 아파서……."

"네."

"누나가 지금 두리랑 얘기할 수는 없지만, 그래도 두리가 온 건 알 거야. 엄마랑 안으로 들어가 보자, 응?"

아이는 나를 쳐다보지도 않는다. 별로 하고 싶지 않다는 뜻이다.

병원을 싫어하는 두리. 그런데 저 때문에도 많이 오고 나 때문에도 몇 번이나 왔던 병원이다. 외할머니 빼고는 두리를 봐 줄 사람이 없는데 엄마인 내가 병원 신세를 져야 하는 일이 잦았고 어쩔 수 없이 병원에 온 두리는 외할머니 손을 자꾸만 잡아당겼다. 나가자고.

내가 입원 중일 때도 다른 누군가가 어머니와 교대할 때까지 견디지 못하는 적이 많았다. 그래서 나는 입원을 해도 늘 그렇게 혼자여야 했다. 그렇다고 하나에게 병상을 지키라고 할 수는 없었으니까.

"병원을 싫어요. 냄새 싫어요."

정확한 문장을 구사하지 못하는 두리. 새삼 마음이 아프다.

"여기까지 와서 누나 안 볼 거야, 누나 보고 싶다면서?"

"누나 집에 언제 가요?"

두리가 나를 향해 고개를 돌리고 묻는다.

"곧, 그래 곧 갈 거야. 하지만 오늘은 아니야. 그러니 두리가 여기서 보자."

"네."

두리가 금방 일어선다. 그리고 자기가 먼저 성큼성큼 병실 쪽으로 간다. 곧 제 누나가 집에 간다는 말 때문일까.

병실 문을 열어 주니 안으로 들어서려다 말고 또 잠시 멈춰 서서 꼼짝하지 않는다.

잔뜩 긴장한 표정에 눈썹이 꿈실꿈실하고 눈알을 급히 움직이는 것을 보니 걱정스럽다. 이제는 새로운 곳에서도 울면서 들어가지 않으려고 하거나 패닉을 일으키지는 않지만, 걱정이 된다.

제 누나 얼굴과 몸에 달려 있는 여러 가지 의료기계 때문일 것이다. 낯선 누나의 모습이 또 두리를 가로막은 것이다.

"두리야……, 누나잖아. 누나 아프다고 했잖아. 아파서 저런 모습으로 누워 있는 거야. 두리가 가서 누나 좀 봐. 누나 손 좀 잡아 줘. 그러면 나을지도 몰라."

두리가 나를 쳐다본다.

겁이 가득 차 오른 커다란 두 눈. 나는 항상 생각한다. 어쩌면 눈이 저리 맑을까. 여자 아이보다 예쁘게 생긴데다 커다란 눈, 유달리 새까만 눈동자……. 아이들 눈은 어른과는 달리 맑고 깨끗하다지만 두리는 유난하다. 보는 사람마다 그렇게 말했다.

처음 두리의 병을 알고 '눈이 저리 맑아서, 영혼이 너무 맑아서 그런가?' 라는 엉뚱한 생각이 들어 그 고운 눈빛이 예쁘지 않은 적도 있었다. 빤히 바라보는 그 눈빛, 무심한 듯 보는 그 눈빛이.

"두리가 누나에게 얘기하면 누나가 대답은 못해도 두리가 온 걸 알 거야. 그래서 빨리 나을 수 있을 거야."

두리가 제 누나 쪽을 처음으로 자세히 본다. 그러더니 한 걸음 한 걸음 안으로 들어간다. 가슴이 뭉클하다. 얼른 험험, 헛기침을 한다. 왜 이리 눈물이 많아졌는지 모르겠다.

침상 옆에 선 두리는 잠시 머뭇거리더니 "누나!" 하고 부른다.

"누나, 많이 아파?"

"'쿄' 도 한 바퀴 두 바퀴 돌다 넘어졌는데 또 일어났어."

"오늘 내가 쿄였는데 슈카를 이겼어, 케이오로."

또 게임 이야기다.

이런 상황에서 초등학교 2학년짜리 아이가 저런 이야기 하는 것을 다른 사람들은 잘 이해하지 못할 것이다.

평소에도 사람들은, 심지어 두리의 친구들까지도 두리가 하는 이야기를 100퍼센트 다 알아듣지 못한다. 발음이 이상해서가 아니라 무슨 내용인지 앞뒤가 맞지 않기 때문이다.

두리가 그런 식으로밖에 말하지 못하는 이유는 대부분의 사람들이 판단하고 이해하는 기준으로 세상을 보지 못하기 때문이다. 두리는 있었던 일을, 보는 것을, 생각하는 것을 말로 순서 있게 조리 있게 말하지 못한다. 짧은 문장으로 툭툭 뱉거나, 순서가 없거나, 적당하지 않는 단어나 조사를 쓰기 때문에 잘 알아들을 수가 없다.

특히 있었던 일을 되살려서 길게 조리 있게 말하지 못한다. 그래서 아이가 유치원이나 학교에 있는 동안 무엇을 어떻게 했는지, 내가 알아야 할 것이 무엇인지 알 수 없어 힘들어했다. 내가 알아야 두리를 도와줄 수 있기 때문이다.

함께 사는 할머니나 누나도 가끔은 두리의 말을 이해하지 못한다. 내가 가장 잘 알아듣고 "이런 말이지?" 하고 되물어 주고, 두리가 맞다 하면 "그럼 이렇게 이야기하자"라고 가르쳐 준다.

"누나. 현대컴보이 게임 할 때 요시, 누나를 줄게. 누나는 요시 해. 요시가 제일 빠르잖아. 이제 두리는 안 이겨. 누나가 이기고 두리가 이길 거야."

"누나, 킹 오브 파이트 게임 잘 못하지? 이제 안 놀릴게, 하자."

얼굴을 몇 번이고 이리저리 돌리며, 나는 눈물이 밖으로 새 나오지 않도록 최대한 노력한다. 그런데 어느 순간, 그런 내 눈 속으로 두리가 제 누나 손을 꼭 잡고 있는 모습이 들어온다.

결국 울컥하고 각혈 같은 울음이 치밀어 오른다.

'하나야, 너 우리 두고 가면 안 돼.'

"누나 이제 키가 오 서방보다 커?"

하나가 들었다면 또 말도 안 되는 소리 한다고 한마디 했을 것이다.

요즘 두리는 키에 관심이 많다. 늘 사람들의 키를 비교한다. 작년에는 나이였다. 누가 몇 살이고, 누가 몇 살 많고.

처음 겪는 사람은 의아해한다. 얼마 전에 집에 온 후배한테도 "키가 강호동보다 크나요?"라고 물어 그 후배 눈을 휘둥그레지게 했다.

물론 그렇게 말한다고 해서 사람들이 두리를 금방 어떤 장애가 있는 아이로 여기지는 않는다. 아직 아이니까 그냥 엉뚱한 질문을 하는 것으로 여기고 넘어가는 경우가 더 많다. 하지만 두리도 점점 자랄 테니까, 어른이 될 테니까 문제가 될 것이다. 나이가 들수록 또래들과의 차이가 선명해질 것이다. 그렇게 되지 않게 하려고 나도 두리도 애를 쓰고 있지만.

"누나 언제 와? 집에 오니까 좋겠어."

하나는 두리의 말을 듣고 있을까.

두리의 목소리가 평상시와 다르다. 많이 가라앉아 있고 어른스럽기까지 하다. 침을 꿀꺽 삼키고 아이들을 보니 두리가 제 누나의 손을 꼭 잡은 채 얼굴을 가만히 쳐다보고 있다. 그 눈빛이 하도 간절해서 보고 있는 내 마음이 미어진다.

두리도 느끼고 있는 것일까. 제 누나가 절벽 끝에 서 있음을, 그 절벽으로 한 걸음 내딛는 순간, 다시는 볼 수 없음을.

"태권도 심사한다. 보여 주러 올 거지?"

두리가 제 누나 얼굴 가까이 자기 얼굴을 대며 말한다.

'보러' 올 거냐고 묻는 말이다. 두리는 '나'와 '너'의 개념이 정확하지 않아 가끔 그에 알맞는 서술어를 쓰지 못할 때가 있다. 그리고 적절한 조사도 잘 사용하지 못한다.

보통 때 같으면 "두리야, 그럴 땐 '보러 올 거지?' 라고 하는 거야. 누나가 두리 보러오는 거고 두리가 누나에게 보여 주는 거야" 라고 말해 주었겠지만 아무 말도 하지 않고 두리의 옆모습과 하나의 코에 꽂혀 있는 산소 호흡기만 노려보고 있다. 이를 악물고 눈을 부릅뜬 채.

보통 아이들과 다르게 생각하고 다르게 반응하는 두리, 제 동생을 못살게 구는 아이들을 보면 얼굴이 빨개지도록 흥분하며 참지 못하는 하나, 하늘 아래 땅 위에 저희 둘뿐일 내 새끼들이다.

"간다. 두리 간다."

두리가 갑자기 몸을 돌려 내게로 온다.

얼굴이 굳어 있다. 제 누나가 아무런 반응을 보이지 않는 게 갑자기 못 견디겠는 모양이다.

병실을 나간 두리는 단 한 번도 뒤돌아보지 않고 할머니와 함께 복도를 빠져나간다.

그 뒷모습에 왜 이리 가슴이 아려 오는지 모르겠다.

무엇인가 마음에 들지 않아 외면하면 한 치의 갈등도 남기지 않는 두리. 두리의 상태를 알고 난 후로는 그 모든 것이 성정이라기보다 장애로만 보여 가슴 졸이곤 한다.

가슴을 손으로 문지르면서 길게 숨을 내쉰다. 이렇게 하면 눈물도 조절할 수 있다.

우두커니 빈 복도에 서 있다가 찬물 세례라도 받은 듯 깜짝 놀라며 얼른 병실로 들어간다.

하나는 여전히 같은 모습이다.

하나 얼굴을 이렇게 오래 보고 있었던 적이 지난 3년 동안 얼마나 될까. 두리에게 온 신경을 집중하느라 난 하나가 없는 듯이 살았다. 그 사실을 자각조차 못했는데, 이제야 그랬다는 것을 느낀다. 가슴이 불을 지른 것처럼 뜨겁고도 고통스럽다.

'하나야. 제발, 엄마에게 다시 기회를 줘. 줄 거지?'

3

두리가 자폐아라는 진단을 받은 것은 여섯 살 때였다.

두리가 미술학원에 다닌 지 넉 달째 접어드는 6월 어느 날, 학원에서 전화가 걸려 왔었다.

"학원에 한번 나오시겠어요? 드릴 말씀이 있는데……."

보통 때와는 다른 선생의 목소리를 듣는 순간 왜 그렇게 가슴이 내려앉았는지 모르겠다. 마치 애써 감추고 있었던 비밀을 들킨 것처럼.

사실 두리를 입학시키면서부터 늘 걱정을 메고 다녔다. 그 전해였던 다섯 살 때 보낸 유치원에서는 일주일 만에 아이를 돌려보냈었다.

"도저히 수업을 할 수가 없습니다. 아직 어려서 적응하는 시간이 필요한 것은 맞는데 두리는 단체 생활을 하기에는 아직 너무 어린 것 같아요. 정말 죄송합니다. 하지만 다른 아이들을 생각하지 않을 수가 없어서."

단체 행동을 전혀 하지 못한다며 준비 기간을 좀 더 가진 다음에 보내라는 유치원 선생의 말을 듣고 대수롭지 않게 받아들였다.

아이들마다 자라는 속도가 다르니 1년 후에 다시 보내면 되겠지, 스스로를 납득시키며 아무렇지 않은 듯 넘어갔다. 솔직히 한 달에 20만 원이라는 교육비가 버겁던 때였다.

여섯 살이 되고 더 이상 방치할 수 없단 생각에 다시 미술학원에 보냈다.

두리의 복인지 미술학원 선생들은 좋은 사람들이었다.

입학시키면서 또래보다 많이 어리고 늦다는 말을 했을 때, 선생들은 충분히 해낼 수 있다며 내게 용기를 주었고, 낯을 많이 가리고 주위가 산만하다는 말을 하자 대부분의 아이들이 그렇다며 날 안심시켰다.

하지만 시간이 지날수록 선생들은 격려보다는 걱정을 털어놓기 시작했다.

두리는 지정된 장소에 있지 않았고 함께 따라 해야 하는 율동을 따라 하지 못한다고 했다. 대부분의 아이들은 학원에 입학한 지 2주일 정도면 적응한다는데 두리만은 한 달이 지나고 두 달이 넘어도 소속되어 있는 사랑반 수업을 따라가지 못한다고 했다. 의자에 잘 앉아 있지를 못하고 여기저기 돌아다니며 그때마다 선생님이 일일이 지적해 주어야 다시 앉곤 한다고 했다. 어떻게 겨우 교실로 들어가 수업을 하다가도 아무 때고 불쑥 밖으로 나가 놀이방이나 다른 교실에 가 버리곤 한다고 했다.

두리는 손에 힘이 없어서인지 그림도 글씨도 마음먹은 대로 하질 못했다. 세모나 네모 등의 기본 형태도 그리지 못했다. 그것은 단순히 미술적 능력과는 다르다고 선생은 말했다. 선생들한테 그런 말을 들을 때마다 가슴이 조마조마했다. 또다시 두리가 거부당

할까 봐, 그리고 나 혼자 마음속으로 걱정하고 있는 문제가 현실로 드러날까 봐.

하지만 학원으로 가는 버스 안에서 애써 외면하고 있던 그 문제가 서서히 모습을 드러내고 있다는 느낌을 지울 수가 없었다.

"이렇게 오시게 해서 죄송해요. 수업 끝나고 제가 찾아뵐까 하다가 신 선생님 얘기도 들으시는 게 좋을 것 같고."

원장은 그렇게 말문을 열었다.

"어머니, 이런 말씀 언짢으실지 몰라 무척 조심스러워요. 하지만 어머니의 정성도 알고, 우리도 두리가 너무 사랑스럽고 애틋해서 결심하게 되었어요. 차라리 마음을 열고 얘기를 하는 게 아이의 미래에도 좋을 것 같아서 오시라고 했어요."

그 말을 듣는 순간, 머리 위로 날카로운 무엇인가가 떨어지는 것 같았지만 애써 마음을 다잡았다.

"괜찮습니다. 선생님의 마음을 모르겠습니까? 어떤 얘기라도 좋으니 우리 두리에 관한 이야기라면 다 해 주세요."

진심이었다. 마음속에서는 끝없이 도리질하고 있지만 들어야 할 말이라면 피하지 않고 들어야 했다.

"아이들은 워낙 천차만별이라 저희는 언제나 속단하지 않으려고 애를 쓴답니다. 아주 빠르게 성장하는 아이도 있고, 반면 아주 더딘 아이도 있으니까요. 하지만 약간이라도 문제가 있다면 그 문제를 제대로 알아야 할 것 같아요. 그래야 대책을 세울 테니까요."

담임인 신 선생은 잠시 틈을 두었다.

"아이를 병원에 데려가서 정확하게 검사해 보는 게 좋으실 것 같아요. 그냥 좀 늦되는 타입으로 보기에는 문제가 있어요."

두리를 소아정신과에 데려가 보라는 말이었다. 내가 자꾸 외면하려 했던 이야기가 결국 나오고 말았다.

"동작을 따라 하지 못하거나, 뭘 하라고 지시했을 때 듣지 않고 전혀 다른 행동을 하는 것도 문제지만, 불쑥불쑥 하고 싶은 대로 해 버리는 것 때문에 걱정입니다. 두리만 있다면 또 다른 방법을 써 보겠는데, 다른 아이들까지 두리처럼 하려고 해요. 애들은 집중력이 약하기 때문에 규칙에서 벗어나는 일에 금방 동화되지요. 게다가 두리는 언어를 받아들이고 전달하는 능력이 많이 부족해요."

"적응하는가 싶으면 어느새 제자리로 돌아가 있어요. 게다가 요즘 들어 안 하던 행동까지 하네요."

그 말을 하며 신 선생은 내 얼굴에서 시선을 자꾸 비꼈다. 어쩌면 벌써 붉어지는 내 눈을 봐 버린 건지도 몰랐다.

두리가 행동을 제약하면 그 자리에 누워 버리는 새로운 습관을 보이기 시작했다는 것이었다. 그리고 심하면 누운 채로 소리를 지르며 운다고 했다.

"병원에 가서 검사를 받아 보는 게 두리를 위해 좋을 듯해서 어머니를 뵙자고 한 겁니다. 정확히 알아야 그에 맞는 대응을 할 수 있으니까요. 그런 것을 모르고 아이에게 적합하지 않은 방법으로 대한다면 오히려 더 나쁜 결과를 낳을 수 있으니까요. 기분 언짢아 하시지 않았으면 합니다.”

원장이 조심스럽게 말했다.

“아뇨. 관심 가져 주셔서 감사한걸요. 어쩌면 제가 자꾸 미루던 일이었는지도 모르겠습니다.”

정말이었다. 두리에게 문제가 있는 것처럼 말한다고 해서 기분이 상하는 건 아니었다. 그런데도 가슴이 벌렁거리고 눈가가 뜨거워지는 것은 정체를 알 수 없는 불안감 때문이었다.

“일 년 전에 비슷한 말씀을 드린 적이 있는데, 그 어머니가 어찌나 화를 내고 불쾌해하시던지……. 두리 어머니를 알면서도 은근히 걱정되었습니다. 우리의 걱정이 기우일 수도 있으니 마음 편히 잡수시고 병원에 다녀오세요. 그 다음 일은 그 다음에 생각하시고요.”

“선생님, 결과가 안 좋으면, 우리 두리 여기 못 다니나요? 안 받아 주실 건가요?”

다음 일은 나중에 생각하자지만 그럴 수가 없었다. 머릿속에 갑자기 너무나 많은 생각들이 쏟아져 내렸다. 마치 폭죽이 터지듯.

“그런 걱정은 마세요. 두리를 위해서 병원에 가는 건데 두리에게 도움이 될 수 있게 해야지요. 만약에 안 좋은 결과가 나오면 그때부터는 무엇을 어떻게 할지 생각해야지요. 두리에게 우리 학원이 나쁘지 않다면 계속 다녀야지요. 우리도 전과는 다른 새로운 방법을 찾아야겠지만요."

바보처럼 눈물을 보이고 말았지만, 어쩌면 눈물을 흘림으로써 나는 결심할 수 있었는지 모른다. 세상의 잣대와 나의 두려움 같은 것을 눈물에 섞어 흘려보내자고 결심했는지 모른다. 지내 놓고 보니 참으로 나약한 결심이었지만.

학원에서 집으로 돌아오는 길은 유난히 멀었다.

지나간 시간들이 후회라는 감정에 섞인 채 떠오르다가 사라지곤 했다.

두리가 다른 아이들과 조금 다르다는 것을 느낀 것은 정확히 말하면 아이가 네 살 때부터였다. 그런데 모르는 척 시치미를 떼고 방치했다. 아니, 솔직히 말하면 아니라고 믿고 싶었는지 모른다.

아이는 새로운 곳에 가는 것을 무척 싫어했다. 그곳이 남의 집이든 식당이든 마트든 새로운 곳이면 들어가지 않으려고 자지러지게 울었다. 심할 땐 경기하듯이 울어 댔다. 그런 두리를 보면서 내가 취한 행동은 두리가 싫어하는 곳을 가지 않는 것뿐이었다. 시끄럽고 낯설고 냄새나서 싫은가 보다 하고 생각했다. 굳이 아이를 데리고 식당에 가지 않으면 안 되는 일도 없었고 쇼핑도 혼자 하면 되니까 신경 쓰지 않았다.

뿐만 아니었다. 두리에게 새로운 비디오를 보게 하거나 새 옷을 입히려면 거의 전쟁이었다. 제 누나가 보던 많은 비디오 중에서 두리가 선택한 것은 유아용 영어 학습비디오 중 〈신나는 운동회〉와 〈이상한 거울〉 두 가지였다. 처음 얼마 동안은 여러 비디오를 본 것 같았는데 언제부터인가 그 비디오만 보고 또 보았다.

나는 두리가 왜 그러는지 알아볼 생각은 하지 않고 이상하게 구는 두리를 혼내거나 심지어 때려서라도 새 옷을 입히거나 새 비디오를 보게 했다.

그리고 대부분의 아이들이 그런다고 하지만 TV 광고를 어찌나 좋아하던지 두리를 조용하게 하려면 광고를 보여 주었다. 그것이 이상한 조짐일 수 있었는데 광고를 보는 동안 아이가 그것에만 집중하므로 내가 편해진다는 생각에 광고를 녹화해서 보여 준 적도 있었다.

생각해 볼수록 한숨만 나왔다.

아이의 그런 점이 무엇을 의미하는지 체크해 보는 대신 '좋아서 그러나 보다' 라고 쉽게 생각하며 넘어갔던 것이다. 솔직히 아이의 일거수일투족을 살펴볼 정신적 여유가 없었다.

'그래, 여유가 없었어. 그래서 그랬던 거야.'

혼잣말을 하며 스스로를 위로해 보지만 참으로 무기력한 위로였다.

오랫동안 지겹게도 이어졌던 결혼 생활의 고통이 이혼이라는 결말을 낸 것이 두리 세 살 때였고 그 뒤로 정신적 공황과 현실적 문제로 심리적 여유가 전혀 없었다.

그랬다. 9년 동안의 긴 전쟁을 마치고 아이아버지와 나는 이혼을 했다. 하나가 초등학교에 갓 입학한 때였고, 두리는 세 살이 된 해였다.

그것이 이유가 될까?

무거워진 삶의 무게가 아이를 돌보지 않은 이유가 될까.

집 앞에 도착하고서도 나는 쉽게 집으로 들어가지 못했다.

두리와 함께 병원에 간 것은 그로부터 일주일 후쯤이었다.

학원에 다녀온 다음 날 혼자 가서 예약을 하고 검사 당일 아이와 함께 병원을 찾았던 것이다.

"이제 엄마는 밖에 나가 계세요."

나와 10여 분 동안 먼저 이야기한 다음, 의사가 말했다.

자리에서 일어서는 나를 겁먹은 눈빛으로 올려다보던 두리는 내가 문을 열고 나서자 "엄마!"라며 따라 나섰다.

"아니야, 두리야. 두리는 여기서 선생님이랑 조금 더 있다가 나와. 엄마 바로 문 앞에 있을게, 알았지?"

여전히 겁먹은 표정이었지만 두리는 떼를 쓰지 않았다.

문이 닫히는 순간, 그렇게 가슴이 답답할 수가 없었다.

검사가 이루어지는 두 시간 가까이 나는 검사실 문밖에서 잠시도 가만히 있지 못하고 서성였다. 날이 흐려서 두리에게 걸치게 했던 얇은 점퍼를 팔이 아프도록 안고서. 어찌나 꼭 안고 있었던지

손은 땀으로 축축했고 칼라 부분이 젖을 정도였다.

나를 보던 겁이 가득하던 아이의 눈망울이 자꾸만 떠올라 화장실도 갈 수 없었다. 아이가 검사받는 모습을 볼 수 있게 안에서는 보이지 않는 유리로 벽을 만들어 두었으면 하는 마음이 간절했다.

아이가 검사받는 동안 내 머릿속으로는 지난 시간들이 떠올랐다.

그동안 모르는 척했던 두리의 이상한 행동들이 하나 둘씩 새삼 떠올랐고, 그럴 때마다 어리석었던 나의 반응에 대한 반성이 아프게 뒤따랐다.

"넌 왜 자전거 안 타고 가지고 노니?"

하나가 몇 번이나 타박을 주었지만 두리는 자전거를 타지 않았다.

이혼한 후 제일 먼저 한 일이 집을 옮긴 것이었고, 기념처럼 두리에게 실내에서 타는 세발자전거를 사 주었다. 그런데 두리는 그것을 타지 않고 옆으로 눕혀 놓고 바퀴를 돌리며 놀았다.

하나가 '이렇게 타고 노는 거야' 라며 몇 번씩 직접 타 보이면 '깔깔' 소리 내어 웃으며 좋아했고, 아주 가끔 하나가 밀어 주면 타 보기도 했지만 혼자서는 타지 않았다. 오로지 바퀴를 돌리며 놀았다.

벽에 부직포로 만든 커다란 판을 걸어 두고, 그 위에 숫자들을 붙여 놓았는데 수를 익히는 놀이에 쓰는 숫자들을 떼어 자전거 바퀴에 얹어 놓고 그것들을 돌리면서 놀았다. 색색의 숫자들이 돌아가는 것이 신기한 모양이었다.

그렇게 바퀴를 돌리고 놀면 한 시간도 두 시간도 좋았다. 이상하다는 생각을 하면서도 그 순간의 편안한 맛에 그냥 내버려 두었다. 애가 그러는 동안 원고 쓰는 일에 집중할 수 있었으므로.

장난감 중에서는 자동차를 무척 좋아해서 조그만 미니카부터 꽤 큰 크기의 스포티지, 무쏘나 덤프트럭, 사다리차 같은 모형 차들이 수두룩했다. 그런데 자동차를 가지고 노는 모양도 좀 남달랐다. 다른 아이들처럼 붕붕 밀면서 노는 게 아니라 자동차를 일렬로 쭉 늘어놓으면서 놀았다.

자동차만이 아니었다. 두리는 자동차든 뭐든 쭉 늘어놓는 것을 좋아했다. 장난감이 아니더라도 늘어놓을 수 있는 것은 다 늘어놓았다. 그런데 엄마인 나는 신기해하면서 재미있다고 웃었다.

"아휴, 멋지네. 잘했네"라며 박수까지 쳐 주었다.

잠깐 동안 두리가 천재가 아닐까 하는 생각을 한 적도 있었다.

"엄마, 두리 좀 봐!"

언젠가 하나가 소리쳐서 가 보았더니 두리가 컴퓨터 모니터를 마주하고 영어 스펠링을 치고 있었다. 사과, 원숭이, 학교, 공, 코끼리 등의 단어들을 영어로 쳐 내고 있었다. 하나가 배우는 영어를 어깨 너머에서 보고선 외운 것이었다. 더 놀란 것은 그것을 영어 자판으로 친다는 점이었다.

"야! 우리 두리 천재네."

나는 호들갑을 떨며 어떤 단어를 칠 수 있는지 계속 물어 보았다. 다른 행동들에 비해 두드러지는 비상한 암기력이 오히려 문제라는 생각을 애써 지워 내면서.

가장 신경 쓰이는 부분은 역시 언어였다.

두리는 또래에 비해 말을 거의 안 하는 편이었다. 하더라도 몇 개의 단어를 그저 연결 고리 없이 나열하는 식이었다. '물', '밥' 같은 단어로는 말하지만 자기가 원하는 바를 정확히 문장으로 표현할 줄 몰랐다.

어떤 대상이나 물건을 인지하는 것도 힘들다는 것을 알았을 때는 솔직히 많이 놀랐다. 사실 두리에게는 그 또래 다른 아이들이 할 수 있는 정도의 심부름도 쉬운 일이 아니었다. 예를 들어 "두리야, 엄마한테 걸레 좀 갖다 줄래?"라고 했을 때 아이는 얼른 걸레를 가져오지 못했다. 걸레가 무엇인지 알지 못하기 때문이었다.

처음 그 사실을 발견하고서 얼마나 놀랐던지. 가슴에 화상을 입은 것 같았다. 그런 예는 생활 곳곳에서 일어났고 엄마인 나만 알아들을 수 있는 대화가 늘어났다.

여섯 살이 되면서부터는 새로운 곳에 들어가지 않으려고 전처럼 심하게 울지는 않았지만 들어가더라도 자기가 나오고 싶으면 언제든지 나왔고, 여기저기 돌아다녔다. 눈 깜짝할 사이에 어디론가 가 버리기 때문에 항상 눈으로 쫓아야 했다.

또한 좋아하는 물건이 한두 개로 고정되어 있었고 그에 대한 집착이 지나쳤다. 그리고 낯선 사람이 오면 방에서 나오지를 않았다.

충분히 이상한 행동들이었다. 그런데도 나는 고개만 갸웃거렸지 그 이유를 알아보거나 어떤 대책을 마련해 볼 생각은 하지 않았다. 능청스럽게 시치미를 뗀 것이다. 아이가 왜 그런지 알아볼 생각을 하는 대신 아이들마다 성장 속도가 다르며 유달리 늦되는 아이가 있다는 일반론에 꾸역꾸역 달라붙기 위해 애를 썼다.

'내 아이가 설마' 라는 생각은, 아이를 위한 마음에서가 아니라 솔직히 세상의 기준에 물들 대로 물든 엄마의 이기심에서 시작된 것이었다. 엄마라는 사람이 자신의 체면을 먼저 생각하다니. 문제가 무엇인지 알아보기도 전에 뒷걸음질을 쳤다니. 기가 막힐 노릇이었다.

바빠서였다. 그래, 그랬다. 바쁘기도 했다. 심리적으로도 여유가 없었고 실제 시간적으로도 여유가 없었다. 그러나 내 속 저 깊숙이 두려움과 회피라는 감정이 똬리를 틀고 있었다. 내 아이가 어딘가 정상이 아닐지도 모른다는 두려움과 절대 그럴 리가 없다는 회피.

아이가 검사를 하는 순간에 와서야 나는 그것을 인정하고 있었다.

두리에게 내려진 진단은 자폐적 증상으로 인한 발달장애였다.

"자폐라는 것이 정확한 판단 기준이 있는 것은 아니에요. 워낙 증상이 다양한데다 두드러진 증상을 보일 때는 판별이 가능하지만 지금 두리처럼 경계선에 있는 아이들은 뭐라고 하기가 어렵습니다. 하지만 현재 검사 결과 모든 면에서 발달장애인 것은 분명합니다. 그것이 후천적인 요인으로 인한 유사 자폐인지 반응성 애착 증세나 전반적 발달장애인지는 특수교육을 받아 가면서 체크해 보도록 하지요. 댁에서 가까운 곳에 있는 센터 전화번호를 알려 드리겠습니다.”

의사는 메모지에 전화번호를 적어 주었다.

속에서는 와글와글 여름날 밤의 개구리 울음소리 같은 소리들이 들끓고 있었지만 나는 ‘제가 무엇을 해야 하나요?’ 라는 말만 겨우 반복하고 있었다.

“일단 프로그램 치료를 받으면서 상황에 따라 적절한 대응을 생각해 내야지요. 어느 시기마다 아이에 대한 진단 자체가 달라지기도 할 만큼 애매한 경우도 있습니다. 다행히 어느 정도 특수교육을 받아서 현저하게 좋아질 수도 있습니다. 물론 자폐에 완치는 없습니다만, 두리의 경우 정확한 진단이 어려우니 현재로선 단정을 내리기도 어렵습니다. 너무 걱정 말고 해 봐야지요. 양육하는 분의 역할이 무척 중요하답니다. 두리에겐 엄마가 되겠지요.”

신변 처리, 운동성, 사회성, 인지 언어 등 모든 영역을 총체적으로 볼 때 두리의 발달 득점은 실제 나이인 5세 2개월보다 1년 9개월이나 떨어졌다. 그 결과가 작은 글씨체로 타이핑된 서류를 보면서 많은 글자들이 그렇게 생소할 수가 없었다.

설마 했던 일이 결국 현실로 나타났다. 시치미를 뗀다고 해서, 모르는 척한다고 해서 달라지는 것은 없었다. 아무리 정도가 심각하지는 않다지만, 두리에게 분명 문제가 있다는 것이 확인되었다.

자폐……. 정확히 알지는 못하지만 힘들고 넘기 어려운 벽임을 알고 있었다.

그렇게 두리의 힘겨운 투쟁은 시작되었다. 그렇게 두리와 나와 우리 가족의 아프고 힘든 투쟁이 시작된 것이다.

4

동생이 왔다.

작고 보드라운 동생 손이 내 손을 잡으니 조금은 차가운 그 기운이 반가운 냄새처럼 내 속으로 들어온다.

"누나, 현대컴보이 게임 할 때 요시, 누나를 줄게. 누나는 요시 해. 요시가 제일 빠르잖아. 이제 두리는 안 이겨. 누나가 이기고 두리가 이길 거야."

현대컴보이 게임 중 가장 빠른 캐릭터 이름이 요시다. 두리가 조르는 바람에 가끔 함께 2인용 게임을 하는데, 그때 먼저 각자의 캐릭터를 골라야 했다. 이제부터 내게 요시를 고르게 양보해 주겠다는 말이다. 자기 딴에는 내가 빨리 오기를 바라는 마음에서 선심을 쓰는 것이다. 두리의 손을 잡은 순간부터 내 마음이 켜진 텔레비전 화면처럼 움직이더니 두리의 그 말에 찌릿찌릿, 빠른 속도로 여러 장면들이 겹쳐지기 시작한다. 그리고 정확히 표현할 수 없는 희한한 아픔이 느껴진다.

동생에 대한 내 마음은 참 특별하다. 밉기도 하고 마음이 너무 아프기도 하고 그렇다.

두리. 우리 동생 두리는 정말 잘생겼다.

눈썹도 까맣고 눈도 커다랗고 피부도 하얗다. 속눈썹까지 길다. 솔직히 나랑 바뀌어야 한다는 생각이 든다. 나도 미운 얼굴은 아니지만 동생보다는 못생겼다는 것을 인정한다. 두리의 눈은 정말 맑고 예쁘다.

두리 때문에 억울하게 혼나는 적도 많고 두리에게 온통 정신이 뺏겨 있는 엄마 등 뒤에서 혼자 눈물지은 날도 많았다. 솔직히 두리가 밉기도 했다. 말도 안 되는 짓을 하거나 떼를 쓰거나 할 땐 특히 그랬다. 그래서 한 대 쥐어박고도 싶었지만 두리의 얼굴을 보면, 그 까맣고 맑은 눈을 보면 도저히 그럴 수가 없었다. 두리의 얼굴은, 본 적은 없지만 천사의 얼굴 같다고 생각한다.

그 천사 같은 아이가 왜 그런 장애를 가지고 살아가야 하는지 억울하고 이해할 수가 없다. 참 답답하다. 그 때문에 아빠 없이 두리와 나와 살면서도 당당했고 잘 웃었던 엄마가 달라지기 시작했다. 훨씬 더 바빠졌고 훨씬 더 예민해진 것 같았다. 그리고 나에 대한 관심도 줄어들었다. 그런 엄마를 이해하려고 애썼지만 서운한 것도 사실이었다.

"누나 언제 와? 집에 오니까 좋겠어."

두리의 목소리가 좀 더 가까이 들린다. 숨결도 느껴진다. 저렇게 말할 때의 두리 표정이 눈에 선하다. 더욱 동그래진 눈이 반짝반짝 빛나고 있을 것이다.

'두리야, 누나도 정말 빨리 가고 싶어.'

두리가 태권도 심사 때 꼭 보러 오라고 한다.

정말 꼭 가 보고 싶다. 우리 두리가 태권도복을 입고 씩씩한 모습으로 발차기를 하고 구령을 부치고 멋진 동작을 하는 것을 보고 싶다. 그런데 갈 수 있을까. 그때까지 나을 수 있을까.

얼굴이 화끈화끈 뜨거워진다. 열이 오르듯이.

두리가 태권도 학원에 간 것은 작년 겨울부터다.

다니고 있던 특수교육 센터들을 하나하나 그만두면서 대신 다니게 된 것이 태권도학원이었다. 나 역시 피아노학원과 보습학원을 그만두었다. 나는 안다. 왜 두리가 다니던 센터들을 못 다니게 되었고 나도 학원을 그만두어야 했는지, 왜 엄마가 더 어두워진 얼굴을 하게 되었는지 말이다. 분명 돈 때문이었다.

엄마가 두리를 태권도학원에 보내야겠다고 결정했던 것은 친구들이랑 어울리는 것도 좋아하지 않고 더군다나 활동적인 것, 특히 몸으로 하는 놀이를 좋아하지 않는 두리에게 어쩌면 태권도가 도움이 될 수 있을지도 모른다고 생각했기 때문이다. 하지만 결정하고서도 엄마는 또 걱정을 했다. 일곱 살 때에도 태권도를 가르치고 싶어 했지만 두리가 워낙 가기 싫어해서 포기했던 적이 있었기 때문이다.

다른 센터에 보내지 못하는 상황에서 태권도라도 가르치고 싶은 엄마의 마음과 걱정을 나는 이해할 수 있었다.

그런데 2년 정도 여러 곳에서 교육을 받아서였는지 두리는 일곱 살 때와는 달리 태권도학원에 가지 않으려고 울거나 떼를 쓰지 않았다. 두리가 태권도학원에 다니게 되어서 잘되었다고 나는 생각했다.

사실 두리의 학교생활이 힘든 이유 중 한 가지가 친구들의 괴롭힘이었는데, 애들이 자꾸 두리를 괴롭힌 것은 괴롭힘을 당해도 가만히 있었기 때문이다. 두리는 자기가 입고 있는 옷에다 낙서를 하고 가위질을 해도 별 저항을 하지 않는 모양이었다.

그러니 애들이 어떻게 봤을까. 난 그게 정말 싫었다. 아이들이 두리를 바보라고 생각하고 바보라고 놀리는 게 정말 화가 나고, 그런 취급을 받는 두리가 짜증스러웠다. 엄마 몰래 두리에게 아이들에게 그러지 말라고 큰소리로 화를 내라고 했다. 하지만 별 소용없는 짓이었다.

"애들이 빨라. 되게 빨라……. 두리는 못해. 피하는 거 늦어."

긴장된 모습으로 그렇게 대답하는 두리를 보면서 그저 아랫입술만 깨물 뿐이었다.

그래서 두리가 태권도를 배울 거라는 말을 듣고 대찬성이었다.

물론 두리가 태권도를 배운다고 해서 다른 아이들을 때리거나 싸워서 이길 수 있을 거라는 기대는 별로 안 했지만, 그래도 어쩐지 든든했다.

그렇게 태권도학원에 다니게 된 두리는 엄마의 걱정과는 달리 태권도를 좋아했고, 순전히 내 생각인지 몰라도 태권도를 배운 뒤로는 어쩐지 씩씩해진 것 같았다. 그리고 품세라며 이런저런 동작을 하고, 이불 위에서 구르거나 스트레칭을 연습할 땐 정말 귀여웠다.

두리가 태권도 하는 모습이 떠오른다. 승급 심사라는데, 꼭 가 보고 싶다. 이번 심사를 통과하면 빨간 띠를 따게 된다. 빨간 띠를 따면 두리에게 좋아하는 게임 시디 한 장을 사줘야겠다. 모아 둔 용돈이 있으니 걱정 없다.

사실은 더 많이 모아서 크리스마스 때 엄마 반지를 하나 해 드릴 생각이었다.

작년 겨울이었다. 엄마 친구인 기영 아주머니가 오셨는데, 남편에게 받은 크리스마스 선물이라며 손에 끼고 있던 반지를 자랑하는 아주머니를 보면서 난 어이가 없었다. 어른이 아이인 나보다 그렇게 생각이 짧을까 싶었고, 혹시 기영 아주머니가 '바보가 아닐까?' 하는 생각까지 했었다. 아니면 놀부보다 지독한 심술보든지.

어떻게 엄마에게 남편이 사 준 반지를 자랑할 수가 있단 말인가.

그때 나는 내년 크리스마스 땐 엄마에게 꼭 반지를 사드리겠다고 결심했다. 물론 기영 아주머니 것처럼 비싼 것을 사 드릴 수 없을 테지만 그래도 1년 정도 모으면 예쁜 것을 살 수 있을 것이라 생각했다.

그렇게 모아 둔 돈 중에서 조금만 빼서 두리에게 게임 시디를 사 주어야겠다. 그 정도라면 반지 사는 데 지장 없을 것이다.

어쨌거나 빨리 깨어나서 두리를 응원해 주러 가고 싶다.

두리가 갑자기 볼멘소리로 간다고 말하더니 금방 나가 버리는 것 같다.

엄마가 '두리야' 하고 부르며 따라 나가는 소리를 들으니 이유는 모르겠지만 가슴이 철렁 내려앉는다. 두리를 잃어버린 것처럼. 순간, 가슴이 갑자기 크게 쿵쾅거리면서 기억하고 싶지 않은 그날이 생각난다.

불쌍한 내 동생 두리에게 아주 나쁜 생각을 했던 그날이.

현관을 올라가는데 두리 울음소리가 들렸다.

또 무슨 일일까, 생각하며 문을 열고 들어서니 두리는 바지랑 팬티까지 벗은 채였고, 엄마가 두리의 엉덩이를 때리고 있었다.

"왜, 왜 안 하던 짓을 해? 미리미리 화장실 가라고 했지? 많이 마려울 때까지 참지 말고 쉬는 시간에 꼭 가랬지?"

시험을 친 날이라 급식을 하지 않고 일찍 하교를 한 날이었다.

두리도 막 돌아온 듯 책가방이랑 신발주머니가 현관에 널브러져 있었다.

상황을 보아 하니 두리가 바지에 오줌을 싼 모양이었다.

"오줌이 마려웠어요."

두리는 울먹이며 대답했다. 엄마의 일그러진 얼굴과 두리의 우는 목소리, 그 광경을 보는 순간, 머릿속이 또다시 시끄러워졌다.

"그런데 왜 안 갔어?"

"갔어요. 화장실을 갔어요."

"그런데?"

"화장실 갔어요."

"또 많이 많이 마려울 때 갔지?"

엄마가 두리의 엉덩이를 또 때렸다.

"엄마!"

내가 얼른 엄마 손을 잡았다.

"자꾸 아기 같은 짓 하면 친구들이 안 놀아 주고 놀린다고 했어, 안 했어?"

"화장실을 갔어요. 친구들은 앞에 있었어요. 못 들어갔어요."

두리가 울면서 말했다. 순간, 엄마가 갑자기 동작을 멈추었다. 건전지가 닳아서 갑자기 정지되는 장난감처럼.

"무슨 말이야, 두리야? 천천히 말해 봐."

내가 두리의 팔을 잡자 두리가 나를 올려다보았다.

"친구들은 화장실 앞을 있었어. 가고 싶은데 친구들 있어서 못 갔어."

울먹이는 두리의 말이 끝나기 전에 엄마가 일어나 화장실 안으로 들어가 문을 닫았다.

두리는 훌쩍이며 서 있었고 화장실에서는 물소리만 흘러나왔다.

"자, 옷부터 입자."

나는 바지와 티셔츠를 꺼내 두리에게 갈아 입혔다. 코를 훌쩍이며 내가 하는 대로 몸을 움직이는 두리를 보는데 자꾸 속이 상했다. 두리 가방과 내 가방을 방에 갖다 놓고 빨랫감을 한쪽 구석에 치우고 난 뒤에도 화장실에서는 계속 물소리가 났다.

내 마음속에서도 세찬 물소리가 나는 것 같았다.

"두리야, 누나랑 나갈까?"

"어디?"

빨개진 코로 두리가 물었다.

"음, 그냥 나가서 산책하자. 산책, 알지? 여기저기 걸어 다니는 걸 산책이라고 했지?"

엄마에겐 잠시 혼자의 시간이 필요할 것이다.

"으응. 산책. 저녁에 했어."

"그래, 가자."

두리는 신발을 신다 말고 화장실 쪽을 보았다. 두리도 엄마 걱정을 하는 것이었다. 그 마음이 느껴져 또 눈물이 핑 돌았다.

두리 손을 꼭 잡고 계단을 하나하나씩 밟으며 생각했다.

항상 두리 곁에 이렇게 있어 줄 수도 없는데 어쩌나, 어떻게 하면 두리 혼자 잘 해낼 수 있을까.

엄마가 어떤 기분으로 두리를 바라보는지 알 것만 같았다.

집 앞에 있는 중학교 교문 옆의 벚나무가 눈이 부셨다. 벚나무는 나무가 클수록 아름다운 것 같았다. 그 학교에는 벚나무가 몇 그루 있지만 교문 옆에 심어진 나무가 가장 컸고 또 가장 아름다웠다. 세상은 화사하고 따뜻한 봄빛에 싸여 저마다 뽐내고 있는데, 우리 남매는 추운 응달 속을 걷고 있는 기분이었다.

"누나, 안 가. 안 가."

갑자기 두리가 손에 힘을 주었다.

"응? 왜?"

두리는 꼼짝 않고 버티어 섰다. 위쪽 길을 가리키면서. 그제야 까닭을 알 수 있었다. 상념에 빠져 아무 생각 없이 아래쪽 길로 걷고 있었는데 두리가 윗길로 가자고 말하는 것이었다.

고집스런 표정으로 윗길을 보는 두리를 보자 갑자기 화가 났다.

두리는 항상 윗길로만 다녔다. 두리가 걷기 시작했을 때, 처음으로 윗길로 갔기 때문이다. 문제는 아랫길로 가야 할 때도 있는데 두리는 무조건 윗길로만 가려고 한다는 것이다. 어쩔 수 없이 윗길로 가서 한참 걷다가 다시 아랫길로 이어진 곳으로 내려와야 했다. 엄마가 몇 번이나 달래고 무섭게 야단쳤지만 소용없었다.

"이쪽으로 산책 가는 거야."

조금은 딱딱한 목소리로 말했다.

"싫어. 안 가."

역시 두리는 단호하게 고개를 저었다. 고집을 피울 때, 두리의 표정은 아주 단호하다. 그날따라 그 단호한 표정이 신경에 거슬렸다.

엄마는 집 안에서 혼자 울고 있는데, 두리 때문에 울고 있는데, 정작 두리는 걱정 하나 없는 표정으로 또다시 쓸데없는 고집을 피우고 있는 것 같아 그만 화가 났다. 두리가 일부러 못되게, 이상하게 굴려고 그러는 것이 아니라 그런 점이 바로 두리가 가진 특징이라고 알고 있지만 그래도 그 순간, 화가 났다.

한번 화가 나자 그 화는 부글부글 끓어 넘치는 물처럼 자꾸 부풀어 올랐다.

"좋아. 이쪽으로 가자."

내가 윗길 쪽으로 방향을 틀자 그제야 두리는 밝아진 표정으로 걸었다.

난 두리가 원하는 대로 윗길로 가서 한참을 걸었다. 두리 손을 꼭 잡은 채 깊은 생각에 빠져 한참 동안 걷고 또 걸었다. 정신을 차리고 주변을 살폈을 때는 나도 걸어서는 와 본 적이 없는 고려정형외과가 있는 사거리였다. 가슴이 두근거리기 시작했다.

그때 14번 버스가 정류장에 멈춰 섰고 나는 두리를 데리고 버스를 탔다.

"버스 타는 거야? 버스는 타고 어디 가는 거야?"

두리가 물었지만 나는 아무 대답도 하지 않았다. 대신 계속 주위를 두리번거렸다. 마치 누군가 내 머릿속에 떠오른 생각을 엿보고 있는 듯해서.

두리는 빈자리를 발견하고 얼른 그 자리에 앉았다. 마침 창가 쪽 자리였다.

두리는 차 타는 것을 좋아했다. 더 어렸을 땐 차를 타지 않으려고 울고불고 난리를 치는 바람에 엄마를 속상하게 하더니 언제부턴가 차 타는 것을 좋아하기 시작했다. 그리고 차를 타면 무조건 창 쪽으로 갔다. 그곳에 누가 앉아 있든 말든 자기가 원하는 자리를 차지해선 차창 쪽으로 몸을 기울이고 창밖을 보았다.

그럴 때마다 나는 솔직히 창피해하며 엄마와 두리에게서 멀찍이 떨어져 서 있기도 했다. 하지만 다른 사람들이 그런 두리와 엄마를 보고 뭐라고 중얼거리면 기분 나쁜 눈으로 그 사람들을 째려보았다.

"요즘 젊은 사람들 애 키우는 것 보면 도무지 마음에 안 들어. 쯧쯧."

언젠가 한번은, 엄마가 조용한 목소리로 "두리야, 그렇게 하면 아줌마가 불편해하시잖아"라고 타이르는데도 그 뒷자리에 앉아 있던 중년 아주머니가 사람들에게 다 들릴 만큼 큰 소리로 그렇게 말한 적도 있었다. 아마 호되게 혼내지 않는 엄마가 못마땅한 모양이었다.

좀 떨어져 있던 나는 그 말을 듣고는 얼른 엄마 곁으로 바싹 다가

가 섰다. 그리고 그 아주머니를 엄마 몰래 노려보았다. 엄마가 알았으면 또 혼났겠지만 노려보지 않을 수 없었다. '아무것도 알지 못하면서 그렇게 말하지 마세요' 라고 말하고 싶었지만 참았다. 그 아주머니는 엄마가 두리를 크게 혼내지 않는다고 불만인 모양이었지만 교양 없이 버스에서 고함을 지를 순 없지 않은가? 게다가 두리는 그렇게 야단치면 크게 울어 버리기 때문에 더 대책이 안 선다.

아무것도 모르면서 왜 함부로 말하는지 모를 일이었다.

의자에 앉은 두리는 창밖 구경에 신이 나 있었다. 그런 두리와 달리 난 벌 받는 사람처럼 손가락도 움직이지 않고 가만히 서 있었다. 두리의 머리에 시선을 고정한 채.

두리는 빨리빨리 지나가는 간판의 글씨를 보는 것을 좋아한다. 빠르게 지나가는 그 상호들을 중얼중얼 읽느라 정신없는 두리를 보면서 나는 자꾸자꾸 입술을 깨물었다.

버스는 자꾸 달아나 낯선 거리를 달리고 있었다.

얼마나 달렸을까. 아주 오래 달렸다고 생각이 들었을 때쯤, 난 슬그머니 두리에게서 떨어져 출구 쪽으로 갔다. 내 앞에 서 있던 아저씨들이 벨을 눌렀는지 삐익, 하면서 빨간 불이 들어왔다. 순간, 내 가슴속에도 빨간 불이 들어오고 응급차의 사이렌 소리가 들렸다.

두리를 돌아보았다. 여전히 창에 붙어 있는 두리의 까만 뒤통수가 보였다. 나는 얼른 고개를 돌렸다. 순간, 차가 멈추어 섰고 내

심장도 멈추었다. 앞서 있던 아저씨들이 내리고도 난 잠시 멈칫거렸다. 얼른 다시 두리 쪽을 보았다. 유리창에 손을 대고 있는 두리, 난 그만 소리를 질렀다.

"두리야, 뭘 해. 내려야지. 빨리 와."

두리는 대답하지 않았다.

"두리야!"

그제야 두리가 나를 보았다.

나는 벌건 얼굴로 두리에게 다가가 손을 확 잡은 채 일으켰다. 그리고 거칠게 잡아당겼다.

"내릴 거면 미리미리 준비했어야지."

기사 아저씨가 한마디 했지만 난 들은 척도 안 하고 두리를 끌어내렸다.

"아…… 아파."

버스에서 내려서 씩씩거리며 걷고 있는데 두리가 손목을 비틀며 말했다. 그러면서도 떼를 쓰지 않고 내게 잡혀 끌려오고 있었다. 아마 내 얼굴이 다른 때랑 달라 보여서 그런 모양이었다.

횡단보도를 건너 다시 버스 정류장으로 갔다. 두리가 두어 번 '누나' 라고 불렀지만 대답하지 않고 버스를 타고 집으로 돌아왔다. 내 손이 아플 정도로 두리 손을 꼭 잡고서.

3장

산
마
루

1

내가 죽었다.

침대 위에 누워 있는 나를 내가 보다니, 참 신기한 일이다.

난 이제 병실 한쪽에 서 있다.

의사가 "죄송합니다"라는 말을 남기고 나가자 간호사 언니들이 내 몸 위로 흰 천을 덮으려고 한다. 엄마가 아무 말도 하지 않고 그것을 막는다. 어찌나 단호한지 언니들은 아무 말도 하지 못하고 가만히 있다.

엄마는 아무 말 없이 내 손을 꼭 잡고 있다. 그 느낌을 알 수는 없다.

난 이제 여기 있기 때문이다. 하지만 얼마나 세게 잡고 있는지, 엄마의 손등을 보면 알 수 있다. 엄마의 손뿐만이 아니라 몸까지 떨고 있는 것이 생생하게 보인다. 가슴이 답답해서 미치겠다.

“하나야.”

“하나야.”

엄마가 조그맣게 날 부른다.

한 번, 두 번, 세 번……. 점점 목소리가 커진다.

나도 힘껏 소리 내어 대답하고 싶지만, 아니 대답하고 있지만 소
용없다. 엄마에게 들리지 않을 테니까. 엄마처럼 내 얼굴에도 눈
물이 줄줄 타고 흐른다.

결국 엄마가 쓰러진다. 내 몸에 얼굴을 묻고 있던 엄마가 스르르
종이 인형처럼 쓰러진다.

“아주머니, 아주머니, 정신 차리세요.”

간호사 언니 중 한 명이 뛰어나가고 한 명이 엄마를 부축한다.

“엄마!”

얼른 엄마 쪽으로 달려가 엄마를 잡았지만 소용이 없다. 내 손은
엄마 몸을 통과해 버린다. 습자지 같은 엄마 얼굴을 보면서도 난
엄마 손조차 잡아 줄 수가 없다.

잠시 후 엄마가 사람들에 의해 실려 나간다.

엄마를 실은 침대가 내 몸을 그대로 통과하는 것을 보면서 난 실
감한다. 내가 죽었음을.

이렇게 여전히 다 보이고 다 느껴지는데, 엄마의 마음을 알 수 있
는데, 죽었다니. 이렇게 눈물이 쏟아지는데 내가 정말 죽은 건가. 하
지만 부인해도 소용없다는 걸 알겠다.

갑자기 아무것도 안 보이고 사방 천지가 하얗다. 그저 하얀빛이다.

아! 이렇게 사람들은 이 세상이 아닌 다른 곳으로 가나 보다.

두리는, 두리는 어디 있을까? 두리도 보지 못했는데, 두리가 보고 싶다. 결국 태권도 심사를 못 보고 간다. 이제 태권도 하는 모습뿐만 아니라 하얀 얼굴이 빨개지도록 용을 쓰며 팔씨름을 하는 것도, 자기가 뽀뽀를 해 주면 어떤 잘못을 해도 다 통과되는 줄 알고 내 얼굴 앞으로 입술을 쭉 내밀던 모습도, 울지 않으려고 입술을 다물고 눈을 끔벅거리던 모습도 볼 수 없다. 엄마 소원처럼 키가 훌쩍 커서 내가 올려다보는 일도 없을 것이다.

정말 이제는 엄마와 두리만 살아가야 하는 건가? 나는 이제 이곳에서 엄마와 두리랑 함께 살 수 없는 건가?

엄마랑 두리만 두고 가다니, 도저히 갈 수가 없다.

두 사람은 솔직히 안심이 안 된다. 두리 때문에 더 약해진 엄마다. 눈물이 더 많아진 걸 보면 알 수 있다. 그런 엄마 곁에서 내가 힘이 되어 주어야 하는데, 어서 커서 엄마의 짐을 덜어 주려고 했는데 모든 것이 어긋나 버렸다.

내가 없으면 엄마는 누구에게 두리 얘기를 하며 의논을 할까. 물론 할머니도 계시지만 그래도 내가 필요한 의논도 있을 텐데 말이다. 게다가 엄마는 나랑 두리 이야기를 하고 나면 기분이 훨씬 나아진다고 했다.

"우리 딸이 이렇게 든든하다니까……. 두리에게 누나가 없었다면 엄마는 더 막막했을 거야.”

그런데 이제 누나 없는 두리가 되고 말았다.

두리가 클수록 엄마에겐 내가 필요할 것이다. 젊은 애들의 정서나 분위기도 알아야 할 테니까. 게다가 두리는 남자고 아빠도 없으니 내 남자 친구들의 도움이 필요할지도 모른다. 엄마는 못해도 내가 할 수 있는 방법으로 두리를 지켜 주어야 하는데 이제는 어떤 방법도 쓸 수가 없겠다.

엄마가 우울해서 두리에게조차 말을 안 걸고 있으면 두리는 데친 배추처럼 기가 죽어 있다. 그럴 때 같이 게임하자고 말해 주면 햇살보다 더 환하고 눈부시게 웃는 두리인데……. 두리 때문에 속상해서 두리에게 화를 낸 뒤 화장실을 들락거리는 엄마를 위해 두리를 데리고 산책도 해야 하는데…….

울보들 사이에 내가 있어야 하는데, 엄마 표현에 의하면 덜렁이인 데다 애교는 없지만 분위기 업그레이드 담당인 내가 있어야 하는데……. 울보들만 두고 가야 하다니.

‘아…….’

엄마 말대로 내가 대학생이 되면 엄마와 나는 멋진 친구가 되어 데이트할 수 있을 텐데, 엄마가 좋아하는 카프리도 함께 마시고, 열심히 아르바이트한 돈으로 생색내면서 엄마를 콘서트장에 초대하고 싶었는데 아무것도 하지 못하게 되었다.

학습 능력이 떨어지는 두리에게 공부도 가르쳐 주어야 하는데…….

두리에게 설명하는 일은 쉬운 일이 아니다. 누구라도 참지 못하고 짜증을 낼 것이다. 엄마나 나처럼 애정을 가지고 두리를 이해하는 상황에서 가르치지 않으면 힘들 것이다. 두리 공부는 내가 책임지고 가르쳐 줄 작정이었는데…….

형편이 나아져서 인라인 스케이트를 사게 되면 두리랑 함께 배워서 멋지게 타려고 했는데. 매일 저녁 읽어 주기로 한 동화책은 어쩌지?

갑자기 가슴이 터질 것 같다.

'아! 나는 이대로 도저히 갈 수가 없을 것 같아. 엄마를 두고 두리를 두고 이렇게 갈 수는 없어.'

2

딸아이가 죽었다.

하나가 누워 있는 동안 내내 내리던 비는 하나가 죽는 날도 내렸다.

그런데 하나를 보내는 오늘은 보송보송, 온 세상을 말릴 듯 햇살이 강렬하다. 강물이 햇살을 빨아들이며 빛으로 되살아나 치솟아 오른다.

물빛은 이렇게 고운데, 이리 눈부시게 빛나는데 아이를 혼자 보내야 한다.

마음이 답답하면 찾아오던 강. 여름의 북한강은 푸르기만 하다.

아이와 함께 강이 내려다보이는 카페에서 차를 마시기도 했었는데…….

"여선아."

미란이 내 어깨를 잡는다.

"시간이…… 없어. 더 못 계신대."

사공 이야기다.

상자 속으로 천천히 손을 집어넣는다.

보드라운 밀가루처럼 내 손에 잡히는 아이.

천천히 주먹을 단지에서 꺼내 허공으로 가져간다. 서서히 내 손에서 빠져나가는 아이.

내 딸 하나가 죽었다.

내 손끝에서 아이가 날아가는데도 믿을 수가 없다. 이건 현실이 아니다.

바람이 아이를 낚아채 간다. 바람에 날려 가는, 물결에 흘러가는 아이를 보면서 아이의 눈이 자꾸 떠오른다.

하나는 내가 죽였다.

하나는 내가 죽였다.

언제였을까. 한 달 전쯤이었을까. 두 달 전쯤이었을까. 시간의 흐름도 알 수 없다.

신문에서 읽었던 기사 하나가 강력한 둔기로 변해 나의 머리를 세게 후려친다.

자식을 베란다에서 던져 버리고 자신도 뛰어내린 비정한 엄마의 기사를 읽는 순간, 내 온몸에 소름이 돋았다. 손가락 끝에서부터 마치 실존하는 물체가 지나가듯 그렇게 소름이 온몸으로 번졌다. 나는 마치 나의 범죄 사실이 폭로되기라도 한 듯 얼른 신문을 덮었다.

그건 그저 남 이야기가 아니었다. 내 내부에서 일어나고 있던 어떤 강력한 기운이었다.

그래, 그 기운 때문이었는지 모른다. 아이를 죽음으로 몰고 간 것이. 아이들의 만화영화에서 등장하는 악마의 기운처럼 내 속에 도사리고 있던 죽음의 유혹이 아이를 죽게 한 것인지 모른다.

내가 하나를 죽인 것이다.

같이 죽자고 했을 때 죽고 싶지 않다고 말하며 눈물 글썽이던 하나의 눈, 두려움에 촛불처럼 흔들리던 간절한 하나의 눈빛이 나를 칭칭 동여맨다.

이대로 내 몸을 강물 속으로 던지고 싶다.

기억하고 싶지 않은 그날의 일들이 강물 위로 고스란히 떠오른다.

아침부터 컨디션이 좋지 않았다. 편두통이 심해 벽에다 머리를 박거나 머리카락을 쥐어뜯고 싶을 정도였다. 오후 2시가 막 넘어섰는데 진통제 세 알째였다. 증상이 이렇게 계속되면 앞으로 서너

알은 더 먹을 판이었다.

약을 틀어넣고 막 냉장고 문을 닫을 때였다. 전화벨이 요란스럽게 울렸다. 급하게 방으로 뛰어들어 가며 소리쳤다.

"내가 받아요."

당연 내가 받아야 했다. 요즘 걸려오는 전화의 대부분이 빚 독촉하는 전화인데 내가 받아야 했다. 그런데도 난 쫓기듯 그렇게 소리쳤다.

"정여선 회원님이신가요?"

L카드사에서였다.

"회원님, 약속하신 날짜 지났는데요."

약속하지 않았다. 약속할 수가 없는데 어떻게 약속을 했겠는가. 그쪽에서 일방적으로 그때까지 준비하라는 말을 하고 끊었을 뿐이었다.

"약속한 적이 없다뇨? 좋아요. 그건 그렇다 치고, 어떻게 하실 건데요?"

어떻게 할 건지 알 수 있다면, 언제까지 얼마를 갚을지 알 수 있다면 좋겠다. 내가 앞으로 어떻게 될 건지, 내가 무엇을 할 수 있는지 알 수 있으면 좋겠다.

"어떻게 해야 할지 모르겠다니 그렇게 우스운 말이 어딨어요?"

"어쨌거나 본인이 쓰신 거잖아요? 쓸 땐 잘 쓰고 이러시면 어떡해요?"

"그렇게 아무 말 없으면 어떡해요?"

"어떻게 할 수가 없다니, 나이가 몇 살인데 본인 인생 하나 계획하지 못하나요? 아니면 쓰고 안 갚을 생각이셨나요?"

이제 겨우 스물두서너 살쯤 되었을까 싶은 목소리였다. 무척이나 야무지고 당당한 목소리 앞에서 난 작아지고 있었다. 아니 잘게 부서지고 있었다.

"이렇게 편리를 봐 드리는데, 삼십만 원만 준비하면 이번 달을 넘겨 드린다는데 그것도 안 하겠다는 것은 갚을 의사가 없다는 거 잖아요."

그게 아니었다. 30만 원도 내놓을 수가 없는 상황이었다. 그리고 피 같은 30만 원을 내 봤자 닦달을 한 달쯤 쉬게 될 뿐이었다. 한 달 후에는 더 늘어난 총액으로 조여 올 것이 분명했다. 이미 다른 카드사에서 해 본 경험이 있었다.

"한 번만 더 기다려 보겠어요. 그때까지도 이런 식으로 나오면 일괄 청구할 수밖에 없어요."

협박처럼 들리지도 않았다. 일괄 청구라니. 한 달치 대금도 못 내서 연체 중인데 일괄 청구를 하겠다니. 그럴 수 있는 사람이라면 왜 연체를 하겠는가. 저것을 협박이라고 한 것일까, 강경책이라고 택한 것일까.

만약에 협박이라면, 일괄 청구를 해도 못 내는 사람은 어떻게 하는 걸까.

목소리 대신 뚜뚜, 신호음만 들리는 수화기를 들고 한참을 있었다.

연체를 시작하면서 각오하고 또 각오한 일이었다. 많이 시달릴 것이고, 어떤 조치를 당하더라도 감수해야 한다고, 내 몫이니 받아들여야 한다고 다짐하고 다짐했었다. 하지만 난 번번이 흔들렸다. 모욕감도 모멸감도 내가 받아야 할 대가 목록에 진작 포함시켰는데 소용이 없었다.

자기 인생 하나 계획하지 못하느냐는 앳된 목소리가 귀를 파고들어 와 온몸을 찌르고 다녔다. 진짜로 몸 여기저기 쑤시는 것 같았다.

이불을 꺼내 뒤집어쓰고 누웠다. 잠이라도 푹 자고 싶었다. 쪼아대는 머리 때문에 잠들 것 같지는 않았지만 잠들고 싶었다.

이리저리 몸을 뒤척이고 있는데 어머니의 고함 소리가 들렸다.

"좀 조용히 놀아. 넌 왜 그렇게 끊임없이 중얼거리냐?"

유달리 큰 고함 소리가 고막이며 얼굴 피부를 찢는 것 같았다. 어머니가 두리에게 하는 말이었다. 그 말이 마치 쇠갈고리라도 되듯, 마치 고깃덩이가 쇠갈고리에 찍혀 올려지듯 나는 자리에서 벌떡 일어나 앉았다.

어머니도 속이 상할 만큼 상해서 신경이 많이 날카로워졌을 거라는 건 충분히 짐작할 수 있었다. 하지만 어머니의 신경질 섞인 말에 나 자신도 모르게 끙 하고 신음 소리가 났다.

"텔레비전 볼륨 좀 낮춰!"

다시 한번 어머니의 날카로운 소리가 났고 나는 자동소총처럼 튕겨 나가다시피 방에서 나갔다.

"너 왜 그렇게 말을 안 들어. 한번 말하면 좀 들어야지."

갑작스런 내 고음에 두리는 금방 눈과 코 주위가 붉어졌다.

많이 나아졌지만 여전히 두리는 제 행동이나 말에 제약을 받으면 잘 울었다. 하지만 울지 말고 씩씩해지라는 나의 반복된 주문 때문인지 점점 참으려고 애를 쓰는 것이 보였다. 눈을 끔뻑거리며 고개를 옆으로 돌리는 모습, 그 모습이 더 안쓰러워 마음이 편치 않았지만 나도 꾹꾹, 참고 외면하곤 했었다.

텔레비전에서는 '탑 블레이드' 라는 만화를 방영하고 있었다.

울지 않으려고 연신 두 눈을 끔뻑거리는 두리를 쳐다보다가 텔레비전을 확, 꺼 버렸다. 마치 전원을 꺼 버리면 내 시끄러운 속이 가라앉기라도 할 듯.

두리는 더 이상 참지 못하고 눈물을 흘리기 시작했다. 보고 있던 만화를 못 보게 되었으니 두리로선 더 이상 참기 어려운 상황이었을 것이다. 말로 살살 달래어 동의를 얻은 다음에 끈 것도 아니고 무작정 꺼 버렸으니 말이다.

하지만 난 이미 이성적인 사고 능력을 잃은 뒤였다. 왜 우느냐고 오히려 두리의 등짝을 두어 대 때렸고 아이는 결국 소리 내어 울음을 터뜨렸다.

자기 방에 있던 하나가 마루로 나온 것과 어머니의 목소리가 들린 것은 거의 동시였다.

"참말로 잘한다. 너 지금 나한테 시비 거는 거냐? 나 보라고 일부러 애 잡는 거냐? 그래, 내가 한소릴 했다. 정신 산란해 죽겠는데 계속 중얼거리는 게 거슬려서 한마디 했다. 그게 그리 기분 나쁘냐?"

어머니는 평소에도 목소리가 큰 편이었다. 그래서 우리 애들은 할머니의 고함 소리에는 어느 정도 익숙해져 있었다. 다른 애들 같으면 놀라거나 주눅 들 정도의 고함 소리도 그냥 일상 대화로 여길 정도였다.

하지만 그때는 어머니의 목소리에서도 날카로워질 만큼 날카로워진 칼날이 느껴졌다. 내가 정상이었다면 나까지 함께 칼을 휘두르는 어리석은 짓은 하지 않았을 것이다.

"어서 들어가. 그만 질질 짜고. 돌아 버리겠다, 정말."

두리를 방 안으로 거칠게 밀어 넣었고 애는 어이없이 콰당 넘어졌다. 더 큰 울음소리가 집 안을 울리는 건 당연했고 그것은 하나의 도화선이었다.

"아이고, 아이고."

어머니가 싱크대 쪽으로 가 개수대에 놓여 있던 설거지거리를 탕탕 내리치며 괴성을 질렀다.

"귀신은 다 뭘 하나. 나 안 데리고 가고. 참말로 못살겠다. 아이고, 더 이상은 못 살겠다. 아이고 아이고, 내가 무슨 죄를 많이 져서 이 꼴 저 꼴 다 보고 살아야 하나. 내 팔자야. 평생을 고생만 하는 이놈의 팔자, 차라리 죽는 게 낫지. 죽는 게 나아. 남들은 아들 딸 덕 보며 잘만 사는데……."

언제는 돈 때문에 걱정 안 하고 살았겠냐만, 막상 구체적으로 빚더미에 깔리자 엄마는 불편한 심기를 종종 드러내었다. 아이들의 엄마로 살아가는 세월이 길어질수록 어머니를 여자로서 한 인간으로서 이해하기 시작했지만 나 역시 지칠 대로 지쳐 가는 중이라 그런지 어쩔 수 없이 어머니의 팔자타령이나 넋두리가 거슬릴 때가 있었다.

특히 어머니의 넋두리는 내가 카드 채무자의 대열에 끼어든 이후로는 그 주기가 짧아졌다. 무능력해지고 무기력해진 내게는 그 넋두리조차 버거웠다. 더군다나 이사를 한 후 노골적으로 늘어난 엄마의 짜증과 하루 종일 구겨진 인상을 보는 일은 고문에 가까웠다.

어머니는 본래 무뚝뚝한 편이었지만 더욱 뚱한 표정을 하고 있어 대하기가 참 많이 불편했다. 편하게 모시지 못하는 자식인지라 할 말은 없었지만 나 역시 신경이 올올이 곤두선 상태이다 보니 엄마의 반응이 자꾸 신경이 쓰였고 손가락에 박힌 가시처럼 걸렸다. 자연히 나 역시 얼굴이 어두워졌고 집안 분위기는 그야말로 살얼음판 같았다. 이성적으로는 그러지 말아야지 하면서도 감정은 내내 그렇게 날이 서 있었다.

그날은 그렇게 서 있던 날이 결국 휘둘러진 날이었다.

"도대체 언제까지 이렇게 살아야 해? 어디론가 훨훨 떠나고 싶

은데도 갈 수도 없고, 아이고, 도대체 이놈의 팔자는 어째서 이 모
양이야? 자식 때문에 내 인생 포기했으면 대가는 없더라도 고통은
그만 줘야지. 죽을 날이 가까워진 나이 때까지 이러고 살아야 하
나.”

“아악!”

정말 나도 몰랐다. 내 속에서 그런 소리가 튀어나올 줄은, 내가 그
렇게 소리를 지를 줄. 희한한 괴성을 지르며 머리를 뒤흔들어 댔다.

“제발, 제발 좀 그만해요. 내가 무슨 죄인이에요? 내가 죄인이냐
고? 나 혼자 잘 먹고 잘 사느라고, 내 몸에 비싼 옷이랑 보석 두르다
가 생긴 빚이에요? 그래요, 내가 죄인이에요. 내가 잘못한 거예요.”

몸속에 있던 풍선들이 죄다 터지는 것 같았다. 그 풍선마다 분노
와 절망, 고통 같은 어두운 감정들이 담겨 있다가 한꺼번에 폭발하
듯 터져 나왔다.

“나도 지겨워. 지겨워 미치겠어. 지금까지 이렇게 동동거리며
사는 것도 버거웠어. 그런데 앞으로도 그렇게 살아야 한다고 생각
하니 돌아 버리겠어. 좋아요. 엄마도 가세요. 갈 데 있다면서요?
가세요. 제발 가세요. 희생? 아하! 아하……..”

듣기에도 괴기한 소리가 내 목에서 터져 나왔다.

갑작스런 나의 행동에 어머니는 잠시 놀란 표정이더니 금세 기
세를 올렸다.

“이제 눈에 보이는 게 없구나. 어디서 악을 쓰고 난리야? 누가

너더러 이렇게 살라고 했냐?”

“아뇨, 아무도 이렇게 살라고 안 했어요. 그래서 내 책임이라 여기고 열심히 살아 보려고 애썼어요. 그렇지만 내가 죄인인가요? 나도 힘들어 죽겠는데 매일매일 눈치 보는 것도 이제 싫어. 엄마는 툭하면 나 때문에 희생했다고 하는데. 좋아요, 나 아니었으면 어떻게 사셨을 건데요? 얼마나 나아졌을 건데요? 좋아요. 가요, 가. 희생했다는 그 소리 지겨워. 정말이지 미치겠다고!”

목소리가 점점 더 높아졌다. 온몸을 뒤흔들어 댔다. 거의 발작에 가까웠다.

“아니 정말 미쳤나, 이게?”

“도대체 뭘 얼마만큼 희생했죠? 안 그랬으면 뭐 어쨌을 텐데요? 아아…… 미치겠어. 진짜 가세요. 알아요? 난 말이에요, 살기도 싫은 사람이에요. 살기 싫다고요. 지긋지긋해. 애들이야 내 책임이니 죽이든 살리든 내가 알아서 할 테니까 엄마는 알아서 어디로든 가세요. 신자들은 자살하면 안 되잖아요?”

그 순간, 어머니가 내게 던진 컵이 내 머리에 부딪히고 바닥으로 떨어졌다. 다행히 유리가 아니어서 깨어지지는 않았다.

“엄마……, 엄마…….”

하나가 내 팔을 잡으며 울었다.

“완전히 미쳤구나, 미쳤어. 돌았어.”

“네, 나, 돌았어요. 미쳤어. 지금까지는 그래도 앞으로는 이렇게 살지 않을 거라는 희망이 있었는데, 그래서 견딜 수 있었는데, 아니었어. 희망 따위가 가능한 상황이 아니야. 남은 인생을 내내 빚을 갚다가 죽고 싶지 않아. 그럴 바에야 차라리 빨리 죽고 말아."

"자식이 부모 앞에서 잘하는 소리다. 그래, 너 참 잘났다. 애들한테 만날 예의가 어떻다고 하더니 네 새끼들 앞에서 어미한테 바락바락 대들기나 하고, 죽는다는 소리까지 하고, 참말로 자알한다."

생각보다 어머니 목소리는 크지 않았다. 아니, 어쩌면 내가 워낙 미친 듯이 고함을 질러서 상대적으로 작게 들렸는지도 모르겠다.

그런데 그 순간, 갑자기 두리가 소리를 지르기 시작했다. 아주 오랜만에 나타난 패닉이었다. 그런데도 나는 두리를 어떻게 할 생각도 하지 않고, 나도 그 옆에 주저앉아 소리를 질렀다. 소리를 지르며 울었다. 두 손으로 머리를 쥐어뜯으며 괴성을 지르며 울었다.

그럴 만한 일이 아니었다. 그만큼 분노할 일이 아니었다. 하지만 난 미치고 있었다. 그 난리를 치는 중에도 이런 생각이 들었다. '아, 사람이 이렇게 해서 미치는구나.'

어머니는 심상치 않았는지, 너무나 어이가 없었는지 더 이상 합류하지 않고 방으로 들어갔다.

난 마루에서 내 방으로 옮겨와 기력이 다할 때까지 울었다. 소리를 치고, 웃기도 하면서 울었다. 한참 울다 보니 하나와 두리가 내 옆에 있었다. 두리는 지쳐서 자고 있었고 하나는 놀라고 걱정스러운 얼굴로 날 보고 있었다. 처음이었다. 그렇게 미친 듯이 울부짖는 모습을 아이들은 처음 보았던 것이다.

울고 나면 시원할 줄 알았다. 하지만 가슴은 서리가 잔뜩 낀 차창 같았고, 와이퍼가 닦아 내어도 자꾸만 뿌옇게 흐려지는 폭우 속의 차창 같았다. 게다가 무거운 돌이라도 매달아 물속에 빠뜨려진 듯 어디론가 하염없이 가라앉고 있었다.

"엄마."

하나가 날 불렀다.

"엄마, 괜찮아?"

그 소리에 한쪽 구석에 누워 있던 두리도 눈을 뜨며 일어나 앉았다.

"엄마……!"

아이들을 보는 순간, 기가 막혔다. 애들의 얼굴을 점령하고 있는 그 어두운 두려움이라니……. 갑자기 무섭다는 생각이 들었다. 미처 나가기라도 한다면 이 애들은 어쩌나 하는 생각. 앞으로 정말 어찌 살까 하는 두려움.

"하나야."

"응, 엄마."

"하나야."

"응, 엄마."

"엄마, 이제 자신이 없다. 이제 자신이 없어. 못할 것 같은데, 아무리 생각해도 못할 것 같은데 잘할 수 있다고 말하지 않을 거야."

목소리가 다시 심하게 떨렸다.

"엄마……."

"엄마니까 다 할 수 있다고, 엄마는 강하다고 말하지 마. 난 강하지 못해. 난 할 수 없어. 할 수 없다고."

난 하나의 어깨를 잡아 흔들면서 큰 소리로 말했다. 하나는 아무 말도 하지 않았지만 내게 엄마니까 그러면 안 된다고, 강한 모습으로 일어서라고 하는 것 같았다.

"아무것도 하고 싶지 않아. 노력하고 싶지도 않아. 지금까지 하고 싶은 것 안 하면서 살아온 것은 언젠가는 내가 하고 싶은 걸 할 수 있다는 꿈 때문이었어. 이제 그 꿈이 얼마나 웃기는 건지 알겠어. 난 아무것도 할 수도 없고 하고 싶지도 않아."

내 앞에 앉아 있는 사람이 내 자식인 것을, 이제 중학교 1학년짜리라는 것을 생각하지도 않았다. 그저 난 떠들어 댔다. 마치 누군가 나를 뜨거운 불 속으로 집어넣으려고 해서 발버둥 치듯 그렇게 떠들어 댔다.

"엄마, 그러지 마. 엄마, 그러지 마."

"하나야. 엄마는 그만 살고 싶다. 엄마는 죽고 싶은데 하나는 어쩌지? 두리는 어쩌지? 함께 죽을까? 그래, 우리 다 죽자, 응? 다 죽자."

하나의 얼굴이 찡그린 채로 굳어졌다.

"아니, 엄마. 나 죽고 싶지 않아."

그 말이 뜨겁게 달궈진 쇠꼬챙이가 되어 나를 지져 댔다. 말로

다 표현할 수 없는 화가 치밀어 올랐다. 그래서 더 큰 소리로 소리 쳤다.

"그러면 넌 살아. 엄만 아무것도 하고 싶지 않아. 살고 싶지가 않다고. 나보고 엄마니까 참고 이겨 내라고 하지 마. 정말 아무것도 하고 싶지 않아."

"엄마. 난 죽기 싫어. 아직은 졌다고 말할 수 없어. 엄마, 그러지 마. 지금까지 잘해 왔잖아. 힘내자, 엄마. 부탁이야. 난 죽기 싫어. 그리고 엄마가 없는 것도 싫어."

"나도 싫어."

두리까지 울먹이는 목소리로 거들었다. 무슨 내용인지도 정확히 모르면서 두리도 울었다.

중학교 1학년짜리 아이에게, 초등학교 2학년짜리 아이에게 죽자고 하는 엄마, 아이에게 죽기 싫다는 말을 하게 한 엄마. 그게 엄마일까?

"엄마, 죽기 싫어. 그런 말 하지 마."

그렇게 말할 때 하나의 눈에는 아직 흘러내리지 않은 눈물이 고여 있었다.

그 눈빛을 무엇이라 표현할 수 있을까.

온몸이 뜨겁게 달구어진 쇠꼬챙이로 지져지는 것 같은데도 아이의 눈을 똑바로 보았다. 내 의지랑 상관없이 아이의 눈을 마주 보고 있었다. 시선을 옮길 수가 없었다.

몇 초였을까, 몇 분이었을까, 몇 시간이었을까……. 배우를 공중에 떠 있게 하던 피아노 줄이 끊어지듯 난 아이의 시선으로부터 풀려나 맥없이 옆으로 누웠다. 그리고 아이들을 내보내고 반드시 누웠다. 그리고 이틀을 잤다. 완전히 수면 상태에 빠진 것도 아니면서 내내 잠을 잤다. 중간에 어머니가 한 번 와서 나를 깨웠다.

"이러지 마라. 그래, 내가 잘못했다. 네 심정 헤아리면서도 배려하지 못했다. 이러지 말고 밥 먹고 기운 차려. 네 말대로 네 새끼들, 네 책임이잖아."

죄송하다고 곧 일어나겠다고 말하고서도 도저히 일어날 수가 없었다.

죽음 같은 잠에 빠져 있으면서 난 진지하게 자살을 꿈꾸었다. 살아가면서 얼마나 자주 우리는 죽음을 떠올리는가. 하지만 그런 것은 대부분 스쳐 지나가는 비바람 같은 정도의 강도였다.

그런데 진지하게 죽고 싶다는 생각을 하고 죽어야겠다는 계획을 떠올리자 두려웠다. 덜컥 겁이 나고 심장이 빠르게 요동쳤다. 구체적으로 죽을 방법을 생각하자 정말 무서웠다. '아이들이 약을 먹어 줄까?' 하는 생각도 들었고, 교통사고로는 죽지도 못하고 더 극한 상황에 처해질 수도 있다는 생각을 하자 무서웠다.

죽음을 생각했기 때문이었을까. 시간이 지날수록 몸이 아파 왔다. 열이 나면서 으슬으슬 춥기도 하고 식은땀이 나서 베개가 다 축축해졌다. 하나가 방을 들락거리며 상황을 살폈고 어머니가 수건이며 약을 날랐다. 하지만 결국 내가 정신을 차린 곳은 병원이었다.

이틀 동안 두렵고 혼란스러운 꿈과 현실의 경계선에서 힘들어하다가 결국 정신을 놓아 버렸고 병원에서 링거를 맞고서야 눈을 뜬 거였다. 나는 마치 자살을 시도했다가 살아난 사람 같았다.

그렇게 폭풍우가 지나가고 거짓말처럼 평온이 찾아왔지만 모두들 지칠 대로 지친 상태였다.

그런 상태 끄트머리에 이제 하나는 없고 두리와 나만 남은 것이다.

4장

백
야

두리네 미술학원에서 재롱잔치를 했다.

엄마와 함께 일찌감치 학원에 가서 앞쪽에 자리를 잡았다. 재롱잔치는 옆 건물 지하인 영흥교회를 빌려서 이루어졌는데 그래도 공간이 좁은 듯했다.

두리는 전부 세 번 무대 위에 등장했다.

그런데 정말 엄마는 못 말린다. 고양이 가면을 쓰고 춤을 추는 첫 번째 등장 때부터 울기 시작하더니 계속 손수건으로 눈가를 찍었다. 비디오 촬영을 어떻게 하는지 모를 일이었다.

엄마는 정말 울보다. 특히 두리에 관한 거라면 엄마 자신의 말처럼 다분히 '비이성적'이 된다. 하긴 두리가 친구들이랑 음악에 맞춰 율동하는 것을 보니 나도 코가 찡해졌다.

두리는 동작을 따라 하는 것을 잘 못한다. 그것은 단순히 '몸치'라서 그런 게 아니라 자폐 증상을 가진 아이들의 특징이라고 했다. 소근육과 대근육 운동 능력이 또래에 비해 떨어지기 때문이라고 했다.

두리의 이야기를 들을 때마다 속상하면서도 신기하다.

누구나 때가 되면 다 하는 것으로 알았던 행동들이나 생각들을 할 수 없는 아이들도 있다는 것이 이상하다.

오늘 두리는 참 잘했다. 다른 아이들에 비해 동작이 정확하지는 않았지만 그래도 전체적으로 비슷하게 따라 하는 것이 신통하기만 했다. 남들의 눈에 그저 조금 몸이 둔한 아이로 보였겠지만 그 정도라도 하기까지 엄마와 두리가 얼마나 애를 썼는지 우리는 안다.

그렇게 생각하니 한편으로는 엄마가 눈물을 흘리는 것이 이해가 되기도 한다.

돌아오는 길에 피자헛에 가서 피자를 먹었다. 내가 좋아하는 스파게티도 먹었다. 가끔 집에서 피자를 시켜 먹기는 해도 나가서 먹는 일은 아주 드문 일이다. 엄마의 얼굴이 환해 보여 나까지 기분이 무척 좋았다.

우리 가족은 두리 문제만 없다면 행복할 것이다. 아빠의 자리가 비어 있지만 행복할 것이다. 아니, 지금까지 그랬다. 그런데 두리가 문제가 있다는 것을 알고 난 뒤로 조금씩 달라지고 있는 것 같다. 그래서 가끔 불안하다.

하지만, 하지만 다 좋아질 거야. 다 좋아질 것이다.

두리는 정말 계속해서 다른 사람들과 다를까. 시간이 지나면 괜찮아지지 않을까.

엄마가 그렇게 열심히 이곳저곳으로 데리고 다니면서 배우게 하는데 별 소용이 없는 것일까.

아빠가 있으면, 우리도 아빠가 있었으면 어땠을까. 두리가 자폐라는 것을 앓지 않았을까.

엄마는 가끔 두리가 이런 상태인 것이 엄마 아빠의 잘못 같다고 한다. 아마 그렇게 생각하기 때문에 더욱 두리에게 매달리는지 모른다.

정말 그럴까. 엄마 아빠가 이혼을 해서 두리가 자폐아가 된 걸까. 난 괜찮은데…….

사실 아빠가 없다는 것이 아무렇지 않은 것은 아니다. 그런 내색을 하지 않을 뿐이지 나 역시 친구들 사이에서 곤란해할 때가 많다. 일부러 아빠에 대한 생각을 하지 않으려고 한다. 일부러 내게 아빠가 없다는 사실을 잊어버리려고 한다. 친구들도 모른다.

어쩌면 앞으로는 아빠가 없다는 사실이 심각한 문제가 될 수 있을지도 모른다는 생각이 든다. 더구나 두리는 남자니까 아빠가 더 필요한지도 모른다.

아빠가 없어 남자 목욕탕에 가 보지도 못한 두리, 괜히 마음이 짠하다.

딸아이의 일기장을 찾아낸 곳은 그 애의 책상 두 번째 서랍이었다.

처음 열었을 때는 사인펜과 편지지, 전에 사용했던 필통 그리고

학이나 새알 등을 만드는 작고 예쁜 종이들, 견출지 등이 눈에 띄었다. 그런데 그것들을 치워 내자 작은 공책이 하나 보였다.

그것은 딸아이의 일기장이었다.

그것을 발견한 게 딸아이를 뿌리고 온 어제 저녁이었고, 나는 내내 그 애 방에서 일기를 읽고 있다. 일기장 곳곳에 하나가 들어 있어, 하나가 느낀 슬픔과 아픔이 고스란히 숨쉬고 있어, 그것을 손에서 내려놓을 수가 없다. 엄마와 두리가 몇 번 불러냈지만 나갈 수가 없다.

엄마가 조금 전에 두리를 데리고 어디론가 가는 것 같았지만 어딜 가냐고 묻지도 않았다. 모든 것이 느껴지지만 내가 할 수 있는 것은 아무것도 없다.

"일부러 아빠가 없는 사실을 잊어버리려고 한다"는 문장이 아프게 달라붙는다. 하나는 워낙 쾌활하고 씩씩해서 걱정하지 않았다.

나의 유전인자 중 당당하고 자신만만하고 고집 세고 적당히 독불장군일 수 있는 기질을 하나가 물려받았다고 생각하고 안심했었다. 그 반대 정서라 할 수 있는 여리고 소심하고 정 많고 너무 진중해서 추진력이 없어 보이는 기질은 어쩐지 두리가 물려받은 것 같아 걱정했을 정도였다.

그런데 하나도 아빠의 부재 때문에 마음에 나름대로의 그림자를 드리우고 있었던 것이다. 생각해 보면 당연한 것인데 왜 이렇게 불에 덴 듯 놀란 심정이 되는지 모르겠다.

어떻게 하나에겐 아빠 없는 생활이 아무렇지도 않았겠는가.

차마 입 밖으로 소리 낼 수는 없지만, 내가 하나에게 몹쓸 짓을 했다는 것을 인정해야 한다. 이제 그 죄가 태양 아래 훤히 드러나는 것 같은 느낌이 나의 어깨를 짓누른다.

하나 말대로 남편과 내가 이혼하지 않았다면, 두리는 어땠을까.

자폐는 선천적으로 가지고 태어난다지만 정상적인 가정에서 자랐다면 달라지지 않았을까.

우리 인간들은 누구나 자폐 증상을 가지고 있다고 한다. 그 정도가 심하고 덜하고의 차이가 있을 뿐. 그렇다면 환경적 요인이 바람직했다면 두리는 자연 치유되어 자폐 증상이 표면화되지 않았을지도 모른다. 그랬다면, 두리가 이런 상태가 아니었다면, 하나에게 좀 더 신경을 썼을까. 그랬다면 하나가 이렇듯 어이없이 가지는 않았을까.

또다시 가슴이 죄어 온다. 정말 누군가 내 심장을 움켜쥐고 힘을 주는 듯, 한번씩 가슴이 죄어온다. 요즘 들어 더 심해졌다.

돌이켜 보면 화내고 야단쳤던 기억이 훨씬 많다. 그런데도 아이는 날 잘 따랐고 늘 잘 웃었다. 내가 생각해도 심하게 혼을 냈던 날도 아이는 금방 생글생글 웃었다. 솔직히 하나가 날 닮지 않고 낙천적이고 긍정적인 사고를 해서 좋았다. 어렸을 때부터 책을 많이 읽어서인지 속도 깊고 생각하는 것도 또래에 비해 깊이가 있었다. 또한 적극적이기도 하고 밝은 모습을 보일 줄도 알았다. 그런 것들이 얼마나 고마운지 몰랐다.

그런데 그렇게 고마운 아이를 나는 필요 이상으로 혼내곤 했다. 그런 엄마를 아이는 또 좋아해 주었다. 언젠가 내가 "하나야, 솔직히 말해 봐. 잔소리 많이 하고 혼내는 엄마가 밉지? 언제 엄마가 제일 싫어? 알아야 엄마가 조심하지"라고 물었을 때였다. 하나는 웃으며 나를 가만히 보더니 이렇게 대답했다.

"서운해 안 할 거지? 사실 엄마에게 혼날 땐 엄마가 미워. 잔소리할 땐 짜증도 나고. 그런데, 거짓말이 아니고 그 자리에서 빠져나오자마자 그런 기분은 없어져. 엄마가 좋아. 엄마가 속상해할까 봐 걱정도 되고. 어쨌든 난 엄마가 좋아. 진짜야."

그렇게 말하고 미소 지으며 나를 빤히 보던 아이. 아아! 그 아이는 지금 어디쯤을 떠돌고 있을까.

가끔 저녁식사 후, 세상이 각각의 사연들로 각각의 빛깔들을 피워 올릴 때, 하나와 식탁에 앉아 이야기를 하곤 했다.

나는 맥주 한 잔, 하나는 주스 한 잔, 둘이 마주 앉아 '건배!' 하고 잔을 부딪히고서 이런저런 이야기를 하면 아이는 참 좋아했다. 그런 시간이면 아이는 속에 있는 이야기들을 하나씩 끄집어냈다. 학교생활, 교우 문제, 그 작은 가슴이 바라보는 세상 이야기들, 마술 모자 속에서 나오는 오색 천이나 비둘기처럼 그 이야기들은 신기하기도 했고 귀엽기도 했고 대견스럽기도 했다.

"난 이렇게 엄마랑 이야기하는 시간이 참 좋아. 되게 폼 난다! 내가 어른이 된 것 같기도 하고.”

이야기하는 동안 나와 마주쳤던 하나의 눈이 어찌나 초롱초롱 빛나던지, 길을 가다가도 내 팔짱을 끼고 기대어 올 때 그 겸연쩍은 어리광은 또 얼마나 귀엽던지…….

언제부터였을까, 하나가 좋아하던 우리의 시간을 제대로 가져 보지 못한 것이.

아, 나는 어떻게 살고 있었던 걸까.

아이가 다시 돌아올 수만 있다면, 아이가 동글한 두 눈으로 나를 보아 준다면, 두꺼워서 밉다고 걱정하던 입술로 ‘엄마!’ 하고 불러 준다면 난 모든 것을 다시 시작할 것이다. 나도 용서하고 세상도 용서하고 다시 시작할 것이다. 아이에게 진정으로 좋은 엄마가 될 것이다.

하지만 절대 그런 일은 생기지 않겠지…….

그렇다면 나는 어떻게 하지? 이 가슴으로는 도저히 아무것도 할 수가 없는데, 어떻게 하지?

2

아빠를 만났다.

엄마 아빠가 이혼했던 그해 겨울방학 때 잠시 본 것 빼고 처음 만났다.

솔직히 기분이 좀 이상했다.

화난 얼굴로 있기도 그렇고 자꾸 웃고 있기도 뭐했다. 하지만 가능한 한 자연스럽게 있으려고 애썼다.

아빠가 나보고 많이 컸다는 말을 몇 번이나 했다. 당연히 초등학교 1학년 꼬맹이 때랑 4학년인 지금이랑 다를 것이다. 아빠도 좀 늙었다.

식당에서 우리 네 식구가 밥을 먹으니 잠시 다른 가족들처럼 한집 사람들 같았다. 다른 사람들은 우리가 그런 줄 알 것이다.

아빠가 온 것은 두리 때문이라고 했다.

오늘 두리를 데리고 더 큰 병원에 갔는데 아빠랑 함께 갔다고 했다. 엄마는 아빠가 두리 때문에 가끔 우리를 만나러 올 것이라고 했다.

엄마 몰래 엄마 표정을 훔쳐보았지만 엄마가 어떤 기분인지 짐작할 수 없었다.

두리에게 좋은 거라면, 두리에게 필요한 일이라면 엄마는 뭐든지 할 것이다.

아빠를 만나는 일이 기분 좋은 일이 아니더라도 그렇게 할 것이다.

나도 잘 모르겠다.

아빠를 만난 것이 좋은지 나쁜지 모르겠다. 하지만 아빠를 만난다는 말을 들었을 때부터 가슴이 두근거리기는 했다. 그리고 지금까지 아빠 생각이 자꾸 나기도 한다.

만약에 이렇게 자주 만나다가 우리가 전처럼 한 가족으로 살게 된다면,

솔직히 좋을 것 같다. 물론 아빠가 전처럼 엄마를 때리거나 속상하게 안 해야겠지만.

아빠가 두리를 만나고 엄마 말대로 두리를 데리고 어디를 다니고 하면 두리가 많이 좋아질 수 있을까.

그렇게 된다면 여러 가지로 정말 참 좋겠다.

그렇다면, 두리가 아픈 것이……, 이런 말을 해도 되는지 모르겠지만, 나쁜 일만 아닐 수도 있겠다. 두리 때문에 우리 가족이 다시 하나가 된다면 말이다.

에이, 모르겠다.

아무튼 오늘은 기분이 참 특별한 날이다.

내가 하나 엄마가 맞나.

전남편을 다시 만나면서, 두리 때문에 다시 아이들 앞에 등장시키면서, 하나의 심리 상태는 고려하지 않았다. 왜 다시 만나는가에 대해서는 간단하게 설명했지만, 그 여파가 있을 하나의 심정은 헤아리지 못했다. 함께 이야기해 주지 못했다.

남편과의 결혼이 잘못된 선택임을 인정한 후부터 그와의 시간 자체를 없었던 것으로 부정하고자 했다. 그건 자존심이었을까. 그렇지만 하나와 두리가 엄연히 존재하는데, 아이들의 마음은 나랑 상관없이 따로 흐르는데, 어찌 그리 어리석은 최면을 걸었던 걸까. 어리석을 뿐 아니라 무책임한 최면이었다.

오랫동안 나를 가슴에 품어 왔다는 남편의 구애는 끈질기고 열렬했다. 목숨을 들먹이는 그의 열정이 외로움과 그리움에 가시나무처럼 떨고 있던 나에게 구원처럼 여겨진 것도 사실이었다. 남편이 마음을 털어놓았을 때 난 핏빛 같은 그리움으로만 남은 사랑 때문에 많이 힘들어할 때였다.

대학생이 된 지 두 달 정도 지났을 때 이미 나는 유명한 캠퍼스 커플이 되어 있었다. J와 나는 다정한 오누이처럼 늘 손을 잡고 캠퍼스를 누볐다. 사랑을 감추어야 하는 이유를 알 수 없었던 발랄한 나이였고, 서로로 인해 하늘이 더욱 아름다웠고, 햇살 속에서 더욱 눈부신 벚꽃 같은 시간들이었다.

남편이 나를 혼자 마음속에 품었던 것은 그때부터였다고 했다

"여선이를 내 마음에 박아 버렸을 때 이미 여선이 옆에 다른 남자가 있었어. 그걸 아는데도 여선이를 내몰 수가 없었어. 나 스스로도 믿겨지지 않았지만, 난 소위 말하는 짝사랑을 시작했던 거지."

그가 나에게 그렇게 고백한 것은 대학교 3학년 봄이었다. 사랑하던 J가 죽은 지 2년이 지난 뒤였고, 1년간의 휴학을 거쳐 다시 복학한 어느 날이었다.

J는, 내가 사랑하던 그 남자는, 미워하거나 싫증이 날 시간도 없이 나를 떠나 버렸다. 동아리 엠티를 가던 길에 발생한 사고 때문이었다. 한 명의 사망자와 10여 명의 부상자를 낸 교통사고였다.

그 한 명의 사망자가 J라는 사실을 알고 생각보다 슬퍼하지 않았다. 시간이 지나서야 슬프지 않은 것이 아니라 받아들일 수 없었던 것임을 깨달았다.

사랑하던 사람이 곁에 없었지만 나는 전남편의 구애를 당연히 거부했다. J가 아닌 다른 남자와 사랑을 얘기할 자신이 없어서였다.

우회적인 방법으로는 괜히 더 힘들어질 것 같아 아주 단호하게 거절했다. 그러자 놀랍게도 전남편은 울었다. 학교 앞 레스토랑에서 나는 차를 마셨고, 전남편은 저녁을 먹었다. 그런데 갑자기 그가 벌떡 일어나 레스토랑 밖으로 나가는 것이었다. 한참이 지나도 오지 않아 나가 보았더니, 그가 건물 벽에 기댄 채 울고 있었다. 음식물을 토하면서. 술도 마시지 않았는데 토하는 것도 놀라웠고, 그리고 다 큰 남자가 주먹으로 눈물을 닦아 내며 우는 것도 놀라웠다. 그게 대학 3학년 봄의 일이었다.

그 눈물이 집착의 결과라는 사실을, 자신이 원하는 것을 갖지 못하게 되었을 때의 좌절감 때문에 남편이 가끔 눈물을 흘린다는 사실을 그때는 몰랐기 때문에 참 당황했다.

토하면서 울던 남편, 이제 마음을 접겠구나 싶었던 남편은 그러지 않았다. 매일이다시피 내 자취방으로 찾아와 꽃이며 편지 등을 문 앞에 두고 가곤 했다. 술을 마시고 찾아와 집 앞에서 무작정 밤을 새우는 날도 늘어 갔다. 점차 그가 혼자 흥얼거리듯 부르는 〈흐린 가을 하늘에 편지를 써〉를 들으며 조금씩 그가 안됐다는 생각이 들기 시작했다. 게다가 난 참 많이 외로웠다.

감기 몸살로 목소리조차 제대로 나오지 않았을 때, 이틀이나 학교에 나갈 수 없을 만큼 아팠을 때 약봉지를 가져다 주던 사람은, 불러도 대답 없고 보고 싶어도 눈썹 한 올 볼 수 없는 사랑했던 J가 아니었다. 비 오는 날, 자석처럼 끌려 카페에 가서 차 한 잔 마시다가 결국 눈물을 흘렸을 때 손수건을 내민 사람도 J가 아니었다.

서점에서 사려고 몇 번이나 뒤적이다 결국 사지 못한 책과 보고 싶었던 연극 표를 친구 편에 전해 준 사람도 눈부신 햇살 속에 나를 두고 먼저 간 J가 아니었다. 당신의 사랑을 받아들일 수 없으니 불편하게 하지 말고 나의 사정거리에서 나가 달라는 말을 듣고 먹은 음식을 다 토하던 전남편이었다.

엉망으로 취해 집 앞에 쓰러져 있다가 나를 발견하자 내가 어찌할 새도 없어 안아 버리고는 "죽을 수도 있다는 생각, 한다. 정말이야"라고 귓가에 속삭이던 전남편의 거친 숨소리를 들으며 속박 같은 그의 사랑을 이해할 수 있을 것 같다는 생각이 든 것은 너무 그리웠기 때문이었을까. 사랑하는 사람이 아니라 사랑이라는 감정이.

그렇게 학교를 다니고 졸업하고 직장 생활을 시작한 지 석 달쯤 되었을 때 난 그의 청혼을 받아들였고, 그는 나를 아주 오래 껴안아 주었다.

첫 고백을 하던 대학 3학년 봄에 싹도 남기지 않고 잘라 버렸음에도 불구하고 나를 향한 전남편의 마음은 또다시 싹을 내고 가지를 뻗어 나갔고, 그 가지는 3년 동안 무성한 잎까지 달게 되었다. 그리고 나는 결국 그 그늘로 스스로 걸어 들어간 꼴이 되고 말았다.

하지만 그 그늘 속에서 나도 말라 가고 그늘을 만들어 내던 나무도 말라 가게 되리라고는 예상하지 못했다. 하긴 나는 다가오는 미래만이 아니라 과거도 현재도 모르고 있었다.

그렇게 열심히 내게 구애를 하던 중에도 남편은 여전히 그의 여자라 생각하며 고향에서 그를 기다리던 여자에게 전화와 편지를 했고, 내 집 앞에서 노래를 부르던 날에도 가정대학 여학생에게 사귀고 싶다고 프러포즈를 해 데이트하는 사이로까지 발전한 것이었다.

그 모든 사실을 결혼 후에나 알게 되었지만, 술에 대한 지나친 애착과 제어 능력이 전혀 없는 생활을 하는 남편에게 놀라며 이미 고통 받고 있던 나에게 지난 일들은 고통 속에 포함되지도 않았다.

인사불성이 되도록 마시는 술, 새삼스럽지 않은 일이 되어 버린 외박, 제대로 가져다 준 적이 없는 월급, 거기에다 폭력까지 잡지에서나 보던 전형적인 나쁜 남편의 모습을 갖추어 가는 남편과의 결혼 생활은 신혼이라는 일반적인 기간도 채 거치지 않고 불행의 터널 속으로 곧장 들어갔다.

"꾀병 부리지마. 안 어울리잖아? 정여선에게 꾀병이라니!"

하나를 임신했을 때, 오른쪽 골반이 너무 아팠다. 심할 땐 엎드렸다 일어서는 것조차 힘들었고 무거운 것은 전혀 들 수가 없었다.

이불을 개다 말고 비명을 지르며 넘어지자 남편이 발로 내 엉덩이를 차면서 한 말이었다.

그 뒤로 난 입술을 깨물더라도 아픈 내색을 하지 않았다. 이불 개키는 게 힘들면 방구석에 밀어 두더라도 아프다고 하지 않았다. 골반은 임신 초기가 지나자 아픈 증상이 나아졌고 그에게는 꾀병으로 믿어졌다.

어떤 여자든 적어도 임신한 열 달만큼은 여왕 대접을 받는다는 말을, 추운 밤중에 혼자 나가 전기구이 통닭을 허겁지겁 먹으면서 나는 쓰레기통에 미련 없이 버렸다.

아무도 몰래, 어머니에게조차 말하지 않고 몸이나 목에 든 멍 자국을 숨기듯 나는 내 결혼 생활에 짙게 드리워진 불행의 흔적을 숨겼다. 그러면서 마치 나 자신조차 그렇게 믿고 싶어 했다. 내 결혼 생활은 불행한 것이 아니라고, 잠시 바람이 부는 것뿐이라고.

그러나 그 바람은 잠시 불다 마는 바람이 아니었다.

술 마시고 피투성이가 되어 병원에 누워 있는 그를 보는 일도, 음주 사고를 내는 것도 더 이상 놀랄 일이 아니었다. 세 번째 음주 사고를 내고 구속되었을 때는 내가 두리를 낳은 지 보름도 안 되어서였다. 봄빛 눈부신 5월에 주황색 오리털 파카를 입고 경찰서로 가서 피해자에게 무릎을 꿇고 합의를 청했을 때, 남편은 여전히 술 냄새 나는 입으로 피해자에게 불량스럽게 굴었다.

"애기 엄마 때문에 내가 합의해 주는 거요. 당신, 사람이면 지금

아내의 모습을 봐요. 애기 엄마, 힘내요. 십자가는 다 이유가 있답
니다.”

교회 집사라는 그 사람은 나가기 전에 내 손을 꼭 붙들고 기도해
주었다. 그때 내가 눈물을 흘린 것은 창피함 때문도, 스스로의 불
행에 대한 측은지심 때문도 아니었다. 배가 너무 아파서였다. 갑
자기 배 전체가 바늘로 찔린듯이, 아니 칼날로 난도질을 한 듯 아
퍼서 눈물이 줄줄 흘렀다. 그랬다. 정말 배가 아팠다. 배가 아파서
난 울었다.

남편은 술만으로 힘들게 하는 게 아니었다.

‘술 좋아하면 여자 문제는 없다’ 는 말도 거짓말이다. 그는 여자
문제도 끊임없이 양념처럼 집어넣었다. 그 무수한 사고를 저지르
면서도 다른 여자들과 정을 나누는 것이 신기할 정도였다.

‘한쪽에서 이해하고 기다리면 된다’ 는 말 역시 거짓이다. 사람
은 변하지 않는다는 것을 깨달은 것이 결혼 생활의 교훈이라면 교
훈이다. 결론짓자면 나도 변하지 않았지만, 자신의 손으로 몇 번
이나 각서를 썼던 그 사람도 변하지 않았다.

술은 그의 인생뿐만 아니라 가족인 우리의 인생까지 곰팡이 피
게 했고, 그의 여자 편력은 나의 감정까지 소진하게 만들었다.

그럼에도 불구하고 나는 이혼할 생각은 없었다. 이혼을 원하지
않았던 것은 아니었다. 수없이 이혼을 생각하고 원했다. 하지만
이혼만은 안 할 작정이었다. 미련이 남아서가 아니었다. 웃기는

얘기지만 운명 같은 것에 손들고 싶지가 않아서였다. 나의 부모가 이혼한 뒤 어머니가 시댁 식구에게 들은 말이 있었다.

"아들도 못 낳고 몇 년 만에 딸랑 딸 하나 낳더니 이혼녀까지 되는군. 기만 센 년, 네 딸년도 네 팔자 닮을 게다."

비단 그들만이 아니었다. '딸은 엄마 팔자를 닮는다'는 말을 사람들은 서슴없이 했고, 나는 결코 그것에 맞춰지고 싶지 않았다.

또 한 가지, 이혼한 어머니에게서 자라난 나로서는 아이들에게 그런 결핍을 느끼게 하고 싶지 않은 것도 이유 중의 하나였다. 아이들의 책임이 아니었다. 원인이랄 수 있는 나나 남편이 견딜 수만 있다면 견뎌 내야 했다. 남편은 몰라도 내가 견딜 수 있으면 견뎌야 했다.

그 여자와 만나지 않았다면 계속 가슴속에 우물을 하나하나 만들면서 견뎌 냈을지도 몰랐다.

여자한테서 전화가 온 것은 봄을 재촉하는 비가 내리던 아침이었다. 우리 나이로 막 세 살이 된 두리가 우유병으로 우유를 마시고 있었고, 난 교정 일거리를 하고 있던 중이었다.

남편이 여자를 가까이한다는 사실이 놀랍거나 새로운 것은 아니었다. 남편이 바람을 피우는 상대는 남편의 주변에 있는 여자들이었으므로 누구인지 감을 잡을 수도 있었다. 고향 선후배거나 동아리 선후배, 그리고 회사나 거래처 여직원들……. 그가 만나는 여자를 알 수 있었던 것은 남편이 자신의 생활에 끼어든 여자가 누군지 알게 했기 때문이었다. 그러면서도 늘 그 여자와 특별한 사이가 아니라고 말했다.

거짓말하는 그도 내가 믿지 않는다는 것을 알고 있었다. 우리는 둘 다 서로에게 속아 주는 척했다.

그런데 이번 여자는 좀 달랐다. 다른 여자들보다 훨씬 오랫동안 만나고 있는 것 같았고, 남편의 태도에도 변화가 있었다. 다른 여자들 때와 달리 흔적을 남기지 않았다. 남편의 옷에서 나는 향내로 젊고 화려한 취향의 여자라는 것만 짐작할 수 있었다.

거기다가 남편의 여자 쪽에서 나를 만나자고 제의한 것도 처음 있는 일이었다.

여자는 짐작했던 대로 화려한 분위기를 풍겼다. 나이는 생각했던 것보다 더 어렸다.

"실례가 되는 줄 알지만 꼭 만나 뵙고 말씀드리고 싶었어요."

이미지와 달리 여자는 무척 야무진 말투였다.

"한 가지 물어보고 싶어서요."

여자는 자기가 누구며 왜 나를 보자고 했는지 설명하지 않고 대뜸 질문부터 하겠다고 했다. 보통 당돌한 성품이 아니었다.

"남편을 사랑하세요?"

남편이 바람을 피우고 있다는 사실을 진작 알고 있었고, 그 여자가 처음이 아니었건만 남편의 여자와 마주 앉은 기분은 짐작했던 것과 많이 달랐다. 결코 유쾌하지 않았다. 아니, 몹시 불쾌했다.

그런 기분 때문에 더욱 스스로를 조절하지 못하고 있던 나는 여자의 질문에 당황했다. 질문을 하는 사람과 받는 사람이 바뀐 상황이었다.

"사랑하지 않죠? 그이 말을 들으면 알 수 있어요."

남편이 여자에게 아내가 자신을 사랑하지 않는다고 말했던 것일까.

난 아무 말도 하지 않았다.

"그렇다면 더 이상 그를 붙들고 있지 말아요. 두 사람 다에게 불행한 일이에요."

"그 사람이 그러던가요? 내가 그 사람을 사랑하지 않는다고?"

내 질문에 여자는 한동안 내 얼굴을 바라보았다.

"꼭 표현을 해야만 아는 것은 아니죠. 하지만 그가 이런 말은 했어요. 아이엄마가 자기를 사랑하지 않는다고 해서 쉽게 헤어질 순 없다고, 아이엄마가 원하지 않으면 자기 쪽에서 헤어지자고 할 순 없다고."

"……."

"그는 언제나 정여선 씨를 아이엄마라고 부르더군요. 이름을 부르거나 아내라고 하지 않고. 그는 당신과 헤어지고 싶어 해요. 그걸 모르겠어요?"

여자를 만난 그날 밤, 나는 남편에게 헤어지고 싶냐고 물었다. 그 여자를 만났다는 얘기도 했다.

한동안 아무 말 없이 침대 모서리에 앉아 있던 남편은 갑자기 내게 달려들었다.

"그 여자를 핑계 대면서 넌 헤어지고 싶은 거야. 왜 솔직하게 말하지 않아?"

난폭하게 윗도리를 찢으면서 남편은 소리쳤다.

"헤어지고 싶냐는 말을 그렇게 태연하게 물어 보다니, 함께 살고 싶은 놈이라도 생긴 거야?"

남편에게 목을 눌리면서 나는 또다시 절망했다.

남편은 언제나 나를 이해하려고 하지 않았다. 울지 않으면 슬프지 않은 것으로, 웃지 않으면 기쁘지 않은 것으로 단정 지었다. 그런 남편의 성격에 맞추느라 초창기엔 많이 노력했었다. 하지만 그 노력도 남편의 의심 앞에선 무색해졌다.

"사람을 뭘로 알고 거짓으로 웃어? 내가 뭐 바본 줄 알아? 네 마음은 이게 아닌 줄 다 알아."

소리를 지를 때 남편의 눈동자는 이상한 기운을 띠고 있었다.

표현하면 하는 대로, 하지 않으면 하지 않는 대로 남편은 끊임없이 나를 의심했다. 하지만 그런 남편에게 해명하려고 애쓰지 않았다. 스스로 믿지 않은 한 부질없는 짓이라는 것을 알기 때문이었다. 대신 그런 남편을 이해하고 품으려고 노력했다.

남편을 사랑해서 한 결혼이 아니었기 때문에 남편의 불신을 처음엔 가능한 이해하려고 했고, 내가 노력하면 되리라 믿었다. 남편이 나를 사랑하는 것만은 사실일 테니까. 그런데 아니었다. 나를 향한 남편의 사랑은 끌어안는 쪽보다 내치는 쪽으로 치달았다.

"그래? 내가 원하면 이혼할 테야? 사실은 네가 원하는 게 이혼 아니었어? 네가 언제까지 버티나 보고 있었지. 결국 네가 원하는 대로 되는군. 명심해. 네가 헤어지길 원한 거야."

미친 듯이 발광을 하는 남편을 보며, 여자의 말들을 떠올리며, 난 생각했다. 남편이 진정 바라는 것은 무엇일까. 사실 남편은 나보다 더 간절하게 결혼 생활을 끝내고 싶어 한 것은 아닐까.

"이혼을 원하는 건 아냐. 하지만 우린 좀 떨어져 있을 필요가 있어."

한동안 난리를 치고 난 뒤 뒤풀이라도 하듯 뻑뻑 담배를 피우고 있던 남편은 내 말에 놀란 듯이 나를 보았다.

"무슨 뜻이야?"

"당분간 별거하자는 뜻이야. 떨어져 있으면서 이혼이든 결합이든 찬찬히 생각해 보는 게 좋겠어."

남편이 놀란 표정을 짓는 이유를 난 정확히 알 수 없었다. 별거하자는 말 때문인지, 아직도 내가 이혼을 원치 않기 때문인지 알 수 없었다. 나는 여자가 나타나기 전까진 남편 역시 이혼을 원하지 않는다고 생각했었다. 그 이유가 나와는 다를지라도. 그런데 여자를 만난 뒤 남편이 이혼을 원하고 있는지도 모른다는 생각을 하게 되었다. 남편은 내 쪽에서 먼저 이혼을 요구하기를 바라는지도 몰랐다. 그것이었다. 남편이 점점 나를 힘들게 하는 이유가. 여자를 만났다는 사실에는 별반 놀라지 않는 것으로 미루어 남편도 여자가 나를 만나리라는 것을 알고 있었다는 말이 된다.

남편은 한동안 아무 말 없이 있더니 가방에 옷가지를 챙기기 시작했다.

"그래, 우리 사이는 너한테 달려 있지. 네가 놓으면 끝나고 네가 놓지 않으면 유지되지."

"왜?"

"……."

"내게 그 결정권을 맡기는 이유가 뭐야?"

"난 너를 사랑하고 너랑 살고 싶으니까. 그래서 너랑 결혼했으니까."

하마터면 웃음을 터뜨릴 뻔했다.

처음 손찌검을 한 날, 남편은 사랑하기 때문이라고 말했었다. 그 후에도 매질 뒤에는 순서가 정해진 의식처럼 사랑하기 때문이라는 말이 뒤따랐다. 닳을 대로 닳은 그 말을 다시 들으며 나는 남편도 이젠 그 말이 아무런 의미가 없음을 알 것이라 생각했다.

3

우리의 끈은 내게 달려 있다고 빈정대던 남편은 별거를 하면서 오히려 자주 집을 찾아왔다. 잔뜩 술에 취한 채, 시비를 걸기 위해 작정한 사람처럼 트집을 잡다가 혼자 소리치고 물건을 부수고 나를 때리고는 슬그머니 사라졌다.

그 이유를 아는 데 많은 시간도 필요하지 않았다.

"도대체 넌 무슨 생각을 하며 사는 인간이야? 왜 헤어질 생각을 안 해? 난 정말 네가 지긋지긋해. 알아? 지긋지긋하다고."

남편은 미친 듯이 고래고래 소리를 질렀고, 난 그 모습을 참 지긋지긋해했다.

"네가 이혼을 원한다고 생각했고 그렇게 하자고 할 줄 알았어. 그런데 넌 징그럽게 날 붙잡고 있어. 난 더 이상 이렇게 살고 싶지 않아. 살 수 없어. 혜미가 문제가 아니야. 그 애와도 헤어질 거야."

혜미는 나를 찾아왔던 그 여자의 이름이었다. 그 여자와 헤어지든 말든 그건 내게 중요한 문제가 아니었다. 다만 도대체 남편이 왜 내게 그런 식으로 말하는지 이해할 수 없었다.

"더 이상 이렇게 살고 싶지 않아."

그건 내가 할 말이었다. 하지만 또 가래 삼키듯 하고 싶은 말을 삼켰다.

"어차피 지금도 남이야. 남처럼 살잖아. 당신, 하고 싶은 것 못하고 산 적 없잖아. 그냥 이대로 살아. 서류만 남기고 이혼한 것처럼 살아 줄 테니 이리 살아. 찾아오지도 말고."

"이것 봐, 말 좀 잘 들어 봐."

애원하는 말투로 바뀌었을 때의 남편은 다른 사람들이 알고 있는 선량한 눈빛으로 돌아갔다.

"서류에 불과하지만 그게 남아 있으면 언제든지 돌아갈 수 있는 곳이 있다는 생각에 약해질 것 같아. 나도 이제 내가 싫어. 정말 다시 태어난 듯 살고 싶어. 미안한 말이지만 지금까지의 모든 시간을 완전히 지우고 새롭게 시작하고 싶어. 이대로 살면서 철저하게 망가지는 것보다는 낫잖아. 당신도 망가지는 날 견디는 것보다 나을 거야. 애들에게도. 그리고 혹시 만약에 새로 태어나는 것에 성공하면, 그리고 그때도 당신이 날 받아 준다면 그때 당당하게 다시 손 내밀 거야."

인간이 말을 할 수 있다는 사실이 얼마나 기막힌 일인지 난 가끔 절감한다.

그때도 그랬다. 말하는 그의 얼굴을 보며 속이 울렁거려 참을 수가 없었다. 더 이상은 나도 버틸 수가 없었다. 더군다나 이어지는 남편의 말에 그 어떤 이유라도 아무런 의미가 없음을 알았다.

"그런데 이혼하고 싶어도 네가 끝까지 버티면 내가 못해. 빈털터리니까. 사무실도 문 닫기 일보 직전이고 일 벌리느라 생긴 빚만 잔뜩 있는데 난 이 모양이야. 당분간 돈 벌 생각도 없어. 다 부질없다는 것을 알아 버렸거든. 애들 양육비는 고사하고 빚도 처리 못하는 형편이니 네가 싫다면 난 이혼할 수 없어."

그것이었다. 그것이었다. 양육비와 빚…….

남편이 지긋지긋하다는 나를 지독히 괴롭히면서도 이혼을 얘기하지 않은 이유는, 내가 이혼을 얘기하지 않은 이유와 또 그렇게 달랐다.

"그래, 이혼하자."

그의 걱정을 내가 끌어안아 주면서 우리는 이혼에 합의했다. 그의 걱정, 그것은 바로 빚이었다.

위자료나 양육비는 고사하고 빚까지 내가 떠안기로 한 것이다. 그가 강요한 것은 아니었다. 그렇다면 내가 잘난 척한 것일까. 아니, 그건 아니었다. 그 빚은 내가 안고 나와야 했다. 내 몫이었으므로. 내가 저지른 잘못이라면 그 빚을 가지고 나온 것이 아니라 그렇게 빚이 쌓이도록 방치한 것이었다.

내 몫이 된 빚은 그와 나, 우리의 가정을 위해, 우리의 미래와 행복을 위해 쌓인 것이었다. 하지만 결코 우리 미래와 행복의 싹이 되어 주지 못하고, 오히려 나의 함정이 되어 버렸다.

오랜 술과 불성실한 태도로 직장 생활조차 제대로 유지할 수 없었던 그는 하나가 여섯 살이 되던 해, 개인 사업을 하고 싶어 했다. 그의 폼 나는 말을 100퍼센트 믿은 것은 아니었다.

"기획사를 차리고 싶다. 충분히 자신 있는데. 클라이언트도 이미 확보되어 있고. 맞지 않는 회사 때문에 더 많이 방황한 것 같아. 다시 시작하고 싶다. 하고 싶은 일을 하고 산다면 달라질 것 같아. 일에 미쳐서 살고 싶다. 그러다 보면 어긋나고 있는 내 삶의 키를 다시 잡을 수도 있을 것 같고……."

그가 갖다 대는 이유가 무엇이든 간에 경제활동을 해야 하니 밀어줄 수밖에 없었다. 물론 그도 처음부터 무리한 요구를 한 것은 아니었다. 그 정도 양심은 있었나 보다.

"사무실을 당장 낼 수야 없겠지만, 어디 책상이라도 하나 들여놓을 곳 없을까? 머릿속에 아이디어가 무궁무진해. 남 밑에서 하면 그냥 그 회사 일이지만 내가 하면 내 일이야. 꼭 잘 해낼 수 있을 것 같아. 금방 일어설 수 있을 거야. 조금만 더 고생하고 기다리자, 응?"

무엇을 기다리라는 것이지는 몰라도 그렇게 아이처럼 의지에 찬 얼굴을 하는 남편을 외면할 수가 없었다. 아는 선배 사무실에 책상 하나 놓을 공간을 부탁했다. 그 선배는 고맙게도 기꺼이 후배의 남편에게 자리를 내 주었다.

그렇게 시작된 일이었다. 처음에는 그곳에서 어느 정도 거래처가 생길 때까지 버티기로 했다. 그런데 그게 아니었다. 손님들이 와서 이런저런 얘기도 하고 회의도 하는데, 사무실도 없이 더부살이하는 입장이라 일을 따 내기가 쉽지 않다는 것이었다.

"분명 잘할 수 있을 것 같은데. 여기서 출발만 하면 되는데."

그는 노래를 불렀고, 또한 새로운 일을 준비하는 동안은 신기하게도 완전히 달라진 모습이었다. 술도 마시지 않았고 연애할 때처럼 내게도 전폭적이었다. '사람이 어떤 순간이 되어 정신을 차리면 바뀌기도 하는구나' 하고 나는 생각했다. 어쩌면 그렇게 믿고 싶었는지도 몰랐다.

선배 사무실에서의 더부살이를 끝내고 사무실을 내기로 했다.

막상 일을 벌여 놓고 보니 돈이 한두 푼 들어가는 게 아니었다.

하지만 보증이든 대출이든 그가 끌어 올 수 있는 목돈은 없었다. 결국 내가 나서야 했다. 그 당시까지 남편과 가정이 하나로 연결되어 있다고 믿었기 때문에 나는 알고 지내던 인맥을 총동원해서 돈을 마련했다.

친구의 이름을 빌려 은행에서 빌리고 남편 이름으로도 빚을 내면서 친구들에게 보증을 세웠다. 아는 선배의 동서가 하는 계, 규모가 좀 큰 계에 세 번째 순서로 참가해서 돈을 마련하기도 했다. 곗돈을 받았을 땐 좋았지만 그건 만기된 적금을 타는 것이 아니라 나머지 22달 동안 고스란히 갚아야 하는 빚이었다.

그 빚들은 내가 빌리거나 보증을 부탁한 것이므로 헤어지는 남편 대신 끌어안아야 했다. 그가 버는 대로 주겠다고 했지만 그 말을 믿을 만큼 내 마음이 순하지 않았다. 남편이 내게 남겨 준 것은 그나마 그에게 욕을 들으면서 마련했던 전세 아파트 하나였다.

법적 절차를 밟기 위해 법원에서 만나기로 한 그 전날, 남편은 또 술을 마신 채 전화를 걸어왔다.

"정말 이대로 끝낼 건가?"

지겨웠다. 그를 묶어 놓고 실컷 패 버리고 싶었다.

"이러지 마. 다 끝난 일이야. 내일 도장만 찍으면 돼."

"여선아! 여선아!"

전화통을 붙들고 악을 쓰는 그가 보였다.

남편은 하나를 낳고서도 내 이름을 불렀다. 혜미라는 여자에겐 한 번도 내 이름을 말하지 않았다지만 남편은 언제나 내게 이름을 불러 주었다. 그러는 편이 더 정겨울 것 같다는 것이 남편의 변이었다. 하지만 남편이 진정 우리 사이에 정이 쌓이기를 바랐는지, 정이 스며들도록 애를 썼는지, 알 수 없다.

결혼한 지 1년도 안 돼 그런 의혹을 품게 되었고, 그 의혹은 점점 깊이 우리 사이에 단단하게 뿌리를 내렸다. 결혼하기 전엔 미안할 정도로 남편이 나를 사랑한다고 믿었고, 그렇다면 나만 마음을 풀면 결혼 생활을 성공적으로 이끌어 갈 수도 있을 것이라 믿었었다.

"넌 늘 나랑 헤어지고 싶었지? 이제 솔직하게 말해 봐."

"제발 더 이상 서로 괴롭히는 짓 그만하자. 부질없는 짓이야. 이젠 기운도 없어."

"정말 끝나는 건가? 당신이 바란 것이 결국 이것이군."

남편의 그런 이중적인 모습이 정말 얼마나 사람 질리게 하는지 그는 몰랐을 것이다.

"분명히 말하지만 우리가 이렇게 헤어지는 건 당신 때문이야. 알아? 아냐고? 내가 아니야. 내 잘못이 아니야."

남편은 끝까지 자신이 가정을 버린 사람이 아니라고 우기고 싶은 것이었다. 자신조차 그렇게 믿고 싶은 것이었다. 결코 자신의 책임을 인정할 줄 모르는 속성, 그것이 남편의 성격이었고 그렇게 비겁할 수 없을 만큼 남편은 약했다. 난 그렇게 생각하기로 했다.

그래, 약해서 그런 거야. 약해서…….

"알아, 알았어. 그래, 다 내 잘못이야. 그러니 이제라도 홀가분하게 편하게 다시 살아. 나 때문에 못 누린 가정의 행복 누리면서 잘살아. 좋은 여자한테 보상받고 살아."

"아는구나. 다행이야 다행……. 난 아이들과 널 버린 게 아냐. 네가 날 버린 거지."

그렇게 중얼거리는 수화기 속 남편을 두고 난 전화를 끊었다. 이제 내가 참아야 할 이유가 없었다.

그리고 또 알게 되었다. 무조건 참아 내며 사는 것이 결국 자신에게도 상대방에게도 옳지 못한 결과를 만들어 낸다는 사실을. 어쨌든 가정을 잃고 싶지 않았기 때문이었다. 어머니는 내 꿈이 행복한 가정을 꾸려 나가는 것이라는 걸 믿지 않으려고 했지만, 그건 사실이었다.

차라리 남편이 나와의 감정 터널을 완전히 차단했다면 어떻게든 우리 가정은 유지되었을지 몰랐다. 아이들은 온전한 가정 속에 머물게 할 수 있었을지도 몰랐다. 그나 나나 성인이니까 책임을 위해 필요한 연출 정도는 했어야 했다.

하지만 남편은 자신의 감정을 생생하게 드러내며 끊임없이 날

휘둘렀다. 그저 울타리만 치고 살자는 내 바람조차 유지될 수 없었고, 시간이 지날수록 내 감정까지 폭풍 속에 있었다.

남편과의 관계가 찌그러질수록 내가 힘들어한 것은 그의 무책임도 폭력도 아니었다. 난 나의 감정들이 힘들었다. 결코 겪고 싶지 않은 감정들 때문에 더욱 괴로웠다. 남편을 향한 적의, 더 나아가 살의, 그리고 무게를 감당할 수 없는 자괴감, 자기혐오, 그것들은 사나운 야수가 되어 나를 무자비하게 할퀴고 찢어 댔다.

남편이 나를 사랑한다고 생각했다, 어느 시기까지는. 괴롭히는 이유조차 사랑이라고 생각했다. 하지만 그건 사랑이 아니었음을 서서히 알게 되었다. 그토록 쉽게 변질될 수 있다면 그 사랑은 사랑이 아니었을 것이다. 남편의 사랑은 변질되어 비계 덩이 같은 욕망의 덩어리가 되어 나를 괴롭혔다. 하지만 사랑이 그 출발이었음은 부인하고 싶지 않다.

남편이 휘두르는 폭력 중 잠자리에서의 폭력이 가장 날 미치게 했다. 남편은 관계를 맺다가도 폭언과 폭행을 퍼부었고, 행위가 끝난 뒤에도 폭언을 일삼았다. 혀를 깨물고 죽고 싶은 수치심과 남편을 죽이고 싶은 분노의 불길을 참아 내느라 내 육체로 떨어지는 남편의 폭력을 고스란히 견뎌 냈다.

육체의 고통을 고스란히 견뎌 냄으로써 자신조차 제어할 수 없을 것 같은 불길한 기운을 잡고 또 잡았다.

목을 조르거나 머리를 벽에 찧을 때, 등이며 다리를 짓밟을 때

남편의 얼굴은 완전히 딴사람의 것이었다. 도저히 평소의 남편의 얼굴을 떠올릴 수 없었다. 고통 때문에 저절로 입 밖으로 새 나오는 신음을 꿀꺽꿀꺽 소리까지 내며 되삼켜야 했다. 아이들이 한 지붕 아래 잠들어 있었다. 침을 삼키고 또 삼키면서 나는 마음속으로 〈흐린 가을 하늘에 편지를 써〉를 부르고 또 불렀다. 남편이 나의 마음을 사기 위해 집 앞에서 부르던 노래, 그 노래를 순서도 없이 부르고 또 불렀다.

한차례 폭풍우가 지나고 나면 오랫동안 숨 막힐 것 같은 고요가 두 사람을 내리눌렀다. 시계 초침 소리조차 유리창을 깨뜨릴 것처럼 크게 느껴지는 순간이었다. 그리고 그 고요를 깨는 것은 언제나 남편이었다. 알 수 없는 중얼거림을 내뱉으며 밖으로 나가 버리거나 술을 가져다 마시거나 아니면 나를 꼭 안기도 했다. 어떤 행동을 하든, 나는 형체만 남고 속은 완전히 소멸되어 버린 사람처럼 가만히 있었다.

남편이 대놓고 내게 손찌검을 시작한 것은 하나가 목을 가누기 시작할 즈음부터였다. 역시 대놓고 나를 의심하기 시작한 것과 같은 시기였다. 남편의 의중은 참으로 난데없는 것이었다. 그전과 별반 달라진 것이 없는 내 생활이었기 때문이었다.

"넌 처녀처럼 굴었지만 가끔 그것이 거짓말이라는 생각이 들어."

"다른 남자랑 자 본 적 있어? 나랑 기분이 달라?"

“흥, 어제 새벽까지 어디 있다 온 거야? 이거 웬일로 귀하신 몸 들어가기가 이토록 수월하지?”

“죽어 버린 놈은 아닐 거고 어떤 놈을 새로 만난 거야? 회사 다니는 이유가 남자들 만나기 위해서지?”

시비의 근거가 어느 정도 있어야 변명도 하고 싸움도 하는 법이다. 남편은 한 번도 구체적으로 어떤 일을 들이대면서 난리를 치지 않았다. 남편의 폭력보다 남편의 말 때문에 내가 받은 충격은 더할 나위 없이 컸다. 나에게 일어나고 있는 끔찍한 일을 실감조차 할 수 없었다. 남편의 광기가 여러 번 이어지는 동안에도 실감하지 못할 정도였다.

잠시 지나가는 태풍이라 여겼던 남편의 발악은 여자의 생리처럼 주기적으로 이어졌다. 시간이 흐를수록 점점 그 주기가 짧아지기까지 했으며 여자가 매달 그것을 치러 낼 때마다 각각의 전후 증후군을 보이듯이 동반되는 행동도 많아졌다. 폭음을 하기 시작했고, 외박도 잦아졌다.

하지만 중요한 것을 나는 알지 못했었다. 내게 난폭하기 굴기 전부터 이미 남편은 딴 여자를 만나고 있었음을. 아니, 결혼 전 나에게 구애하는 순간에도 그러고 있었음을.

고향에서 기다렸다는 여자는 결혼한 지 2년이 다 되어 가는 시점에서 나타나 나에게 철천지원수처럼 퍼부었고, 그때와 비슷한 시기에 오랜만에 만난 동아리 친구였던 B는 “지나간 일이니까 하는 말인데……"라면서 가정대 여학생 이야기를 해 주었다.

"난 네 남편이 널 쫓아다니는 걸 알고 있었잖아. 그런데 글쎄, 걔가 내 중학교 동창인데 네 남편이 프러포즈를 했고 둘이 사귄다는 거야. 그래서 내가 우리 친구한테 목매고 다니는 남자라고 말했더니 여자들이 좋아하는 남자라 별말이 다 있다는 거야. 기가 막혀서. 내가 별로 안 좋아하는 애라 그냥 넘어갔지. 대신 너한테는 말을 해야 하는지 말아야 하는지 무척 고민했어. 이렇게 결혼해서 잘 산다니 다행이다, 얘."

애초에 말하지 않았듯이 영원히 하지 않았어야 좋았을 이야기였다.

남편을 정확히 보지 못했기 때문에 한동안은 남편의 말과 행동에 쫓겨 엉뚱한 죄책감에 시달리기도 했고 남편을 이해하려고 애를 쓰기도 했었다.

결국 나는 하나가 다섯 살이 되면서부터 남편을 이해하려는 노력을 그만두었다. 대신 새로운 노력을 시작했다. 있는 그대로 받아들이며 어떡하든 가정이라는 이름만은 지키고자 하는 노력. 이해하지 못한다고 받아들일 수 없는 것은 아니라고 스스로에게 주문을 걸면서. 그리고 나 자신도 모르게 빠져 들었던 죄책감에서도 벗어나려고 애썼다.

남편은 무엇이 두려웠을까. 사람들이 정해 놓은 일반적인 기준에 맞춰 살려고 노력하는 사람도 아니면서 헤어지면서까지 그 원인이

나 때문이라는 말을 그렇게 듣고 싶어 한 까닭이 무엇이었을까.

4

두리가 자폐아라는 사실을 전남편이 알게 된 것은 특수 프로그램을 받기 시작한 지 넉 달쯤 되었을 때였다. 내 쪽에서 알린 것은 아니었다.

이혼한 뒤로도 전남편은 가끔 술을 마시고 전화를 하곤 했다.

'새로운 인생, 완전한 새 출발'을 운운하며 이혼을 원했던 그가 왜 술을 마시고 전화를 하는지 이해할 수 없었고, 전화를 받고 싶지도 않았다. 이혼하기 전과는 다른 상황이었다. 더 이상 남편을 이해하려는 노력은 하고 싶지 않았다. 당연히 전화를 받는 내 태도는 얼음장 같았고 남편도 서서히 전화조차 하지 않게 되었다. 그렇게 2년 정도 지나고 있었다.

그날은 병원에서 소개해 준 발달 센터에 프로그램 교육을 받으러 간 날이었다. 가을을 닮아 세상이 열병을 앓듯 붉어진 뒤였다.

"한 번에 가는 버스라도 있으면 좋을 걸. 곧 추워지는데 걱정이다."

비가 내리고 있었고 두리의 손을 잡고 나서는 내 등 뒤에서 어머니가 말했다.

"걷는 것이 제일 좋은 운동이래잖아요. 운동이다 생각하면 되죠. 할머니 다녀오겠습니다, 해야지.”

짐짓 한 옥타브 높여서 말했다.

“다녀오겠습니다.”

두리는 수요일과 금요일엔 미술학원에서 오전 수업만 하고 일찍 돌아와서 센터에 가는 것에 익숙해져 있었다.

두리가 혼자 우산 쓰는 것을 아직은 버거워하기 때문에 커다란 우산을 장만해 같이 쓰고 다녔는데 우산이 꽤 무거웠다. 나는 가끔 생각했다. 내가 체격이 큰 사람이었으면 하고.

“버스 또 안 와요. 추워요. 벌써 겨울이에요?”

두리가 내 옆구리에 파고들며 물었다.

집에서 가깝다고 말한 센터는 승용차로 가면 20분에서 30분이면 도착할 수 있었지만 바로 가는 버스가 없어서 두 번 갈아타고 가야 하는 곳에 있었다. 그곳에 다니기 시작했을 때가 초여름이었는데, 그해는 유달리 더웠다.

가만히 서 있어도 땀이 줄줄 흐르는 날씨에 볕을 피할 곳도 없는 정류소에서 버스를 기다리거나 걸어가면서 차 한 대 장만하지 못한 자신이 못나 보였다. 그런데도 차는 고사하고 매달의 생활이, 두리에게 들어가는 만만치 않은 교육비가 걱정인 상황이었다.

“많이 추워? 옷 더 입을 걸 그랬나?”

“연기 안 나와요? 연기 없어요?”

두리가 입김을 후후 내불며 물었다.

“연기 안 보이니까 많이 안 추워요.”

난 두리 머리를 꼭 안아 주며 버스가 오는 길을 바라보았다.

“두리야. 센터 선생님 좋아? 거기 다니는 게 좋아?”

“누나 선생님은 좋아요. 놀이방이 노는 게 좋아요. 그림은 안 그리고 싶은데 자꾸 그려요.”

놀이 치료하는 시간을 더 좋아한다는 말이었다. 미술 치료보다는.

아무튼 센터에선 지켜보면서 두리에게 필요하고 도움이 될 만한 수업을 하나씩 해 보자고 했다. 두리 정도라면 훈련을 통해 많이 개선될 수 있다고 했다.

“지금 참 중요한 시기예요, 어머니. 조금 늦은 감도 없지 않지만. 하지만 지금이라도 적절한 교육을 해 주면 놀랄 만큼 좋아질 수 있어요. 대신 적절한 교육을 놓치게 되면 지금까지 느꼈던 격차는 아무것도 아니게 됩니다. 왜냐하면 다른 아이들은 계속 발달하니까요. 제대로 지도하지 않으면……. 두리 같은 경우는 그래요, 열 살 정도까지는 비슷하게 따라갈 겁니다. 크게 눈에 띄지 않고. 하지만 그 정도에서 멈춘다고 생각해 보세요. 아시겠죠?”

상담사의 말은 참 잔인했다. 희망을 주는 동시에 그 희망 못지않은 절망을 주는 말이었다. 게다가 그 희망과 절망의 길을 선택함에 있어 돈이 가지는 위력, 즉 나의 임무가 열쇠였으므로 내 가슴은 불 위에 올려진 오징어 같았다.

‘아냐, 이런 바보. 다른 엄마들에 비하면 난 얼마나 행복한가. 아무리 교육을 받아도 큰 차이를 볼 수 없을 정도로 심각한 상태의 아이도 있어. 말도 전혀 안 하고 엄마하고도 눈을 마주치지 않는 아이들도 있잖아. 흙을 입에 집어넣는 아이도 있어. 배가 부른지 안 부른지도 못 느껴서 있는 대로 다 먹어 버려 탈이 나는 아이도 있잖아. 마음에 들지 않으면 짐승처럼 달려들어 물어 버리는 아이도 있고, 일곱 살인데 기저귀를 하고 다니는 아이도 있잖아. 바보 같은 생각하지 말자.'

나는 나를 야단치고 달랬다.

센터를 다니면서 정말 두리보다 훨씬 심각한 아이들을 보았고 나보다 더 많은 피눈물을 흘린 엄마들을 보았다. 남의 불행으로 내 행복을 채우기 위해서가 아니라 힘겨워하지 말고 감사할 줄 아는 가슴을 가지기 위해 난 그들을 생각하고 또 생각했다. 그럼에도 불구하고 솔직히 여전히 힘겹고 슬펐지만.

센터에는 여러 가지 장애를 가진 애들이 각자에 맞는 교육을 받고 있었다.

일곱 살이 넘도록 기저귀를 차고 있는 아이는 피부가 무척 하얗고 머리카락은 까만 예쁜 여자 아이였다. 나랑 눈을 마주치면 제 엄마 품속으로 들어가 버리는 아이를 보며 눈시울이 뜨거워지는 것을 어쩔 수가 없었다.

볼펜이든 종이든 무조건 씹어 먹고 또 무엇이든 다 해체하는 것이 특기라는 아이는 말을 전혀 하지 않았는데, 어떤 행동을 하지 말라고 하면 그 사람이 누구든 때리고 발로 차고 물기까지 한다고 했다. 그 아이의 엄마는 나이가 많았는데, 딸 셋을 두고 늦게 본 늦둥이 때문에 흘린 눈물이 일생동안 흘린 눈물보다 많다고 했다. 그 말을 하는 그녀의 얼굴에 흉터처럼 자리 잡은 기미가 마음 아프게 했다.

또 어떤 아이는 대기실에선 곧잘 있다가도 시간이 되어 선생님한테 가는 순간부터 마치고 나올 때까지 울어 댔다.

그런 아이들 외에 보기에도 장애를 확연하게 느낄 수 있는 뇌성마비 아이도 그 센터에서 볼 수 있었다. 두리는 그런 아이들에 비하면 지극히 정상이었다.

처음엔 다른 엄마들이 우리 두리를 오히려 신기한 듯 볼 정도였다. 함께 있는 시간이 조금 지나자 두리의 장애를 알아차렸지만, 그것도 그런 아이를 둔 엄마들이라서 아는 것이었다. 나는 어리석게도 그런 상황이 다행스럽다고 여겼다. 그러면서 마음속으로 "우리 두리는 당신 아이들과는 좀 달라"라고 중얼거리곤 했다.

그게 얼마나 어리석은 생각이었는지 그때 난 깨닫지 못했다. 진정 두리가 사회 속에서 떳떳하게 살려면 나의 생각부터 바뀌어야 한다는 것을 절감하지 못한 것이었다. 솔직히 말하면 나는 그때까지도 두리가 그런 곳에 가야 하는 상황을 인정할 수 없었다. 두리는 일주일에 두 번 수업을 받았는데, 처음 몇 번은 들어갈 때 울었지만 곧 울지 않고 선생님을 따라 잘 들어가게 되었다.

“아, 두리 왔구나. 오늘은 엄마랑 왔네.”

“안녕하세요, 선생님.”

입구에서 선생이 반기자 두리도 나를 따라 인사를 했다.

“안녕하세요, 선생님.”

“그래, 우리 두리. 조금 기다려. 시간 되면 데리러 오실 거야.”

“시간이 데리러 와요.”

상담 선생은 두리의 말에 빙긋 웃고 사무실로 들어갔다.

두리와 대기실로 가자 엄마 셋과 아이 한 명이 있었다. 두 엄마는 수업 중인 아이를 기다리는 것이었고 한 아이와 한 엄마는 수업 시간을 기다리는 중이었다.

“오늘은 시간이 나셨나 보네요. 할머니가 두리 엄마가 바쁘다고 하시던데…….”

은지 엄마였다.

말을 하지 않은 은지 때문에 자신도 3개월 정도 말을 하지 않았다는 코스모스처럼 여린 인상의 은지 엄마. 수업 시간이 정해져 있었기 때문에 같은 요일 같은 시간대의 엄마들을 고정적으로 만나게 되었다.

은지 엄마는 인상과는 달리 무척 야무졌다. 은지 때문에 병원이니 센터니 쫓아다닌 것이 3년째라고 했다. 그러면서 웃는 그녀가 내 눈엔 누구보다 강해 보였다. 그리고 은근히 겁도 났다. 나도 그럴 수 있을까 하고.

두리가 비교적 심각한 상태는 아니었지만 내가 두리에게 전적으로 매달릴 수 없는 상황이 부담스러웠다.

장애아는 누군가 전적으로 매달려야 한다. 그럴 수 없는 상황이라면 어쩔 수 없지만 24시간 아이에게 매달려서 도와주고 교육시키고 함께 달려 나가야만 아이가 조금이라도 빨리 좋아질 수 있는 것이다. 하지만 난 그럴 수가 없었다. 아이에게만 매달릴 수 없는 상황이라는 게 미치도록 싫었지만 현실 속의 나는 그랬다. 두리 문제만이 아니어도 당장 먹고사는 일이 늘 나의 멱살을 틀어쥐고 있었다.

심지어 센터까지 일거리를 가져가 대기실에서 교정을 보거나 리라이팅할 원고를 검토하곤 했다.

엄마들과 이런저런 이야기를 나누기도 했지만 어디 센터가 좋다느니, 어느 병원이 좋다느니 하는 그런 말에 귀 기울일 수가 없었다. 아니 기울이지 않으려고 했다고 표현하는 편이 맞을지도 모른다. 안다고 한들 다 따라 할 수 없었으니 말이다. 아이를 생각하면 그래선 안 되지만, 현실적으로 어쩔 수 없었다. 그러잖아도 벌이가 없는 상태에서 부금을 포함한 생활비는 여지없이 지출되어야 했고 거기에다 비싼 수업료까지 나의 숨통을 죄였다.

하지만 음악 치료가 좋다든지, 어디에서는 언어 치료를 잘 한다든지 하는 말이 안 들릴 리가 없었고 비싸다는 이유로, 당장 내 주머니에 돈이 없다는 이유로 그 수업을 안 받을 수가 없었다. 두리를 다른 사람들과 비슷한 모습으로 살아가게 하느냐 못하느냐의 문제였다. 어떤 돈이든 구할 수 있으면 끌어다 해야 했다. 그 돈이 나중에 이렇게 내 목을 친친 조여 올 사슬이 될 줄 어렴풋이 짐작하면서도.

발달 센터에 다닌 지 두 달쯤 지난 뒤 한 가지 프로그램을 더 받는 게 좋겠다는 선생님의 말을 듣고 추가 신청했다. 세 가지 프로그램을 받게 된 것이다. 보통 한 가지 프로그램이 한 달에 32만 원 정도였다. 경제적 출혈이 심해도 난 선택하지 않을 수가 없었다. 마치 센터에 다니지 않으면 두리가 완전히 낙오될 것만 같았다.

"엄마, 하고 올게요, 인사해야지."

"엄마 하고 올게요. 두리를 기다립니다."

두리가 선생 손을 잡고 안으로 들어갈 때마다 매번 묘한 느낌을 받곤 했다.

"우리 은지 다음 주까지만 와요."

은지 엄마의 말이 들리고서야 흩어진 마음을 모을 수 있었다.

"노틀담복지관에 입학하게 되었어요."

시설과 교사진이 좋아 장애아들 부모라면 누구나 원하는 곳, 은지 엄마는 몇 달 전부터 입학 통보를 기다리고 있었다. 장애아의 숫자에 비해 특수학교가 수적으로나 질적으로 턱없이 부족한 우리나라 현실을 두리가 아니었다면 알지도 못했을 것이다.

"정말 잘되었어요. 좋겠어요."

옆에 있던 다른 엄마가 부러운 눈으로 은지 엄마를 보았다.

"두리는 그래도 일반학교가 전혀 무리인 것은 아니니 큰 걱정은 안 하시겠지만, 우리 정석인 일반학교는 어림도 없는데. 특수학교도 몇 군데 안 되고 그래서 이사 가야 해요. 학교 가까이. 이왕이면 노틀담 같은 곳이면 더 좋을 텐데. 입학을 기다리는 아이들이 너무 많아 우린 꿈도 못 꾸어요. 은지 엄마, 정말 잘되었어요. 축하해요."

이런 것을 부러워하고 축하해 주는 엄마들이 있다는 것을 사람들은 알까.

노틀담복지관에 입학하게 되면 다른 센터에서 따로 교육을 받지 않아도 되는 모양이었다. 시간적으로 경제적으로 정신적으로 부모에게는 더없이 좋은 곳이었다.

그래, 우리 두리는 일반학교도 괜찮겠지. 괜찮을 거야.

착잡한 심정으로 앉아 있는데 전화벨이 울렸다.

수화기 저편의 목소리가 전남편의 목소리라는 것을 알고 나는 잠시 망설였다. 2년 가까이 전화 통화조차 하지 않았던 그에게 두리의 상황을 말해야 하는지 말아야 하는지 고민했던 것이다.

하지만 어쨌거나 아빠이므로 알려야 한다는 생각이 들었다. 어쩌면 두리를 위해 아빠의 역할이 필요할지 모르고 그렇다면 나의 감정 따윈 생각할 상황이 아니었다.

"여기가 어딘 줄 알아? 아동 발달 센터라는 곳이야."

얘기를 들은 그 역시 심각한 반응을 보였다.

"왜 알리지 않았어?"

그가 그렇게 물을 때 기분이 좀 묘했다. 질책하는 듯한 그의 말투에 마치 내가 의무를 다하지 않은 듯한 느낌이 들면서 그가 아이의 아빠였다는 사실이 새삼스러웠다.

"S대학교병원에서 다시 검사를 받을 거야. 곧 예약 날짜가 되어가."

사실 K병원에서 처음 진단을 받고 난 뒤 바로 S대학교병원에 접수를 해 두었다. 다시 한번 검사를 받고 싶어서였다. 그 병원의 말만 믿을 수가 없었던 것이 솔직한 내 심정이었다.

S대학교 아동병원은 우리나라에서 최고라 일컬어지는 병원이라 그런지 몰라도 검사를 받고자 하는 아이들이 놀랄 만큼 많았다. 두리는 예약 접수를 한 지 4개월이 지나서야 진찰을 받을 수 있었다.

"S대학교병원에 갈 땐 함께 가자."

남편의 말에 잠시 머뭇거렸다. 이제 두리 문제에서만큼은 깔끔하게 생각해야 했다.

"검사 당일엔 나 혼자 갈게. 그날은 의사 상담이 없어. 당신도 의사에게 직접 이야기를 듣는 게 낫지 않겠어?"

자연스럽게 나는 당신이라고 말했고, 우리는 너무나도 자연스럽게 의견 합의를 보았다. 이혼을 한 지 3년이 지났고, 2년 가까이 되는 기간 동안 통화 한 번 하지 않은 사이라는 게 믿기지 않을 만큼 자연스러웠다. 그 자연스러움이 난 오히려 부자연스러웠다. 하지만 복잡하게 생각하지 않았다. 내가 그랑 나누어야 할 대화는 두리에 관한 것뿐일 테고, 그것엔 내 감정 따위는 배제되어 있었다.

"두리야."
남편이 차에서 내리면서 두리를 불렀다.
"우리 두리, 많이 컸구나."
"네."
두리는 눈을 깜빡거리며 제 아빠 얼굴을 보았다.
검사 결과가 나오는 날, 남편은 차를 끌고 집 앞에까지 왔다.
옷을 입히면서 "아빠가 올 건데……. 병원에 데려다 주러. 아빠 말이야" 하고 중얼거렸을 때 두리는 "아빠 옵니다"라고 간단히 말했다. 표정에도 별 변화가 없었다.
어떻게 말해야 할지, 더구나 아빠와의 만남이 두리에게 어떤 영향을 끼칠지 몰라 차라리 꾸미지도 못하고 간단하게 말했던 나는 두리의 단순한 반응에 오히려 맥이 풀렸다. 하지만 달리 내가 취할 행동도 없었다. 두리에게 무슨 말을 더 할 수 있겠는가. 그저 아빠가 데리러 온다는 말밖에는.
"병원 갈 거지?"
두리의 태도에 약간 당황하던 남편은 그렇게 물었고 두리는 "병원에 갑니다. 두 번째 병원에 갑니다"라고 말하며 내 손을 잡았다.

사실 아이가 아빠를 알아볼까, 궁금했다. 하지만 아이는 알아보았다. 3년이라는 세월 동안 우리는 많은 것이 변했는데, 이혼하기 전에도 아빠에 대한 기억이 거의 없을 만큼 집과 아이에 소홀했던 아빠였지만 아이는 알아보았다. 당연한 그 사실에 잠시 나는 많은 생각을 했다.

"병원에서 나와서 아빠랑 뭘 할까, 두리야?"

남편의 그 말이 마음에 들지 않았다.

"엄마 누나는 학교 갔어요. 집에 갔어요?"

남편의 말에 대답하는 대신 두리는 내게로 몸을 기대면서 물었다. 순간, 가슴이 저릿저릿, 정전기를 느끼듯 저려 왔다. 그러면서 덜 끈 담뱃불의 연기처럼 화가 슬금슬금 피어올랐다.

"두리는 뭐 좋아해? 축구 좋아해? 자전거 타니?"

그냥 아무 말 없이 가는 것이 불편했을까. 난 남편의 질문이 오히려 불편했다.

"동혁이 형이 자전거 있어요."

아이가 자전거를 탈 만큼의 운동 능력도 없음을 남편은 몰랐다.

병원에 도착하여 그는 주차하러 가고 우린 병원 입구에서 그를 기다렸다. 그동안에도 아이는 아빠에 대해 아무것도 묻지 않았다. 오히려 내가 쿵쿵대는 가슴을 진정시키며 조바심을 냈다.

"자, 가자."

전남편이 아이의 손을 잡으려고 했을 때 아이는 눈에 띄게 고개를 홱 돌렸다. 그리고 내 손을 잡았다. 두리의 무표정하고 단호한 표정을 알 리 없는 그로선 놀랐을 것이다.

"엄마 손 잡았어요."

그의 얼굴이 일그러지는 것은 내게 관심의 대상이 아니었다. 나는 두리의 손을 꼭 잡으며 아이에게 어떻게 해야 좋을지를 생각했다. 정답을 알 수 없어 가슴이 답답할 뿐이었다.

"갑작스러울 수 있어요. 천천히 해요."

엘리베이터 앞에서 그에게만 들리게 얼른 한마디 했을 뿐이었다. 그는 굳어진 얼굴로 고개를 끄덕였다. 그는 아이의 마음 대신 자신의 기분을 먼저 생각하고 있을지 모를 일이었다. 그래도 그건 자신의 몫이어야 했다. 아빠를 처음 보는 낯선 아저씨처럼 어색해하는 아이가 남편보다 더 힘들고 가엾다는 것을 그는 알아야 했다.

"김두리 왔어요. 11시에 예약했어요."

"네, 앉아서 잠시 기다리세요."

그와 나는 의자에 앉아 두리가 복도를 왔다 갔다 하는 모습을 바라보았다.

"두리가 아빠처럼 대해 주길 바라지 마. 아이는 느끼는 대로 행동하지 생각해서 행동하지 않아."

"느끼는 대로라……. 천륜은 느끼는 거 아닌가?"

그의 얼굴을 바라보았다.

천륜은 느끼는 거라는 말……. 그의 입에서 나올 말이 아니었다.

그와 입씨름하고 싶은 마음도 여력도 없었다.

"아이들이 누구 손에 키워져도 내 자식인 건 변함없지."

그래, 그건 변하지 않는 사실이었다.

"그리고 넌 이성적이니까, 아이들에게 아빠를 몹쓸 사람으로 인식시키진 않을 거라 믿었지."

그는 무슨 말을 하고 싶었을까.

"내게 아무것도 바라지 마. 난 그저 아무 말도 하지 않아, 아빠에 대해선."

두리 이름이 불려지지 않았으면 남편은 또 무슨 말을 했을지 모른다.

내가 먼저 두리를 데리고 안으로 들어갔다.

검사 받을 당시 H박사 말고 다른 선생님이 1차 검사를 할 때, 엄마인 나와도 질문 시간이 있었고 그때 이혼 가정이라는 것도 당연히 알렸다. 그때 "우주선에 두 명만 탈 수 있다면 누구랑 탈래?"라는 질문 자체를 잘 이해하지 못하던 두리는 몇 번의 설명 끝에 "엄마 누나 두리"라고 말했었다. 몇 번을 물어도 그렇게 대답하던 두리. 갑자기 전남편이 함께 와 있다는 생각을 하니 그 상황이 떠올랐다.

"아이아버지가 와 있어요. 저번에 함께 올 수 있으면 오라고 하셔서……."

"그래요? 그럼, 들어오라고 하세요."

그는 간호사를 따라 방으로 들어와 내 옆의 의자에 앉았다. 두리는 진료실 한쪽에 마련된 공간에서 장난감들과 놀고 있었다.

검사 결과는 저번 병원과 비슷하게 나왔다. 우리나라에서 소아정신과 쪽으로 최고 권위자라는 H박사는 놀고 있는 두리를 보다가 전남편과 나에게 이렇게 말했다.

"아이들이 노는 모습을 봐도 알 수 있습니다. 두리는 세상과 관계 맺는 법을 배우지 못했어요. 선천적으로, 그리고 제가 보기엔 후천적으로도. 사회화 과정이 많이 부족한 거죠. 후천적인 부분이라도 충족시켜 주면 훨씬 나을 것입니다. 이제부터입니다. 아빠 엄마가 힘을 합쳐야 합니다. 이혼을 하셨더라도 두 분의 협력이 절대적으로 필요한 때입니다. 두리는 앞으로 교육을 받으면 훨씬 나아질 수 있는 경계선에 있습니다. 이미 이루어진 일에 대해선 어쩔 수 없다 하더라도 앞으로는 두리에게 도움이 되는 환경을 마련하기 위해 두 분이 힘을 모으셔야 합니다."

그러면서 두리에게 필요한 환경에 대한 말을 몇 마디 한 다음 6개월 후 다시 보자고 했다.

결국 아이를 위해 전남편과 나는 협력하기로 했다. 그것이 어떤 방법인지 구체적으로 나열하지는 않았지만 일단 아이를 위해 각자의 시간과 능력을 투자하고 서로의 감정은 배제하기로 했다.

두리에게는 우선 가족끼리의 경험이 가장 필요하다고 했다. 함께 무엇인가를 하고 특히 아빠와의 관계에서 많은 것이 개선될 수 있을 것이라 했다.

"가능하다면 여행을 다니세요. 그리고 몇 시간 정도라도 자주 외출하게 하고. 가족 전체가 움직이기 힘들면 아빠하고 많이 다니게 해요. 엄마가 키우신다니 엄마와의 시간은 충분할 테니."

박사의 말을 그도 들었기 때문에 난 굳이 또 약속을 받아 내지는 않았다. 그렇게 해 주리라 믿었다. 다만 가족끼리의 행사를 실천하기 위해 그날 저녁을 제안했다.

"하나 데리고 나와 함께 저녁식사를 하는 게 어때?"

그도 좋다고 했다.

두리는 차 안에 잠시 있게 하고 집으로 들어가 하나를 데리고 나왔다.

"두리 때문에 아빠와의 시간을 종종 갖게 될 것 같아. 두리에게 필요하대. 하나도 함께하자."

생각해 보니 그렇게 말하면서 하나의 얼굴을 보지 않았다. 하나에게는 사실 말 꺼내기가 더 힘들었다.

전남편은 하나에게는 두리에게 하듯이 이것저것 많이 묻지 않았다. 많이 컸다는 말만 두어 번 되풀이했을 뿐이었다.

하나는 더 많이 기억을 하고 있기 때문이었을까.

그날 식당에서의 우리는 하나 말대로 외식 나온 평범한 가족 같았다.

처음에 조금 딱딱한 표정이던 하나도 금방 환해진 표정으로 맛

있게 먹었고, 두리도 훨씬 긴장이 풀린 표정으로 전남편의 질문에 대답했다. 그가 주는 고기도 잘 받아먹었다. 그가 고기 하나를 접시에 갖다 주는 순간, 하나가 나를 보는 것이 느껴졌지만 모르는 척했다. 나중에는 제 아빠 앞에 놓인 동치미 그릇을 가리키며 하나는 "아빠, 나 동치미 더 줘"라고 했다.

그 자리에서 나는 음식을 먹고 있는 것이 아니었다. 음식을 씹고 있을 뿐이었다. 음식 맛을 그렇게 완벽하게 못 느낀 적은 없었다. '아이들에겐 내가 짐작하고 있는 것보다 아빠의 빈자리가 큰 것일까' 라는 생각으로 음식이 자꾸 목에 걸렸다.

하지만 내가 할 수 있는 일은 없었다.

더 깊이 생각하지 말자. 지금 이 순간, 내가 할 수 있는 일만 생각하자.

스스로를 그렇게 다독거리며 난 어느새 웃고 있는 아이들을 보았다. 그 아이들을 향해 역시 웃고 있는 그를 보았다.

5

"거기가 하나 집인가요?"

겨울방학이 시작된 지 얼마 되지 않은 날에 걸려온 전화로 우리와 전남편 사이의 끈은 다시 끊어지고 말았다.

"하나 엄마세요?"

여자의 목소리는 비음이 섞여 있는 허스키로 묘한 분위기를 풍겼다.

"네, 누구세요?"

"어떻게 말씀드려야 할지. 전 김정기 씨와 만나고 있는 사람인데요."

"그런데요?"

"김정기 씨에 대해서 물어볼 게 있어서요."

나는 잠시 착각을 할 뻔했다. 내가 아직 그의 아내라고.

"그랑 요즘 만나죠?"

"잠깐만요. 난 그 사람과 헤어졌어요. 내가 그 사람 이야기를 들어야 할 이유가 있나요?"

"이혼한 건 알아요. 하지만 요즘 다시 만난다면서요? 아이가 아파서……. 두리라고 하던가?"

머릿속으로 뜨거운 기운이 핑 돌았다. 낯선 여자의 입에 두리가 오르는 순간, 시쳇말로 뚜껑이 열리는 기분이었다.

"그런데 아이를 핑계로 너무 자주 보는 게 아닌가요? 아이만 보게 하던지. 왜 꼭 함께 보는지 모르겠군요. 게다가 삼 박 사 일씩이나 여행을 다녀오고서 이번에 또 스키장이라니…… 물론 애가 그 지경이니 속이 상하겠지만 그래도 내 입장에선 또 그렇게 편한 일이 아니니, 허심탄회하게 여자로서 얘기 좀 하려고 전화했어요."

도대체 무슨 소리인지 알 수가 없었다.

그와 여행을 간 적이 없었다. 갈 계획이 잡혀 있긴 했었다. 하나 방학에 맞춰 스키장에 가기로 했었다. 1박을 하고 오는 길이라 함께 가는 것이 편치는 않았지만 두리가 나 없이 지내는 것이 힘들 것 같아 함께 가기로 약속을 했었다.

그날이 이틀 후로 잡혀 있었다.

그런데 낯선 여자는 우리가 여행을 다녀왔다고 말하는 것이다. 난데없이 전화를 걸어 나를 자기 남편과 바람이라도 피우는 여자처럼 대하는 것까지도 지나가는 개 짖는 소리로 넘길 수 있었다. 하지만 아이에 대한 말은 그럴 수 없었다.

"애가 그 지경이라니, 말조심 해야겠군요. 그리고 내 말 잘 들어요. 우린 여행 간 적 없어요. 갈 계획은 있지만. 잘은 모르겠지만 이렇게 당당하게 말할 정도라면 서로 깊은 사이인가 본데 신뢰하는 사이는 아닌 듯하군요. 거짓말을 듣고 이러는 모양입니다."

두리만 들먹이지 않았어도 그런 여자와 유치하게 말을 섞고 싶지 않았다.

그 여자는 무척이나 당황해했고, 놀라울 만큼 내게 사정을 했다. 이야기 좀 하자고. 솔직히 나 역시 정확히 알고 싶은 마음도 있어 그 여자와 거의 한 시간 가까이 통화를 하게 되었다.

그리고 그 통화로 난 그를 우리의 인생에서 완전히 밀어내기로 결심했다.

그를 다시 만났을 때 난 그의 상태를 알아보았다. 새롭게 살고 싶다고 했지만 3년이라는 시간 동안 결코 인생을 위한 진지한 싸움을 한 것 같지 않았다. 경제적으로 더 엉망이 되어 있는 것 같은 그가 아이를 위해 단 몇 푼의 돈도 내놓지 못하는 것은 그래서 이해하기로 했다.

양육비를 받기로 정하지 않은 채 이혼한 것에 대해 한심하다고 핀잔을 주던 친구나 엄마는 이번에도 두리 밑에 들어가는 엄청난 돈의 일부를 전남편에게 떠맡겨야 한다고 했지만 난 그러지 않았다. 먼저 내놓지 않는 그에게 달라고 하고 싶지 않았다. 자존심이나 오기 때문이 아니었다. 줄 수 있는 상황이 아닌 것 같았고, 주고 싶었다면 어떤 노력을 해서라도 주었을 것이라고 생각했다. 두리에 대한 아빠로서의 사랑과 책임을 강요하고 싶지 않았다.

하지만 이번만은 참을 수 없었다. 아이를 이용하는 것만은, 그것도 아이의 아픔을 이용하는 것만은 결코 용서할 수 없었다.

그 여자의 이야기를 정리해 보니 전남편은 그 여자와 깊은 관계를 맺고 있었던 모양인데 그 여자에게 두리의 병을 핑계로 시간을 빼내어 다른 여자를 또 만난 모양이었다.

"애한테 아빠와의 시간이 가장 큰 치료법이라는데 나랑 못 만나도 이해하자 싶었어요. 여행하는 삼 박 사 일 동안 연락이 없어도 이해했고, 아이가 교육받으러 가는 곳에 종종 따라 가는 것도 맞다고 생각했어요. 또 아이를 위해 아이엄마와 만나서 해야 할 이야기가 많을 수도 있겠다 싶었어요.”

그는 두리가 다니는 센터에 온 적이 한 번도 없었다.

더욱 기가 막혔던 것은 그 여자가 유부녀인 데다 그에게 돈까지 주었다는 사실이었다.

“그 사람 때문에 가정이 파괴될 지경이지만 후회하지 않았어요. 그가 날 사랑한다고 믿었거든요. 태어나서 한 남자에게 그런 사랑을 받을 수 있다는 사실이 행복했어요. 남편이 사실을 알고도 그냥 돌아오라고 하고 있지만, 그만 원한다면 난 이혼할 생각이었어요. 내 가게는 내 앞으로 되어 있거든요. 그걸 은행에 잡혀서 돈도 주었어요. 애 밑으로 돈이 많이 들어가는데 아이엄마가 너무 힘들다고 해서. 그가 괴로워하는 것을 보는 게 힘들었거든요.”

그 여자가 불쌍했다. 웃기는 말인지 몰라도 그 여자가 불쌍해서 그쪽에서 전화를 끊기 전에 끊을 수가 없었다.

“며칠 전에 화장품을 사더라고요. 미백용으로. 기능성이라 좀 비싸잖아요. 좀 있으면 돈 나올 때가 있으니 그때 주겠다며 대신 계산을 해 달라고 해요. 나에게 줄 거냐니까, 아이엄마 준대요. 사실 무척 기분 나빴어요. 하지만 또 그가 하는 말을 들어 보니 계속 강짜만 부리는 것도 아니겠다 싶더라고요. 그래도 솔직히 계속 기분이 나빠서 몰래 핸드폰에서 전화번호 찾아서 전화한 거예요. 아이 핑계로 이혼한 남편 너무 힘들게 하지 말라고.”

난 그에게 화장품을 받은 적이 없었다.

그가 또 다른 여자를 만나고 있는 것이 확실했다.

"짐작 가는 애가 있어요. 우리 상가 양품점 하는 애."

여자는 어느새 울고 있었다.

한심했다. 나도 그 여자도. 그리고 그런 기분이 정말 날 기분 나쁘게 했다.

두리 때문에 다시 왕래를 시작하게 되면서 전남편이 한 말을 믿은 것은 아니었다.

"어쩐지 내가 몹쓸 인간이라는 생각이 들어. 우리가 어쩌다가 이렇게 됐지? 이런 말, 믿지 않겠지만 열심히 살 거야. 나, 너랑 애들 곁으로 돌아가고 싶어. 솔직히 헤어져 있으면서 애들 보고 싶은 생각 그다지 들지 않았어. 그런데 보니까, 다르다. 네가 받아만 준다면, 그러고 싶어."

다른 생각하지 말라는 내 말에 그는 이렇게까지 말했다.

"알아, 당신 심정. 지금 대답하지 않아도 돼. 난 그저 열심히 살 거야. 사람은 한순간에 깨달을 수도 있어. 그리고 두리나 하나에게 도움이 되는 일이 있다면 할 거야. 그래서 나중에 내가 내민 손을 당신이 잡아 주면 그때 돌아갈 거야. 억지는 쓰지 않을게. 그저 나를 봐 주기만 해."

그는 무척이나 진지하고 절절한 표정이었다.

상황이 너무 힘들었을까, 두리 때문이었을까. 그 말을 듣고 솔직히 다시 꿈을 꾸기도 했다. 하지만 철석같이 믿고 기다린 것은 아

니었다. 지금은 오직 두리에게 집중하면서 살 일이고, 흐르는 강
물처럼 자연스럽게 이루어질 일이라면 그때 가서 생각하리라, 미
루었을 뿐이다.

진지하게 믿고 간절하게 바라는 것이 아니었으므로 냉정히 말
하면 새삼 실망할 일은 아니었다. 게다가 그가 여자를 동시에 스무
명을 만나든 여러 집 살림을 살든 상관할 바 아니었다. 얼굴도 모
르는 어떤 여자에 대한 연민도 오래갈 것이 아니었다. 하지만 그
과정에 두리가 끼는 것은 용납할 수 없었다. 아빠라는 사람이 자기
새끼 아픈 것을 핑계로 여자들 사이에서 게임을 하다니, 도무지 용
서할 수 없었다.

이혼하면서 다른 부탁은 아무것도 하지 않았었다. 애들이 아빠
나 엄마를 훌륭한 엄마 아빠라고 생각하지는 않더라도 최소한 부
끄러운 엄마 아빠는 되지 말자는 부탁만 했었다. 그런데 이건 너무
하다 싶었다.

두리든 하나든 다시 만나지 않은 것보다 못한 상황이 되고 말았
다는 사실에 치가 떨렸다.

"여행, 갈 수 없어. 없었던 것으로 해. 그리고 이제 우리에게서
완전히 떠나. 우리를 잊어. 잠시 갈 수 없는 길을 갔어, 내가. 정말
이지 당신이란 사람, 다시는 생각 안 하고 싶어. 목소리 듣는 일 없
게 해 줘."

갑자기 왜 그러냐고, 이유를 묻는 그에게 여자가 전화를 걸어 왔

다는 얘기를 하자 그는 더 이상 아무런 말도, 아무런 변명도 하지
못했다.

“왜 안 가요? 차 타고 여행 가기로 했어요. 차 타고 가는 거 좋아
요. 아빠 차 타고 가기로 했어요. 누나, 가고 싶지?”

아빠와의 여행을 기다리고 있었던 아이들의 실망은 눈에 확연
하게 보였다.

하나는 내 눈치를 살피면서 티를 안 내는 듯했지만 그 마음이 느
껴졌다.

분 단위로 시간을 나누고 약속을 하면 꼭 지켜야 하는 것으로 아
는 두리로서는 쉽게 받아들여지지 않는 모양이었다. 게다가 정확
히 표현하지 않았지만 그를 다시 만난 뒤로 아빠와의 만남을 기다
리고 있던 아이였고, 그 후의 두 번의 만남을 정말 좋아하던 아이
였다.

“아빠는 갑자기 바빠졌어요? 아빠를 기다려요.”

“아빠가 약속을 안 지켜요. 두리는 약속 지켜요.”

“그만해. 못 가게 되었다면 그런 줄 알아. 이제 그 이야긴 그만
해. 알았어?”

몇 번씩 아빠, 아빠를 입에 올리다가 제 누나가 무섭게 한마디
하자 입을 다물던 두리를 보며, 그에게 살의를 느꼈다.

내가 저희를 걱정하고 있는데 하나는 오히려 내 눈치를 살피고
있었고, 두리조차 더 이상 말을 하면 안 된다는 것을 수긍한 것이

었다. 약속한 것을 안 지키면 질릴 만큼 오래오래 곱씹는 두리였는데 그땐 몇 번 물어 보고는 끝이었다. 뿐만 아니라 다시 나타난 아빠가 또다시 사라졌는데 거짓말처럼 아빠를 찾지도 않았다.

가지지 못하는 것에 대해, 누리지 못하는 것에 대해 일찌감치 포기하는 법을 배운 내 아이들이 가여워서 나는 화가 났다. 두리조차 그것을 빨리 터득한 것이 가엽고 가여웠다. 이혼할 당시에는 두리가 많이 어려서 모를 수도 있었지만 이제는 차라리 아빠의 부재와 그 결핍감을 알고 느낄 수 있는 나이라 오히려 더 나쁜 결과를 불러올 수 있었다.

두리를 위한 아빠와의 만남이 차라리 마이너스가 되었던 터라 내내 마음이 불편했다. 내가 세심히 들여다보지 못했지만 하나 역시 마찬가지였을 것이었다.

가슴속에서 부글부글, 분노가 용암처럼 끓었다.

어떻게 자식을, 그것도 아픈 자식의 상황을 이용하여 그럴 수가 있었을까. 아무리 바람기는 인력으로 어쩔 수 없다지만 기가 막히고 또 막혔다.

5장

장마

1

핸드폰 벨소리가 알람처럼 나를 흔들어 깨운다.

전화를 건 사람은 전남편이다.

"며칠 전에 전화했더군."

하나가 사고 난 날 애들 아빠에게 전화했었다.

"사정이 있어 못 받았어."

왜 못 받았는지 변명하지 않아서 다행이다.

하지만 이미 늦었다. 나는 결코 딸이 죽었다는 말을 하지 않을
것이다.

"무슨 일 있어?"

"아니."

"저번 그 이야기라면, 하나 맡기는 이야기라면, 여전히 내겐 능력 밖의 일인데."

그랬었다.

하나를 맡아 줄 수 있냐고 부탁하기 위해 전화를 건 적이 있었다. 후회스러웠다. 깨물었는지 튼 입술에 피가 나온다.

지금의 집으로 이사 오기 전 일이었다.

하나를 맡을 수 있겠냐는 말을 하기 위해 다시는 생각조차 하고 싶지 않았던 그에게, 아이들에게 새삼 기대감만 안겨 주고 연이어 배신감을 맛보게 한 그에게, 내가 먼저 전화를 걸었었다.

그의 전화번호를 누르는 동안에도, 신호음이 이어지는 동안에도 얼마나 심장이 빠르게 뛰었는지 모른다. 막 끊으려는 순간, 그가 받았고 난 쫓기는 사람처럼 "할 말이 있어"라고 뱉었다.

하지만 그렇게 말해 놓고도 얼른 말하지 못했다.

"할 말? 말해 봐."

"하나를 좀 맡아 줄 수 있어?"

살점을 도려내는 심정이었다.

"그건 좀 곤란한데. 지금 내가 그럴 수 있는 형편이 아니야."

왜 그러느냐고, 무슨 일이냐고 묻지도 않고 그는 간단히 그렇게 대답했다. 도려낸 살점에서 피가 뚝뚝 떨어지고 있는데 말이다. 그러나 미련은 떨지 않았다.

"알았어. 차라리 다행이야. 말해 놓고 보낼 수 있을지 걱정했던 참이었어. 내게 이유를 줘서 고마워.”

전화를 끊는데 목에서부터 얼굴까지 불 속에 있는 느낌이었다.

돈 때문에 아이를 맡기려고 했었다.

카드 연체가 이어지자 이런저런 궁리 끝에 이사해야겠다는 결심을 하게 되었다. 집이라 해 봤자 워낙 부금이 많이 남아 있고 빌라라는 것이 사는 그날부터 손해라는 말이 있듯이 그동안 낸 이자는커녕 구입할 때의 금액에도 훨씬 못 미치는 가격에 팔릴 형편이었지만 이사를 결심했다.

어차피 압류가 들어오고 경매가 이루어지면 한 푼도 받지 못하고 비워 주어야 할 것이었다. 그전에 단돈 얼마라도 건져야 월세방이라도 얻을 수 있다는 생각에서였다.

그리고 새로운 곳에서 새로운 출발을 하자는 심리적 이유도 애써 집어넣었다. 힘들었고 눈물 많이 흘렸던 그 집에서 벗어나면 새로운 출발을 할 수 있을 것 같은 막연한 희망이 간지러움처럼 자꾸 날 자극했다. 현실적으로 보았을 때 새로운 출발이라는 단어가 어울리지 않았지만 말이다.

나의 간절함이 통했을까? 아무리 그래도 숨통은 남겨 두고 시련을 주는 것일까?

매매가 힘든 조건에도 불구하고 생각보다 빨리 임자가 나섰다. 매매를 원했지만 막상 계약금을 손에 쥐게 되자 마음이 그렇게 불편할 수가 없었다. 살 때 현금 3,650만 원을 집어넣은 집이었다.

그런데 집을 팔고 난 뒤 남는 돈은 900만 원에서 조금 빠지는 금액이었다. 현명하지 못했던 대가로는 너무 엄청났다.

그 돈으로 월세라도 방 두 개 되는 집을 찾기가 쉽지 않았다. 아무리 죽을힘으로 살아야 하는 상황이었지만 단칸방으로 갈 수는 없었다. 일도 해야 하고 갑자기 너무 불편하면 정신적으로 지쳐 살아가는 에너지도 얻을 수 없을 것 같아서였다.

아무리 월세지만 대부분 보증금이 2,000만 원 이상 있어야 했다. 게다가 빌라나 단독주택은 월세 자체도 드물지만 보증금이 비쌌고 아파트가 그나마 월세는 높아도 보증금이 적게 드는 곳이 더러 있었다.

그렇게 급하게 집을 구하면서 중학생이 된 지 얼마 되지 않은 하나가 제일 걱정이었다. 초등학교 때와는 다른 시스템으로 공부에 집중해야 하는데 앞으로의 상황이 걱정스러웠다. 이사를 가서 최소한 보금자리는 지키게 되더라도 계속 좋지 못한 바람이 불어올 것이고 사춘기인 하나에게 좋지 않은 영향을 미칠 것 같았다. 언젠가는 압류라는 것으로 집 안에 빨간 딱지들이 붙게 될지도 몰랐고, 그런 기타 여러 가지 상황들을 아이들에게 보여 주고 싶지 않았다.

걱정 끝에 바보처럼 애들 아빠가 떠올랐다.

두리는 떼 놓을 수가 없고 하나는 손이 가야 하는 나이가 아니니 아빠한테 가 있어도 될 것 같았다. 내가 안정되면 다시 데려오면 안 될까, 그런 생각을 했었던 것이다.

아무리 사람이 망각의 동물이라지만 난 어째서 애들 아빠를 떠올렸을까.

하지만 오랜 갈등 끝에 한 결심은 쓸데없는 결심이 되어 버렸다. 밤을 꼬박 새우고 고민한 내가 무색하리만큼 그는 아주 간단히 거절한 것이었다. 전화를 끊으면서 또 결심했다. 혀를 깨무는 심정으로 절대 다시는 찾지 않으리라고.

하지만 딸이 사고가 났을 때는 전화를 안 할 수가 없었다. 아이의 아빠니까. 그런데 그는 전화를 받지 않았고, 번호가 남아 있었겠지만 되걸려 오지 않았다.

그런데 일주일도 지난 이제 왜 전화를 했는지 모를 일이다.

"왜 전화를 했었는지 궁금하긴 한 모양이지?"

"애를 맡기는 이야기라면……."

"입력된 번호를 잘못 누른 거야. 신경 쓰지 마."

"그럼……?"

딸이 죽었는데, 이미 없는데 그와 내가 나눌 말이 뭐가 있겠는가. 못난 엄마 아빠가 무슨 할 말이 있단 말인가.

닫히는 핸드폰 폴더 속으로 그의 목소리가 잘린다.

전남편과의 결혼 생활에서 내가 깨달은 게 있다면 사람이 변한다는 게 얼마나 어려운 일인가, 하는 것이다.

빗소리가 또 커진다.

이번 여름엔 비가 정말 지겹도록 온다. 비가 오지 않은 날이 더 적은 것 같다. 사람도 광합성이 필요하다. 내 몸 구석구석에 습기가 가득하다. 햇살에 보송보송 말리고 싶다는 생각을 하다가도 곧 고개를 흔든다.

차라리 이런 빗속이라 견딜 수 있는지도 모른다.

화창한 햇빛 속이라면 난 견딜 수 없을 것이다.

어머니가 두리를 데리고 친구 집에 간 것이 얼마나 다행인지 모르겠다. 자고 온다고 했다. 어머니가 내게 시간을 주려는 거다. 하지만 그 시간이 얼마나 걸릴지, 자신이 없다.

또다시 전화가 울린다.

모르는 번호다.

"네, S신용정보의 이정훈이라고 합니다."

B카드사로부터 나에 대한 채권을 수임 받았다는 채권추심 전문 회사 S사 사람이다. 그러니까 쉽게 말하면 B카드사 대신 돈 받는 일을 하게 되었다는 사람이다.

"어떻게 보증인은 구하셨나요?"

언제였던가.

채무이행특별최고장이라는 것을 받은 지 이틀 후, 이정훈이라는 남자가 전화를 했다. 은행에서 채권을 넘겨받아 이제부터 자기들이 관리한다는 것이었다. 그 최고장에는 명시된 날짜까지 돈을 갚지 않을 경우 진행될 법적 조치와 제재 사항이 열거되어 있었다.

'급여나 부동산 전월세 보증금, 유체동산(자동차, 가전제품, 피

아노 기타) 등의 가압류, 압류, 가처분, 그리고 채무 불이행자 명부
에 등재신청 할 것이며 형사 고사나 고발을 할 것' 이라는 내용이
었다.

그런 무서운 내용과 달리 그 남자의 목소리는 예의바르고 부드
러웠다. 뿐만 아니라 남자는 무슨 아이 다루듯이 살살 어르듯 말했
었다.

"잘 내시던 분이 이렇게 된 걸 보면 분명 사정이 있으시겠지요.
하지만 어쩌겠어요? 힘들더라도 본인이 쓴 것이니 본인이 갚아야
되지 않겠습니까?"

"……."

늘 그렇지만 정말 그들에게 할 말이 없었다. 어떤 이들은 목청
높이며 싸운다지만 난 싸울 일도 싸울 힘도 없었다.

"사정이 그런데 한꺼번에 변제하기는 어려우실 거고, 정말 어려
우신 분들을 위해 특별히 대환대출이라는 방법을 열어 놓았으니
다행이지요? 숨통을 트이게 하는 거라고 생각합니다만."

그때 나는 보증인은 구할 수 없을 거라고 했고, 남자는 끝까지
부드러운 목소리로 그래도 한번 구해 보라고 말한 뒤 공손하게 끊
었다. 그런 태도가 더 어색했다. 그리고 오늘 다시 전화를 해 온 것
이다.

"보증인 어떻게 되셨어요? 대답을 하세요."

"보증인은 구할 수 없어요. 전에도 말씀드렸는데……."

"그럼 어떻게 하실 겁니까? 카드사에선 그래도 고객들 신용불량 거래자 되는 걸 막기 위해 대안도 내놓고 하는데 당사자가 그렇게 방관하고 있으면 어쩝니까? 보증인을 마련해서 대환대출이라도 하셔야죠."

"저도 아는데 일부러 안 하는 게 아니라 보증인을 구할 수 없어요."

"그럼 어쩔 건가요?"

"모르겠어요."

"참, 미치겠군. 하나같이 이렇게 배 째라고 나오니 돌겠군. 사회에서 봐 주는 분위기로 나오니 이러는 거야. 강력한 조치를 취해야지 정신들 차리지……."

이건 독백이 아니라 독백을 가장한 협박이다. 그래도 상관없다. 다른 때처럼 모멸감을 느끼거나 화가 나거나 하는 따위의 감정 변화조차 느낄 수 없다.

"구해 보세요. 그렇게 모르겠다는 식으로 나오면 곤란하죠. 갚을 능력도 없으면서 카드 사용하는 것, 사기죄잖아요? 우리가 협박용으로 그런 서류를 보낸다고 생각하지 마세요. 채무 불이행자 명부에 올려서 본적지나 거주지에 비치하게 되면 여러 가지 불이익을 받게 될 거예요. 압류는 물론이고, 그리고 갚을 의사나 갚을 능력도 안 되면서 현금서비스나 신용결제를 이용했을 경우 형사 고소 된다는 걸 모르세요?"

그의 말은 사실이 아니다. 처음부터 안 갚을 생각을 한 것은 아니다. 게다가 카드 빚의 반 정도는 카드대금을 갚기 위해 '깡'이니 '대납' 등을 해서 생겨난 빚인데, 갚지 않을 생각이었다면 왜 그런 짓을 했을까.

갚지 않을 생각이었다면 낯선 사람들이 기다리는 사무실을 찾아가거나 냄비나 건강식품들이 진열되어 있는 어느 사무실에서 몇 백만 원어치 상품권을 사고 그 상품권을 또 다른 사람들에게 건네고서 그에 훨씬 못 미치는 돈을 받는 짓 따위를 하거나, 아침 일찍 컨설팅이라는 이름의 명함을 가진 사람들이랑 대형 마트에 가서 줄을 서서 가짜 전표를 끊지도 않았을 것이다. 그리고 그 피 같은 돈의 일부를 그 사람들에게 떼 주지도 않았을 것이다.

그래, 차라리 진작 손을 들어 버리고 애쓰지 말 것을 하고 후회하는 중이다. 그랬다면 빚은 이렇게 눈 덩이처럼 늘어나지 않았을 테니까 말이다.

"왜 가만히 계십니까? 무슨 말을 해 보세요. 어떤 조치를 취해도 괜찮으시겠어요?"

"내가 한 일에 대한 마땅한 조치는 받아야겠지요. 조치 취하세요."

말 내용보다 나의 목소리 때문일 것이다. 모든 것을 포기한 사람의 목소리를, 그렇게 많은 사람을 대해 온 직업을 가진 남자는 알아차렸을 것이다.

"흠, 법적 조치, 이번에는 들어갑니다. 협박용 아닙니다."

"네."

"흠흠."

헛기침까지 하던 그는 잠시 말을 하지 않는다.

"시간을 조금 더 드릴 테니 보증인 한 번 더 구해 보세요."

그리고는 전화를 끊어 버린다.

정말 곰곰이 생각하면 너무나 엄청나서 생각도 하기 싫은 빚이다.

눈 덩이, 그랬다. 정말 눈 덩이처럼 빚이 늘어나 있었다.

불과 1년 전만 해도, 6개월 전만 해도 이 정도는 아니었다. 이제 어디서 어떻게 생겨난 빚인지 따져 보고 싶지도 않다.

살아가는 일은 항상 현재진행형이고, 내가 받는 경제적 대가는 규칙적이지도 않고, 충분하지도 않았다. 카드는 그런 상황에서 긴요한 역할을 했다. 급할 때 남에게 아쉬운 소리하지 않아도 되는 요술램프의 지니였다. 물론 그 지니를 불러낼수록 치러야 하는 대가가 커진다는 것을 알기는 알았다.

하지만 그때그때 급한 불을 끄면서 다가올 날의 대가까지 염두에 두는 것이 쉬운 일은 아니었다. 게다가 그 대가는 솔직히 상식선에서 하는 계산법으로 하는 게 아니었다. 그럼에도 불구하고 카드를 사용한 것은, 필요했기 때문이었다. 그것이 카드가 존재하는 이유였다.

카드로 생활비를 쓰고 이 카드로 저 카드 막고, 원고료 받으면 갚고, 그래도 부족할 즈음이면 카드 부지런히 쓴 덕에 늘어난 한도로 해결하고 그래도 또 위험해질 때면 카드사에서 빌려 주는 돈으로 막고, 그렇게 생활해 나갔다. 그런 식으로 돌기 시작한 사이클은 제 나름대로의 규칙을 가지고 돌아갔다. 아슬아슬하고 힘겨운 규칙이었지만.

웃기는 것은 카드 대금이 많아질수록 더 많은 일을 해야 했고 또 그렇게 했는데, 카드 빚이 줄어드는 게 아니라 늘어난다는 사실이었다. 아이들이 자라고, 엄마가 나이 들어가면서 병원에 가는 일이 잦아졌고, 나까지 병치레를 자주 한다고 해서 그 이유가 다 설명되는 것은 아니었다.

언제부터인가 일을 새로 맡거나 일을 하면서 느끼는 신명이 사라지고 없었다. 다시 새로운 일을 시작해서 계약을 하고 열심히 써서 원고료를 받아도 빚을 갚는 데 쓰기 때문에 흥이 나지 않기 시작한 것이다. 그 빚으로 산 것이지만 그랬다.

배보다 배꼽이 커지는 기분이 들었다. 그래도 마음먹기 나름이라 생각하며 나를 달랬다. 이 정도의 능력을 주신 신께 감사하자, 이 정도로 살 수 있는 것에 감사하자, 나보다 못한 사람들을 보자, 성공하려면 위를 보고 행복해지려면 아래를 보라고 했다. 아래를 보면서 행복해지자, 끝없는 주문들을 외웠다. 그런데 솔직히 말하면 그 주문들은 큰 효과를 발휘하지 않았다.

분명한 건 내 잘못이다. 내가 내 생활을 잘못 경영한 탓이다.

그렇지만 정말 정신이 없다. 사치를 한 것도 호화호식을 한 것도 아니다. 아이들을 도시의 보통 가정에서 하는 만큼 가르치고 입히고 먹였다. 그렇다면 이 정도도 누리면 안 되는 거였을까. 내가 버릴 욕심을 못 버려서, 더 가난하게 살아야 하는데 그러지 못해서 이리 된 것일까. 그랬는지도 모르겠다.

가끔씩 피자도 먹였고 갈비도 먹였고 철이 되면 새 옷도 좀 입혔다. 인정한다. 잘못된 생각인 것을 알면서도 경제적으로 아이들에게 가능한 한 아쉬움을 느끼지 않게 해 주고 싶었다. 그렇게라도 해서 부재하는 아빠의 정을 커버하고 싶었다면 변명일까.

그리고 그 정도였다면 그래도 견뎌 냈을지 모른다. 두리에게 들어가는 돈은 생각보다 훨씬 많았다.

IMF 때처럼 다시 일거리가 없었고 카드는 연체에 들어갔고, 거짓말처럼 쌀 떨어질까 걱정하는 꼴이 되었다. 카드가 막히지 않았을 때에는 그것이 빚일지라도 쌀을 살 수 있었고 생선을 살 수 있었다. 급하게 아파도 걱정이 되지 않았다.

카드를 쓰지 못하게 되자 그야말로 만 원짜리 한 장 없거나, 떨어진 생필품을 살 수 없을 수도 있다는 위기감이 들었다.

충분히 그럴 수 있는 상황이었다.

연체를 시작하면서 이 늪을 어찌 빠져나갈까 생각해 보았다. 한꺼번에 갚을 수는 없고 개인 워크아웃이라는 제도를 이용할 수밖에 없었다. 하지만 그것도 내게는 그림의 떡이었다.

일정한 수입이 있음을 증명할 수 있는 사람에 한해 채무를 5년에서 8년 동안 나눠서 갚게 하는 제도로, 쉽게 말해 여러 군데의 채무를 나라에서 관리해 주는 것으로 매달 일정 금액을 채무자에게서 받아서 채권자들에게 나눠 주는 것이라고 했다. 자신의 수입이 기본 생활비를 제외하고 매달 빚을 갚을 수 있는 정도가 되어야 신청이 받아들여진다고 했다.

하지만 직장이 없는 나로서는 신청할 자격도 없는 상황이었다.

그러면 어떻게 할까.

현재로는 갚을 수 없으니 갚을 동안 내내 채권사들이 내세운 사람들에게 시달릴 수밖에 없었다. 시달려야 한다면 시달리겠다. 다리 뻗고 잘 수 없다면 웅크리고 자겠다. 문제는 언제 그 빚을 다 갚느냐 하는 것이었다.

왜 이렇게 점점 자신이 없어지는지 모르겠다. 너무나도 까마득하게만 보인다.

남은 시간들을 빚을 갚기 위해 발버둥 치다가 죽어야 할 것 같고 그렇게 사는 게 너무 싫다. 남의 책을 1년에 서너 권씩 쓰더라도, 용케 그렇게 일이 이어지더라도, 그래서 코피를 쏟고 다리가 빵빵하게 붓더라도 월세 내고 기본 생활비 조금 남기고 나면 10년을 꼬박 갚아도 못 갚을 것 같다. 10년을 그렇게 살아야 하다니. 버는 대로 미래를 위해 모아도 불안한 상황에서 10년 가까운 세월 동안 빚을 갚는 데 고스란히 밀어 넣어야 하다니, 그렇게 살아갈 수 있을까, 하는 의문이 자꾸 생긴다.

아니, 솔직히 표현하면 그렇게까지 해서 살아야 하는가, 하는 의구심이 생긴다.

너무나도 달라졌다, 모든 것이. 내가 알고 내가 그리던, 내가 계획하던 모습과는 너무나 달라서 어떻게 해 볼 용기도 의욕도 없다.

연체 상태이든, 워크아웃을 하든, 살아가는 것이 얼마나 팍팍한 상황일지는 불을 본 듯 훤하다. 그런 상황에서 내가 두리에게 필요한 엄마가 되어 줄 수 있을지 그게 가장 걱정이다. 이제 나 자신을 믿을 수가 없다. 엄마라는 사람이 상황이 힘들다고 자식 하나를 죽였다. 그런 사람이 더 악화된 상황에서 남은 자식 하나를 제대로 지켜 낼지 자신이 없다.

생각으로는 그래야 한다고, 엄마니까 그래야 한다고 아우성치지만 솔직히 자신이 없다.

이 나약하고 볼품없는 인간이 또 두리마저 더 힘든 상황으로 빠지게 하면 어쩌는가.

그 아이는 유리보다 더 조심해서 다루어야 하는데 내 신경이 견뎌 낼지 모르겠다.

하나에게 가고 싶다, 정말로. 갈 수만 있다면 가서 하나를 외롭게 한 그 시간을 보상해 주고 싶다.

하나에 대한 죄책감이 점점 나의 숨통을 죄고 있기도 하지만 사실은 나도 간절히 원한다. 쉬고 싶다. 너무나 쉬고 싶다.

2

수업 시간에 선생님 심부름으로 교무실에 갔다 오다가, 일부러 두리네 교실 쪽으로 가 보았다.

유리창을 통해 살짝 교실 안을 엿보았는데 두리 혼자 교실 뒤쪽에 서 있었다.

얼른 몸을 숙였는데, 가슴이 마구 뛰었다.

두리가 자리에 오래 앉아 있지 않는다는 건 알고 있었다.

엄마가 걱정하는 소리를 듣긴 했지만 직접 보니까 기분이 달랐다. 몇 초 후 다시 살그머니 고개를 들어 교실을 들여다보았다.

두리 혼자 뒤쪽 사물함 앞에 있고 선생님은 애들이랑 수업을 하고 있었다. 아무도 두리에게 신경을 쓰지 않았다.

두리 혼자 그렇게 있는 모습을 보니 코끝이 찡했다. 모두 두리는 버려 두고 없는 것처럼 취급하는 것 같았다. 마음이 아팠다.

선생님이 가르쳐 주는 내용을 따라 갈 수 없으니 두리로서는 재미가 없는 걸까?

다른 것도 그렇지만 공부는 정말 대신 해 줄 수도 없고 걱정이다.

아이들이 우리 두리를 따돌리는 것 같아 속상하다.

두리를 입학시키고 희망과 좌절 속을 왔다 갔다 했다.

두리는 일반학교에 제 나이에 입학했다. 첫 검사를 했던 그해 12

월에 다시 아이를 진단한 H박사는 입학을 1년쯤 미루라고 하였고 진단서를 떼 주었다. 동사무소에 제출하면 취학통지서를 받지 않고 '교육의 의무'를 저버리는 부모가 되지 않는다는 것이었다.

하지만 나는 3일을 고민하다 그 진단서를 찢어 버리고 아이를 학교에 보냈다. 진단서를 굳이 찢어 버린 것은 내 결심에 대한 상징적인 의미에서였다.

힘들더라도 아이를 비장애아들 속에서 자라게 하고 싶었다. 아이에게 언제까지나 내가 있을 것도 아니고 아이가 언제나 장애인들하고만 지낼 수는 없을 것이었다. 하지만 그 길이 얼마나 힘든 길인지 그때까지도 난 잘 몰랐다.

조마조마한 마음으로 한 달이 지나고 드디어 한 학기가 지나자 두리가 계속 학교를 다닌다는 사실이 기뻤고 희망을 품게 되었다. 하지만 그런 희망 속에서도 매일매일은 안타까움의 연속이었다.

두리는 수업 시간 내내 자리에 앉아 있지 못했다. 유치원 때보다야 많이 나아졌지만 2학기가 시작된 후에도 가끔 수업 시간에 일어나서 교실을 돌아다니는 바람에 선생님으로부터 곤란하다는 말을 듣곤 했다. 아침마다 두리를 붙들고 녹음테이프를 튼 것처럼 말했다. 종이 울리고 수업이 시작되면 다시 종이 울려서 수업이 끝날 때까지 앉아 있으라고.

하지만 그 주문이 두리에겐 힘든 일이라는 것을 알고 있었다. 수업 내용의 반도 제대로 따라가지 못하는 두리로서는 자리에 가만히 앉아 있기가 어려울 것이었다.

자폐 성향을 가진 아이들은 지적 능력도 떨어진다. 당연히 공부가 힘들 것이다. 이해력이 부족하고 선생의 말을 이해하지 못하니 더 할 것이다.

두리는 알림장도 제대로 써 오지 못했다. 몇 글자 써 와도 거의 암호 해독을 해야 하는 수준이었다. 두리가 돌아오면 선생이나 다른 엄마에게 전화를 해서 내용을 확인해야 했다. 그게 보기에 안 좋았는지 어느 날부터 하나가 두리 교실에 가서 알림장 내용을 써 왔다. 칠판에 쓰여 있어서 나중에 가서도 적어 올 수 있다고 했다.

하나의 그 마음이 예뻐서 가슴이 따뜻해지면서도 아렸다.

학과 공부는 물론이고 미술, 음악 등 모든 수업 내용을 따라가지 못하는 두리를 보면서 속상해하는 나 자신을 발견하곤 참 씁쓸해했다. 두리에게 하나처럼 공부라는 잣대를 갖다 대는 내가 싫었다. 두리를 두리 자체로 보지 못하고 자꾸 세상이 만들어 놓은 잣대로 재려 하는 어리석은 습관이 한심했다.

"엄마는 바보인가 봐. 게다가 나빠. 나도 모르게 두리를 공부 잘하고 발표 잘하고 똑똑한 다른 아이와 비교해. 너무 웃기지?"

언제였던가. 술 한잔 마시고 속상한 마음에 하나에게 그렇게 말한 적이 있었다.

"엄마. 난 엄마가 그런 걸 가지고 자책하지 않았으면 좋겠어."

하나의 말을 듣고 난 깜짝 놀랐다. 작은 어른이 내 앞에 앉아 있었다.

“나도 엄마가 다른 아이랑 비교하는 건 싫어. 그래도 또 그렇게 되잖아. 대부분 어른들이 그러는 것 같아. 남과 비교하는 것 말이야. 두리라서 더 특별히 속상해하지 마.”

“하나야…….”

“내가 성적 떨어지면 엄마 속상하잖아? 내 친구들 성적도 궁금하잖아. 두리도 마찬가지지. 두리가 우리와 좀 다르지만, 공부를 잘해 주길 바라는 건 당연해, 엄마. 엄마는 너무 엄마를 못살게 굴어.”

나는 더 이상 아무 말도 하지 않고 하나를 꼭 껴안아 주었다.

아니, 그때는 내가 하나에게 안기는 기분이었다.

오늘 두리 반 친구 한 명을 혼내 주었다.

선생님들이 하급생을 사랑하고 하급생을 괴롭히면 벌을 주겠다고 늘 말씀하시지만 내 경우엔 다르다.

난 하급생을 괴롭히는 것이 아니다.

약한 친구를 괴롭히는 아이에게 주의를 주었을 뿐이다.

조회를 마치고 교실로 들어가는 시간에 두리네 반이 서 있던 행렬로 뛰어가 뒤따라 갔다.

현관에서 모두들 실내화로 갈아 신어야 하기 때문에 조회가 끝나고 들어갈 때면 무척 복잡했다. 서쪽, 동쪽, 중앙, 그렇게 세 곳으로 나뉘어서 들어가도 워낙 숫자가 많아서인지 복잡했다. 두리로선 힘들 수 있었다.

그래서 일부러 서쪽 현관 쪽으로 간 것이다. 우리 반은 동쪽 현관으로 가야 했지만 말이다.

운동장에선 두리를 볼 수가 없었고 현관 앞에서 두리를 발견했다. 그런데 두리는 신발주머니만 든 채 가만히 서 있었다. 민첩하고 거침없는 아이들은 다른 아이들을 밀치고 들어가지만 두리는 앞으로 나가지 못했다.

그때 웬 아이 하나가 두리 신발주머니를 확 낚아채더니 저 멀리 던져 버리는 것이었다. 두리가 인상을 썼지만 그것은 화가 났다기보다 울기 직전의 얼굴이었다.

당장 달려가 그 아이를 확 잡아서 때려 주고 싶었지만 꾹 참고 지켜보고 있었다. 두리가 어떻게 하는지 봐야 할 것 같았다. 내가 늘 도와줄 수도 없고 혼자 극복해 내야 할 것 같았다. 두리 스스로 부딪혀서 극복하는 힘을 길러야 된다는 생각이 들었다.

두리는 다행스럽게 울지 않았다. 얼굴이 붉어졌지만 울지 않고 신발주머니를 집으려고 다가갔다. 안으로 들어가려는 아이들이 자꾸 앞을 가로막고 밀치고, 신발주머니는 발에 차여 또다시 멀어졌다.

거의 엎드려 기다시피 해서 신발주머니 쪽으로 가는 두리를 보니 나도 모르게 입술이 깨물어졌다.

나는 참지 못하고 다가가서 신발주머니를 주웠다.

"누나……."

두리가 나를 불렀다.

나를 보는 그 눈빛이 얼마나 간절한지 다시 마음이 아팠다.

두리를 교실까지 데려다 주고 아까 그 아이를 불러냈다. 선생님한테 혼나도 좋고 벌을 서도 좋았다.

"너 내가 다 봤어. 왜 그러는데? 왜 가만히 있는 애 신발주머니를 뺏어서 던지는데? 너 아주 혼나고 싶니? 누나뿐만 아니라 6학년 형들한테 혼나고 싶니? 누나가 6학년 형들 다 잡고 있어, 알아? 선생님한테든 네 엄마한테든 일러도 좋아. 네가 잘못해서 이렇게 된 거니까."

아이는 겁에 질린 표정이었다. 내가 생각해도 굉장히 무섭게 말했으니까.

"거짓말 아니야. 한 번만 더 두리 괴롭히면, 넌 더 괴로울 거야. 알았어?"

그리고 돌아서 와 버렸다. 그런데 이상하게 눈물이 났다.

못된 짓 했다고 벌을 서도 좋으니 차라리 두리가 친구를 괴롭히는 상황이면 좋겠다는 생각이 들었다.

왜 내 동생 두리에게 이런 속상한 일이 일어나야 하는지 모르겠다. 내가 두리를 위해 할 수 있는 일은 무엇일까?

엄마가 또 두리를 데리고 서울에 갔다.

D체육센터. 두리가 수영도 하고 운동도 하는 곳인데 일주일에 두 번 간다.

오늘은 기분이 참 그렇다.

시험을 본 날이다. 수학을 실수로 하나 틀린 것 빼고 다른 과목은 모두

100점이다. 승재보다 잘 보았다. 승재는 수학이 100점인데 국어, 사회, 과학에서 하나나 두개씩 틀렸다고 했다.

집에 돌아오면서 엄마가 좋아할 생각을 하니 저절로 웃음이 나왔다.

엄마가 "아, 정말 행복해. 행복해"라며 날 꼭 안고 아이처럼 크게 웃어 줄 거라고 생각했다.

엄마는 어떨 땐 아이 같으니까. 엄마는 기분 좋은 일이 생기면 "행복해"라고 말하며 웃는다.

대부분의 사람들이 말로 '행복해'라는 말은 잘 안 하는데 우리 엄마는 잘한다. 사랑한다는 말도 잘한다. 난 어떨 땐 쑥스러워 잘 못하는데 엄마는 '사랑해'라고 말하며 볼에 뽀뽀를 해 준다. 크고 나니 좀 이상한 기분도 들지만 요즘엔 엄마가 그렇게 해 주던 때가 그립다.

그런데 엄마는 내가 시험 결과를 말할 기회도 주지 않고 서둘러 두리를 데리고 나갔다. 아마 시간이 늦은 모양이었다.

아직 성적표가 나온 것도 아니니 기회는 또 있다고 생각하지만 어쩐지 서운하다. 힘이 쭉 빠졌다. 엄마를 웃게 해 주려고 열심히 시험 공부를 했다. 두리 때문에 우는 날이 더 많아진 엄마를 위해 내가 할 수 있는 일이라고 생각해서였다.

다행히 시험을 잘 보아서 정말 기뻤는데…….

엄마와 함께 기뻐하고 싶었는데…….

"자랑스런 우리 딸, 우리 딸 최고야. 내가 우리 딸 때문에 살아"라는 말을 듣고 싶었는데…….

점심도 먹고 싶지 않아서 몇 숟갈 뜨다가 말았다.

할머니는 오다가 뭘 사 먹었냐고 또 잔소리를 하셨다. 아니라고 말하고 싶지도 않았다.

엄마가 두리 때문에 정신없는 게 어쩔 수 없는 일이라고 생각하면서도 서운하고 쓸쓸할 때가 있다. 내가 나쁜 누나일까, 정이 없는 누나일까?

참고 있는 울음이 목에서 걸린 채 기괴한 소리를 낸다.

6학년 2학기 중간고사였을 것이다. 하나는 수학만 빼고 전 과목 100점을 받으면서 전교 1등을 했었다. 1년이 되어 가는 일이다. 그날 저녁 담임선생한테 전화를 받았고, 애들에게 피자를 시켜 준 기억이 난다.

시험을 보는 날이면, 5학년 때까진 잘 보든 못 보든 아이의 마음과 함께하기 위해 학교 정문으로 가서 기다리곤 했었다. 잘 봤으면 잘 본 대로 함께 좋아하고 못 봤으면 함께 시험문제를 탓하기도 하며 아이가 부담 갖지 않도록 했었다.

그런데 무엇이 그리 힘들어서 하나에게 점점 소홀해지고 있었던가.

그날은 시험 잘 봤냐고 물어 보지도 않았다. 하나가 느꼈을 외로움, 그 앞에 놓여졌을 벽을 생각하니 가슴이 터질 것 같다.

어째서 그렇게 하나를 몰라라했을까.

두리를 체육 센터에 데리고 다닌 것은 일곱 살 가을 때부터였다.

수영과 운동을 하면 운동 능력도 좋아지고 인지 발달에도 좋을 것 같았다. 서울까지 가는 일이 보통이 아니었지만 그곳이 두리 같은 아이들에게 좋을 것 같아서 택할 수밖에 없었다. 다른 곳에서 정상 아동들과 함께 수영을 하거나 운동을 하면 아무리 주의를 해도 아이가 다칠 수도 있었다.

그곳에 다니면서부터 두리의 운동 능력이 좋아지는 것 같이 느껴졌다.

몸을 움직이는 것은 연습을 하느냐 안 하느냐에 따라 그 차이가 눈에 보였다. 초등학교에 입학을 하고 난 뒤부터는 그곳 선생의 말에 따라 가능한 한 두리가 뭐든지 스스로 할 수 있도록 신경을 썼다. 샤워, 옷 갈아입기, 옷 개키기, 자기 방 정리하기 등 생활 교육에 들어간 것이다. 물론 쉽지 않았다. 샤워를 가르치기 위해 두리 옆에 옷 입은 채로 서서 일일이 동작을 하며 따라 하게 했다. 샤워기를 들고 주체를 못하는 두리 때문에 물벼락을 맞기도 하고 넘어지기도 했다.

처음 얼마 동안은 그렇게 나를 따라 하며 시늉을 내게 한 다음에 내가 다시 씻겨 주었고, 2학년이 되어서야 저 혼자 한 것으로 마무리를 했다. 물론 아직도 일주일 한 번 정도는 내가 비누칠을 해 주어야 하지만.

수건으로 몸을 닦는 것도 잘 안 되어서 수십 번이나 연습을 해야 했다. 저 혼자 닦게 두면 물을 뚝뚝 흘리며 마루를 걸어 다니거나 장난을 쳤다.

그러나 장난처럼 보이는 그런 일상들이 내겐 참 힘들었다.

옷을 벗고 입는 것도 정말 힘들게 가르쳐야 했다. 양말 신기도 마찬가지였다. 2학년이 된 지금까지 옷을 입고 벗고 하는 부분은 여전히 미숙해 아침마다 고성이 오간다. 물론 욕심이 생긴 건지도 모르겠다. 이제 바지 가랑이 하나에 두 다리를 집어넣는 일도 없고 티셔츠나 러닝셔츠의 앞뒤를 구별 못하는 일은 없으니까 더 빠르고 더 정확하게 입기를 바라는 것인지 모르겠다.

하지만 체육 센터에 보낸 것이 참 잘한 것이라는 생각은 시간이 지날수록 들었다. 신체 기관을 움직이는 것조차 연습이 필요한 아이들이 있다는 사실을 두리가 아니었다면 나 역시 몰랐을 것이다.

체육 센터 덕인지 다른 교육까지 총체적으로 효과가 나타나기 시작해서인지, 아무튼 두리는 조금씩 나아지고 있었다. 가슴을 쓸어내리다가도 한걸음씩 나아지고 있는 두리를 보면 피곤함이 거짓말처럼 달아나곤 했다.

그런데 그렇게 한 아이가 나아지고 있는 동안 다른 아이는 조금씩, 눈에 띄지 않게 혼자 말라 가고 있었구나.

일기장을 들고 있는 손이 부르르 떨려온다.

엄마는 두리 일이라면 아주 작은 일에도 감동한다.

이제 나는 엄마를 웃게 하려면 무슨 일을 해야 할지 모르겠다.

어떤 땐 바보처럼 나도 뭔가 좀 못했으면……, 아니면 차라리 어딘가 아팠으면 하는 생각이 든다.

바보, 바보…….

운동회가 열렸다.

내내 두리가 운동회에 참여할 수 있을지 걱정만 하던 엄마, 두리가 무사히 운동회에 참여했다고 오랜만에 활짝 웃었다. 특히 달리기를 끝까지 해냈다고 얼마나 좋아했는지 모른다.

나도 기쁘다.

하지만 내 손목에 찍힌 달리기 일등 표시를 엄마는 신경 쓰지 않았고, 마지막 계주 때, 마지막에서 두 번째 선수로 나선 나를 엄마는 보지 못했다고 했다. 그 사실을 알고 나니 기운이 쭉 빠졌다.

아이들은 물론이고 운동회를 보던 어른들이 모두 내가 역전할 때 환호성을 질러 주었다.

운동회가 끝난 뒤에도 나 때문에 청군이 이겼다고 너도나도 칭찬해 주었다.

그런데 우리 엄마는 두리를 데리고 잠시 집에 가는 바람에 그 장면을 보지 못했다는 것이었다.

저녁에 엄마가 기분이라며 두리가 좋아하는 탕수육을 시켜 주었지만 난 별로 먹질 않았다. 내게 뭐 먹고 싶냐고 물었다면 피자라고 대답했을 것이다.

엄마는 나를 보고 “우리 딸 때문에 계주에서 이겼다며? 장하다. 잘했

어”라고 말해 주었지만 두리에게 잘했다고 칭찬해 줄 때처럼 환한 얼굴
은 아니었다.

엄마는 식사가 끝날 때까지 두리에게 잘했다는 칭찬을 몇 번이나 했고,
할머니와 함께 두리가 좋아지고 있다며 감격에 겨운 목소리로 얘기꽃을
피웠다.

치사하게 동생을 질투하는 것은 아니지만 두리 엉덩이만 몇 번씩 두드
리며 좋아하는 엄마를 보니 기분이 안 좋았다.

상품으로 탄 공책이나 샤프도 엄마에게 보여 주지 않았다.

모르겠다. 기분이 좋지 않다. 일찍 자야겠다.

도대체 나는 무슨 생각이었을까. 내가 그렇게 단세포였다
니…….

작년 가을, 두리의 첫 운동회 때 걱정과 망설임으로 전날 밤을
보냈다. 운동회에 두리를 참석시킬지 어떨지를 갈등해서였다.

두리는 운동회에 대한 개념이 없었다. 1학년이니 하는 것이라곤
다 함께 노래에 맞춰 하는 율동과 개인 50미터 달리기, 주머니 터
뜨리기가 다였지만 그 모든 것이 두리에겐 힘들 수 있었다.

사람들이 많고 음악 소리도 클 것이고 경기마다 시작을 알리는
총소리까지, 두리를 자극할 수 있는 상황이 너무 많았다.

모두 모여서 율동을 할 때, 무리 속에서 빠져나와 어디론가 걸어
가 버리지는 않을지, 주머니 터뜨리려고 뛰어나가다 갑자기 울어

제치는 매미 울음소리 같은 아이들 소리 때문에 주저앉아 귀를 틀어막고 있지는 않을지 걱정이었다.

달리기도 걱정이었다. 두리는 달리기의 의미를 몰랐다. 출발선에서 결승선까지 달려야 하는 규칙을 이해하지 못하는 것 같았다. 그러니 두리로서는 기를 쓰고 달릴 필요가 없었다. 몇 번의 연습이 있었는데 두리는 달리다가 멈춰 버리거나 걷거나 아예 다른 방향으로 가 버리곤 한 모양이었다.

"정말 생각 이상이에요. 안 그래도 1학년 꼬맹이들 운동회 연습이 얼마나 힘든데…… 두리까지 신경을 빼놓으니……, 정말 힘들어요."

담임선생의 말에 얼굴까지 붉히며 몇 번이나 죄송하다고 말했다. 하지만 그렇게 선생에게 미안해하면서도 달리기에서 빼 달라는 말은 하지 않았다.

미안하다고 말해야 한다면 내가 하면 되었다. 몇 번이고 고개 숙이고 부탁을 해도 좋았다. 두리에게 기회를 줄 수 있다면, 이 사회 속에서 다른 사람들이랑 어울려 살아갈 수 있는 능력을 갖추기 위한 연습을 할 수만 있다면 뭐든지 할 수 있었다.

그리고 운동회 날, 두리는 출발선에서 결승선까지 무사히 도착했다.

"두리야, 친구들이 가는 곳까지 두리도 끝까지 가. 걷지 말고 달려가, 응? 엄마가 끝에 서 있을게. 알았지?"

“응. 친구들이 끝까지 갈게.”

달리기 장소로 이동하는 두리 귀에다 대고 얼른 속삭이면서도 반신반의했다.

두리가 결승선에 도착하는 순간, 가슴 가득 상큼한 향이 퍼지는 듯했다.

출발선의 선생님이 총을 든 손을 올리는 모습을 뚫어지게 쳐다보던 두리는 총소리가 나자 다른 아이들처럼 앞을 향해 달렸다. 중간 지점까지 그렇게 달려서 오다가 나를 발견하고선 손을 흔들고 행진하는 사람처럼 걸어서 오긴 했지만 그 선을 이탈하지 않고 끝까지 와 주었다.

난 결승선에 들어오는 두리를 꼭 안아 주었다.

“우리 아들, 너무너무 잘했다.”

꼴등으로 들어온 아이를 안아 주는 내가 호들갑스럽게 보였을지도 모르겠지만 내겐 1등을 한 어떤 아이보다 장한 내 아들이었다.

두리는 그렇게 조금씩 나아지고 있었다. 하나씩 배워 가고 있었다. 이 세상에서 살아가기 위한 몸짓들을.

사실 선생님이 힘들다는 말을 하면 많이 미안하고 안타까웠다. 그러면서 걱정이었다.

내가 미안하고 안타까운 마음이 드는 것은 상관없었다. 누구에게든지 몇 번이고 허리 숙여 사과할 수도 있었다. 문제는 내가 미안한 기분을 가지면 가지는 만큼 두리가 이 세상에서 당당하게 살아가는 일이 어려워질 것 같아 걱정이었다.

그래서 미안한 마음이 들 때마다, 속이 상할 때마다, 나는 생각
했다.

'그래, 나만 미안해하는 거야. 나만 속상해하는 거야. 두리는 두
리 모습 그대로 있으면 돼.'

내 자식에게 세상이 던지는 멸시나 거부의 눈길이나 몸짓을 내
가 다 받아 내고 싶었다. 내 자식이 가능한 한 세상으로부터 튕겨
나오지 않도록 내가 할 수 있는 일은 다하고자 했다.

그런데 아이 하나를 지키기 위해 그렇게 아등바등하는 동안 또 다
른 나의 아이는 혼자서 엄마를 부르며 외로워하고 있었던 것이다.

알게 모르게 나는 지쳐 가고 있었던가.

점점 내가 가고자 하는 곳과의 거리가 멀어지자 조바심과 두려
움이 커져 갔다. 그럴수록 내 시야는 좁아졌다. 당장 해야 할 일에
만 매달리게 되었다. 거기에다 두리의 문제는 내 목에 씌워진 큰칼
같았다. 내가 당장 해야 하는 일 중에 가장 크게 차지하는 것은 두
리를 교육시켜 가능한 한 정상인과 어울려 비슷하게 살아가게 하
는 일이었다. 그 외의 일은 점점 내 관심에서 멀어졌다.

왜 그랬을까.

정말 두리 문제가 심각하고 다급했기 때문일까.

다른 문제로부터 달아나고 싶은 복잡한 심리 때문이었을까. 모
르겠다. 이제는 정말 모르겠다.

내가 그렇게 달아나고 있을 때 하나는 혼자 울고 있었다.

지옥 같은 하루였다.

두리를 잃어버렸다가 찾았다.

두리를 못 찾았다면 난 견디기 힘들었을 것이다.

엄마가 슬퍼하거나 혼낼 것이기 때문만이 아니다. 나 스스로도 괴로워서 그냥 지낼 수가 없었을 것이다.

엄마랑 두리랑 영화관에 갔다.

두리가 영화관 같은 닫힌 공간에서 영화나 연극 등을 보지 못하는 것을 알고 엄마는 몇 번이나 시도를 했었다.

올봄에는 울지는 않았지만 울먹이는 목소리로 언제 끝나느냐고 계속 물었다. 엄마는 그 정도도 많이 나아진 것이라고 만족해하셨다.

그리고 오늘 드디어 성공했다.

오늘 본 영화는 〈센과 치히로의 행방불명〉이었는데, 두리가 두어 번 무서워하고 슬퍼했지만 드디어 영화를 끝까지 다 보았다.

엄마가 얼마나 좋아했는지 모른다. 상영관에서 나와 두리를 업어 주기까지 했다.

그런데 영화관 앞에서 엄마에게 전화가 왔고 중요한 전화인지 엄마가

1층에 있는 상가로 들어가면서 두리를 보라고 손짓을 했다.

엄마는 금방 나오지 않았고 나는 두리 손을 잡고 핸드폰 고리들이랑 액세서리를 파는 포장마차 앞으로 가서 구경을 했다. 동네에서 파는 것보다 예쁜 것들이 얼마나 많은지 갖고 싶은 게 한두 개가 아니었다.

언제 두리 손을 놓았는지도 모르겠다.

엄마가 와서 "두리는?"이라고 물을 때까지 난 핸드폰 고리들을 만지며 정신을 놓고 있었다.

아주 잠깐 동안이었는데 두리는 감쪽같이 없어졌다.

두리 같은 아이들은 길을 잃어도 잘 찾지 못한다고 한다.

얼마나 무섭고 떨렸는지 모른다. 두리를 잃어버린 것은 오후 4시경이고 두리를 찾은 것은 밤 10시경이다. 그 시간이 그동안 내가 살아온 시간보다 훨씬 더 길게 여겨졌다.

만약 두리를 찾지 못했다면 나도 이곳에 있을 수 없을 것이다.

자폐 증세가 심한 한 아이는 사라진 지 일주일 만에 동네 공원 야산에서 죽은 채로 발견되었다고 했다. 그 이야기가 생각나 정말이지 미칠 것만 같았다.

몇 시간 만에 찾은 꾀죄죄해진 두리를 보는 순간, 그제야 참고 있던 눈물이 터져 버렸다. 두리를 껴안고 한참을 울었다. 사실 그 다섯 시간 동안 내가 두리를 버스에 두고 내리려고 했던 기억 때문에 얼마나 괴로워했는지 모른다. 그 나쁜 기억을 두리를 안고 울면서 다시 비밀 창고 속으로 집어넣었다.

이제 다시는 두리 손을 놓지 않을 것이다. 엄마 말대로 똑똑하고 아무 문제없는 아이라면 잃어버려도 이렇게 걱정은 안 했을 것이다.

지금 머리가 너무 아프다. 너무너무 긴장한 탓인가.

두리야, 누나가 미안해. 이제 다시 그런 일 없을 거야.

잘 자. 좋은 꿈꾸고.

그랬다.

두리를 잃어버리고 숨이 막히는 시간을 보낸 날이 있었다. 그야말로 만감이 교차하던 날이었다.

두리는 유치원인 미술학원에서 단체로 연극을 보러 갈 때마다 애를 먹였다. 결국 미술학원 시절에는 한 번도 친구들과 관람하지 못했다. 처음으로 단체관람 수업이 있던 날, 걱정하면서도 감행을 했었다. 하지만 선생님의 전화를 받고 애들이 있던 구민회관으로 달려가야 했다.

"차 타고 움직일 때만 해도 기분 좋아했어요. 그런데 회관 안으로 들어갈 때부터 울기 시작하는 거예요."

아무리 달래도 안 되고 밖으로 나오면 조금 그치는 듯하다가 다시 안으로 들어갈라치면 울어 댔다는 것이다.

시간이 되어서 연극은 시작되었고 사랑반 선생님이 두리와 함께 로비에 있으면서 내게 전화를 한 것이었다. 다른 아이들 때문에 두리만 봐 줄 수가 없는 상황이었다. 더군다나 학원 밖으로 나가면 선생들은 몇 배의 신경을 써야 했다. 그런 상황에 두리가 한몫 거드니 선생으로서는 솔직히 성가신 일이었을 것이다.

"죄송해요. 어머니 걱정 안 하시게 어떡하든 우리 선에서 어찌해 보려고 했지만, 죄송해요."

내가 미안한데 오히려 선생이 미안하다고 몇 번이나 사죄했다. 그런 선생이라 내가 더 죄송했다.

"두리 왜 연극 안 봐? 재밌는데?"

집으로 돌아오면서 나는 일부러 아무렇지도 않은 듯한 말투로 물었다. 자기가 한 행동이 잘못된 것이라 여기는 것도 안 좋기 때문이었다.

"깜깜해서. 깜깜해서."

두리는 몇 번이고 그 말만 되풀이했다.

그 뒤로 공연이나 영화를 관람할 수 있도록 몇 번이나 시도를 했다.

여섯 살 때부터 시작된 그 시도는 1학년인 작년이 되어서야 겨우 성공 언저리에 갈 수 있었다.

극장 안에 들어가자마자 심하게 울어 대는 바람에 의자에 앉지도 못하고 나오기도 했고, 광고는 잘 보다가 불이 다 꺼지고 안내문이 나올 때부터 울기 시작하는 때도 있었다. 한번은 울기 시작한 두리의 손을 꼭 잡고 예고편이 시작된 후까지 버티고 있기도 했지만 도저히 본 영화가 시작된 이후로는 버틸 수가 없었다.

그러다가 작년 봄, 한국 영화를 볼 때는 눈물을 흘리기는 했지만 소리를 내지 않아 끝까지 버틸 수도 있을 것 같았다. 하지만 그러다가 애가 생병이 나지 싶어서 그냥 나왔다.

"두리야, 우리 두리, 엄마가 부탁할게. 영화가 끝날 때까지 앉아 있자, 응? 그럼 엄마가 너무너무 행복해할 거야. 집에서 텔레비전 보는 거랑 같잖아. 아주 큰 텔레비전이라고 생각해. 영화 다 끝나고 나오면 정말 좋겠다."

영화 보러 가기 전날부터 귀에 딱지가 앉도록 그렇게 말을 한 탓인지 조명이 꺼지고 영화가 시작되어도 두리는 소리 내어 울지 않았다. 하지만 눈물을 몰래 훔친다는 것을 알 수 있었다.

"조금만 더 있으면 되지요?"

"언제 끝나요?"

"끝났어요?"

몇 분 간격으로 수없이 물어 보는 아이, 정말이지 애처로워 더 있을 수가 없었다.

그래도 그 정도면 많이 나아진 거라는 생각으로 밖으로 나왔고, 극장 앞 벤치에 앉아 하나가 나오기를 기다렸다.

봄 햇살은 애교 만점인 여자처럼 간지럼을 태우고, 바람 끝엔 향내가 묻어 있었다. 일요일이라 그런지 엄마 아빠 손을 잡고 나온 아이들이 재잘거림이 비누방울처럼 사방으로 터져 오르고 사람들은 약속이나 한 듯 웃고 있었다.

"아빠, 난 저 주인공 좋아요. 어떤 역할이든지 진짜 그 사람 같아요."

“그래? 하하.”

“그런데 진짜 옛날에 그렇게 야구를 시작했을까요? 마지막이 참 좋아요. 시합을 할 수 있어서.”

제 아빠에게 종알종알 물어 보는 아이는 많아 봤자 1학년이나 2학년쯤 되어 보였다. 간단한 동화책조차 이해 못하는 우리 두리. 역할이라는 단어를 쓰는 그 아이, 영화를 보고 줄거리를 이해하는 그 아이의 얼굴이 눈에 박혔다.

영화 줄거리를 이해하고 못하고를 떠나서 영화관에 앉아 있는 것조차 훈련이 필요한 우리 두리. 어쩔 수 없이 나는 또 두리와 다른 아이를 비교하고 있었다.

한숨으로 어리석은 생각들을 밀어내어 보았지만 큰 효과는 없었다.

“엄마, 아빠가 오늘 풀코스로 우리 행복하게 해 준댔지?”

“그랬지.”

“그럼 이제 근사한 곳에 가서 맛있는 식사를 할 시간이네.”

왼쪽으로 고개를 돌리니 5학년쯤 되어 보이는 여자 아이가 아빠와 엄마 사이에서 양쪽 팔을 낀 채 웃고 있는 것이 보였다.

그럴 리가 없는데, 그 속에도 아픔이나 슬픔이 있을 텐데 우리만 채색되지 않은 밑그림 같았다. 같은 캔버스에 그려져 있지만 우리만 빼고 다른 사람들, 그리고 하늘과 나무들조차 모두 색이 입혀져 있고 두리와 나만 밑그림으로 남아 있는 것 같은 기분이 들었다.

가슴이 서서히 물속에 잠겨 갔다.

"엄마, 저기 핫도그를 있어요."

"두리, 핫도그 먹고 싶어?"

얼른 목소리를 가다듬고 물었다. 두리가 활짝 웃으며 고개를 끄덕였다.

그 미소가 봄빛보다 더 눈부셔서 목이 금세 또 잠겼다.

핫도그를 베어 먹는데 울컥, 서러운 마음이 들었다.

아무런 준비 없이 되는 일, 다른 애들은 가고 싶어서 난리인 극장을 우리 두리는 이리 아파하면서 배워야 갈 수 있다니……, 새삼 가슴 한쪽이 아파 왔다.

그러다가 드디어 작년 그날, 두리가 영화를 끝까지 다 보는 것에 성공했다. 몸을 많이 뒤척이고 꼼지락거리기는 했지만, 끝까지 다 보고 나온 것이었다. 얼마나 기쁘던지, 나오자마자 사람들이 많은 그곳에서 두리를 업고 빠져나왔다.

막 문을 밀고 나오는데 핸드폰이 울렸다. 출판사라고 했다. 처음 연락받은 곳이었고 일거리 때문에 전화했다는데 시끄러워 잘 들리지 않았다. 그래서 건물 안으로 다시 들어가며 하나에게 눈짓으로 두리를 가리켰다.

그리고 조금은 긴 통화를 마치고 아이들에게 돌아갔는데 두리가 없었다.

길어 봤자 채 10분도 안 되는 시간이었을 텐데 두리는 거짓말처럼 사라졌다.

미친 듯이 두리의 이름을 부르며 뛰어다녔다. 하나도 마찬가지였다. 극장 안으로 다시 들어갔나 싶어 극장 측에 부탁해 방송까지 했지만 소용없었다. 전화번호 정도는 외우는 두리였지만 당황하고 상황이 달라지면 장담할 수 없었다. 보통 아이들도 길을 잃으면 당황하여 아무것도 모른다고 하지 않는가.

게다가 그날따라 혹시나 해서 외출할 때면 목에 걸어 주던 주소와 전화번호 적힌 이름표를 걸지 못했다. 끈이 끊어졌는데 시간이 빠듯해서 고쳐 걸지 못하고 그냥 나왔던 것이다. 그 모든 것이 짜여진 운명 같아서 더 불길했다.

결국 파출소에 연락을 했다.

"여기 이러고 계신다고 찾을 수 있는 게 아니니 집에 돌아가 계세요."

젊은 순경은 그렇게 말했지만 그럴 수가 없었다. 소용 있고 없고를 떠나서 잠시라도 두리를 찾지 않고 가만히 있을 수 없었다. 주변이 어두워졌을 때는 그야말로 미칠 것만 같았다. 그 어둠이 마치 두리의 존재를 삼켜 버리는 것 같아서 가슴이 죄어왔다.

두리는 밤 10시가 되어 우리 품으로 돌아왔다.

두리는 하나와 서 있다가 전광판을 달고 광고하는 자동차를 발견하고 따라간 모양이었다. 글자와 숫자에 빨갛고 파란 불빛이 들어오고 나가고 하는 게, 두리의 눈길을 잡아끌었던 모양이다.

그 차를 따라가다가 사거리가 나타나는 바람에 차를 더 이상 못 보게 되자 지하철 출구로 들어갔던 모양이다. 지하로 내려간 두리는 제 딴에는 우리랑 같이 올라온 것을 기억하고 계단만 보이면 올라갔던 모양이다. 그러다가 다시 다른 출구로 들어가고, 두리가 정확하게 설명하지 못해서 알 수는 없었지만 두리는 그 지하철의 출구란 출구는 다 들락거렸던 모양이다.

울지도 않고 뚜벅뚜벅, 걸어 다니는 아이를 아무도 신경 쓰지 않았던 것이다. 내가 그렇게 미친 여자처럼 뛰어다녔는데도 우리는 어긋나기만 했던 모양이다.

어떻게 지치지도 않았을까.

몇 시간 동안 돌아다니다가 두리는 결국 극장 앞으로 다시 오게 되었고 우리가 난리 치던 모습을 지켜본 포장마차 아주머니에게 발견되어 파출소에서 나온 순경에게 인계되었고, 무사히 우리에게 돌아온 것이었다.

왜 두리가 혼자 남겨졌는데 울지 않았는지 의아스럽다가도 또 하나의 걱정이 짐처럼 내 어깨에 올려졌다. 어떤 상황인지 판단이 서지 않기 때문에, 두려움이나 무서움도 느낄 수 없었던 것은 아닐까라는 걱정.

하나는 하나대로 엄청나게 걱정을 했다는 것이다.

이제 생각해 보니 그 몇 시간 동안 하나에게 안심하라는 말 한마디 못해 준 것 같다. 두리는 곧 돌아올 테니, 괜찮을 테니 걱정 말라고, 혹시 만약에 무슨 일이 있어도 하나 잘못이 아니라고 말해 주지 못했다.

몇 시간밖에 안 되지만 하나는 지옥을 맛보았을 것이다. 엄마라는 사람이 어려운 상황에 처하더라도 정신 똑바로 차리고 현명하게 대처해야 했는데 전혀 그러지 못했다.

두리를 찾고 나서도 마찬가지였다. 두리만이 아니라 하나도 놀랐을 텐데 하나에 대한 배려를 전혀 해 주지 못했다. 참 엉터리 엄마였다. 참으로 못나고 부족한 엄마였다. 아이에게 한마디 따뜻한 위로와 격려가 필요했을 때, 나는 아이 옆에 없었다. 자기 자신 속에 갇혀 사는 한 새끼를 끄집어내기 위해 나는 또 한 새끼가 섬처럼 고립되는 것을, 그리하여 어쩌면 이번에는 그 아이를 제 속으로 들어가게끔 한 것인지도 모른다.

똑똑한 것과 지혜로운 것은 다르다. 난 지혜롭지 못한 엄마였다.

4

번개가 방 안을 잠시 환하게 비추더니 곧 천둥소리가 집을 뒤흔든다.

어머니도 두리도 없는 집 안에 귀신처럼 앉아 있는 내게는 어울리는 배경이지만, 두리가 걱정이다.

두리는 천둥이 치면 지나치게 무서워했다. 워낙 소리에 민감한 아이였다. 우리가 잘 듣지 못하는 아주 작은 소리도 두리는 잡아냈고 그 실체에 대해 궁금해하고 두려워했다. 천둥소리가 나면 눈이 동그래져서 소리도 크게 내지 못하고 "엄마!"라고 부르는 아이, 어머니가 혹시 잠들어 두리 혼자 낯선 방에서 깨어 무서워하지 않을까.

다시 한번 엄청난 위력의 천둥소리가 내 몸까지 흔들어 댄다.

하지만 이런 천둥 번개라면 얼마든지 두리를 보호해 줄 수 있다. 지금 내 인생에 휘몰아치고 있는 천둥 번개 속에서 두리를 지켜 낼 수 있을까.

은빛으로 밝아졌다가 칠흑 같은 어둠으로 잠기는 유리창을 보면서 떨리는 몸을 느낀다.

그리고 끈 달린 인형처럼 하나의 일기장을 넘긴다.

오늘 또 두리 반 아이를 만나 따끔하게 혼내 주었다.

엄마는 그러지 말라고 하지만, 난 엄마 말을 듣지 않았다. 두리가 얼굴이 빨개지도록 자꾸 맞고 온다는 것이었다. 전에는 한동안 옷에 가위질을 하고 물건을 빼앗아 가는 녀석이 있더니 이번에는 때리기까지 하는 모양이었다.

답답한 엄마는 선생님한테 말씀드리고 선생님이 알아서 해 주시기를 기다려야 한다고 하시지만 그 방법은 너무 오래 걸린다.

그렇다고 엄마는 두리가 친구들에게 괴롭힘을 당하거나 맞고 올 때마다 의연해하는 것도 아니다. 번번이 두리를 껴안고 운다.

선생님이 친구를 때리지 말고 괴롭히지 말라는 말을 한다고 해서 안 그럴 아이 같으면 처음부터 때리지도 않았을 것이다. 그런 애들은 두리처럼 맞아도 대들지 못하고 가만히 있는 애들만 골라 괴롭힌다.

우리 반에도 그런 애가 하나 있다.

말도 없고 얌전한데 어떻게 보면 바보처럼 보이는 아이다. 행동도 굼뜨고 무슨 말을 해도 얼른 알아듣지 못하고 이상한 말만 하고 솔직히 답답하고 함께 얘기하거나 놀기엔 힘든 아이다.

당연히 친구도 없어서 거의 혼자 앉아 있는데 대부분 우리 반 친구들은 그 아이가 안됐다고 생각해서 그냥 둔다. 답답해서 함께 놀지는 않아도 괴롭히지는 않는다.

그런데 용택이란 아이가 꼭 그 애를 괴롭힌다. 때리거나 못살게 굴어도 고스란히 당하고 있기 때문이다. 다른 아이들이 그러지 말라고 몇 번 말했지만 별 효과가 없다. 용택이가 싸움도 잘하고 거친 아이이기 때문에 괜히 자기까지 맞을까 봐 걱정되기 때문에 함부로 나서지도 못한다.

하지만 난 참을 수가 없다. 용택이가 그 애를 괴롭힐 때마다 우리 두리 생각이 나서 견딜 수가 없다. 그래서 용택이에게 소리를 지르곤 한다. 이상하게 용택이는 나에게만은 뭐라고 하지 않는 편이라 내가 그러면 그만두곤 한다.

자습 시간에 두리 교실에 갔을 때, 두리는 문 앞에서 얼쩡거리는 나를 보고도 그냥 쳐다보기만 할 뿐이었다. "누나!" 하면서 달려오지 않을 것을 알았기 때문에 신경 쓰지 않았다.

다른 아이들에게 두리를 괴롭힌다는 아이의 이름을 대며 누구냐고 물었다. 아이들이 손으로 가리킨 아이는 교실 뒤에서 놀고 있었는데 내가 부르자 복도로 나왔다.

"네가 정우니?"

아이는 경계하면서도 부루퉁한 표정으로 고개를 끄덕였다.

1학년밖에 안 되었는데 마치 말썽쟁이 고학년 남자 아이 같은 표정이었다. 사실 찾아갈 때만 해도 내 속마음과 달리 잘 달래고 올 생각이었다. 그래서 주머니 속에 새 지우개까지 넣어 갔다. 그것을 주면서 두리와 사이좋게 잘 지내라고 말하고 싶었다.

그런데 아이가 워낙 퉁명스럽고 싸가지 없이 굴어서 무섭게 협박을 하고 말았다. 한 번만 더 두리를 괴롭히면 가만두지 않겠다고. 그런데 정우가 "왜요?" 하면서 소리를 질렀고 그때 두리 담임선생님께서 오셨다.

그러자 정우는 울어 버릴 것 같은 표정으로 선생님께 고자질을 했다. 결국 두리 선생님한테 혼이 났다.

혼이 나면서도 이 일로 선생님이 두리를 미워하는 건 아닌지 걱정스러운 마음뿐이었다.

나중에 두리 선생님이 엄마에게 전화를 해서 나는 엄마에게도 혼이 났지만 후회하지 않는다. 분명 이제 그 아이는 두리를 괴롭히지 못할 것이다. 내가 안다.

앞으로도 두리를 괴롭히는 아이는 가만두지 않을 것이다. 내가 혼이 나도 할 수 없다. 그런데 걱정이다. 내년이면 난 졸업을 하는데, 누가 두리를 봐 줄지 모르겠다. 2학년이 되면 애들이 더 짓궂어질 텐데 말이다.

두리 때문에, 일 때문에, 자꾸 등만 보이는 엄마 때문에 외로워하면서도 하나는 동생을 걱정하고 있었다. 동생을 위해 무엇인가를 하고 있었다. 그걸 핏줄이 당긴다고 하나. 그런데 엄마라는 사람은 그러한 당연한 본능을 행하면서 온갖 엄살을 떨고 있었다. 그렇게 엄살을 떠느라 자식 하나를 놓치고 있었다.

두리를 입학시키자마자, 곧장 담임선생에게 찾아가 두리에 대해 어느 정도 이야기했다.

사실 자폐에 대한 일반인들의 생각은 굉장히 추상적이다. 나 역시 선생에게 정확하게 전달하지 못했다. 아니, 어쩌면 의식적으로 가능한 한 우리 아이가 장애아가 아니라 교육을 받으면 곧 좋아질 수 있다는 식으로 설명했던 것 같다.

그러한 태도가 오히려 두리에게 나쁠 수 있음을 정말 몰랐을까.

엄마인 나부터 사실을 인정하고 받아들이지 못하면서 두리와 같은 자폐아들을 세상이 받아 주기를 바라는 것이 얼마나 웃기는 것인지 정말 나는 몰랐던 것일까. 두리는 단지 어떤 현상이나 상황에 대한 반응이 우리와 다를 뿐이라고 정말 자신 있게 말할 수 있을까. 얼굴이 다르듯 그저 다른 한 아이일 뿐이라고 당당하게 말할 수 있을까. 그러면서 세상의 시선으로부터 진정으로 자유로울 수 있을까.

두리의 담임선생은 지나친 원칙주의자였다.

두리의 경우엔 선생이 눈길 한 번, 손길 한 번 더 준다고 해서 그것이 편애가 아닐 텐데 선생은 두리와 아이들을 너무나 똑같이 대했다. 물론 일반학교 선생님에게, 45명 정도의 아이들을 가르치고 보살피는 선생에게 두리와 같은 상황의 아이를 맡기고 특별한 배려를 바라는 것 자체가 무리일지도 모른다.

하지만 조금이라도 더 신경을 써 주었으면 하는 바람이 그렇게 억지였을까. 부족한 아이니까 조금 더 관심을 갖고 이끌어 주었으면 하는 바람이 나의 이기적인 욕심이었을까.

사실 두리는 의자에 앉아 있는 것조차 쉽지 않았다. 미술학원 때에도 그랬다.

미술학원에 입학하고 처음 한 달은 아예 자리에 1, 20분 정도 앉아 있는 것 자체가 목표였다. 수업을 듣고 수업 내용을 따라 하는 것은 고사하고 말이다.

자리에 앉았다가도 선생님이 주의를 계속 주지 않으면 어느새 일어나서 제멋대로 어디든지 가 버리는 것이었다. 그리고 원장실이 되었든 어디가 되었든 자기가 눕고 싶으면 누워 버렸다.

그러다가 1학기가 지나자 정해진 시간 동안 자리에 앉아 있는 정도는 몸에 익히게 되었는데 학교에 들어가자 다시 어려워졌다. 새로운 환경이라 그런 모양이었다.

"수업 시간에 돌아다닐 줄은 몰랐어요. 어머니가 말씀해 주셨지만 정말 그 정도인 줄을 몰랐어요. 좀 산만하다는 뜻으로 받아들였습니다. 걱정이에요. 1학년들이라 다른 아이들도 정말 힘들거든요."

난 그저 부탁한다는 말만 되풀이했다.

"시간이 지나면 조금씩 적응할 거예요. 여기서 내쳐지면 두리는 결코 극복할 수 없어요, 선생님."

못 가르치겠다고 내치지만 말아 달라고 속으로 간절히 기도했다.

부탁한다고 말하면서 사실은 그 속에 담고 싶은 말이 있었다.

"선생님, 번거로우시겠지만, 힘드시겠지만, 아이가 자리에 앉아 수업을 들을 수 있게 신경을 조금 더 써 주세요. 가끔씩 선생님이 '두리야, 앉아야 해' 하고 주의를 주세요. 자꾸 부르고 자꾸 지적해 주세요."

하지만 차마 그 말을 하지 못했다.

두리의 담임선생은 간절한 나의 속말을 들어 주지 않았고, 시간이 지나자 포기 비슷한 심정으로 두리를 대하는 것 같았다. 뿐만 아니라 시간이 지날수록 나의 관심을 오히려 부담스러워했다.

"일단 학교에 보냈으면 한번 맡겨 보시죠. 어머니가 생각하는 것만큼 어려워하지는 않아요."

나도 그러고 싶었다. 나도 아이를 학교 보내 놓고 다른 엄마들이 하는 고민을 하고 싶었다.

'누굴 또 때려서 불려 가지나 않을까', '받아쓰기 시험을 잘 보고 있을까', '친구들이랑 안 싸우고 잘 놀까', '무슨 옷을 입혀야 될까', '선생님한테 어떤 선물을 해야 할까' …….

나는 그런 고민들이 부러웠다.

'수업 시간에 돌아다니지나 않을까', '다른 반에는 들어가지 않았을까', '아이들이 놀리거나 때리지 않을까', '시간표에 맞춰 책이나 제대로 꺼낼까' 라는 고민 대신 그런 고민들을 하고 싶었다. 그러면서 선생의 대답처럼 학교에 있는 시간만큼은 학교와 선생에게 아이를 맡기고 싶었다. 하지만 아이의 특성을 전혀 고려하지 않는, 그냥 45명 학생 중의 하나로 대할 뿐이라는 것을 알기에, 아니 점점 아예 없는 아이처럼 취급하는 것을 알기에 자꾸 신경을 안 쓸 수가 없었다.

선생은 "내 입장에선 두리도 45명 중 한 명일 수밖에 없습니다"라고 말하지만 솔직히 정확히 표현하면 45명 중 한 명이 아니었다. 총명하고 뭐든지 잘하는 아이들 위주의 수업이었고 전혀 따라갈 수 없는 두리와 같은 아이들은 그저 배경일 뿐이었다.

그래도 어쩔 도리가 없었다. 그렇게 금방 포기할 생각이었으면 처음부터 학교에 보내지도 않았다. 학교라는 공간에서 그 제도에 맞춰 또래의 아이들과 같은 시간에 같은 공간에서 지내는 것만이라도 다행이었다. 그것에서부터 출발해야 했다.

하지만 번번이 가슴이 무너져 내리고 아픈 것 또한 어쩔 수 없었다.

한번은 아이가 집으로 들어오는데 바지가 다 젖어 있었다. 오줌을 싼 것이었다. 놀랐다. 그래도 두리는 대소변을 못 가린 적은 없었다. 그런데 두리가 하는 말을 들어 보니 친구들이 방해를 해서 화장실에 가지 못한 것 같았다. 너무 놀라고 아픈 마음에 화장실에서 실컷 운 다음, 착잡한 심정을 누르고 매일 전화를 거는 엄마에게 전화를 걸어 사정을 알아보았다.

수업을 마치고 두리가 화장실에 갔는데 화장실 앞에서 아이들이 안으로 들어갈 수 있도록 비켜 주지 않았나 보았다. 두리를 놀리고 싶었던 것이다. 어떻게든 비켜서게 하고 화장실로 들어가야 했는데 두리는 그러지 못했다. 우두커니 서 있었고, 그러다가 선 채로 볼일을 보았던 것이다.

그때는 이미 수업이 다 끝난 시간이었고 선생은 그대로, 그 축축해진 상태로 애를 집으로 보냈던 것이다. 화가 났다. 바지가 준비되어 있는 것도 아니니 어쩔 수도 없었겠지만 화가 났다. 내게 전화라도 걸어 주었으면 싶었다.

더군다나 조금 후에 전화를 걸어 온 다른 엄마의 말을 들으니 아이들이 바지에 오줌 쌌다고 두리를 놀렸던 모양이다. 화장실에 들어가지 못하게 한 녀석들이 더 많이 놀리고 웃어 대었던 모양이다.

그 웃음소리를 들으며 축축해진 옷을 입고 집까지 걸어왔을 아이를 생각하니 속에서 열불이 났다. 정말 누구라도 패 주고 싶었다.

그때만은 그냥 있을 수가 없었다. 담임선생에게 전화를 해서 차

분하게 내 생각을 밝혔다.

"선생님. 두리가 많이 힘들게 하는 건 알고 있습니다. 하지만 오늘 일에 대해서 말씀드려야겠어요."

내 목소리에서 불편한 기운이 느껴졌을 테고 선생도 좋지 않은 목소리였다.

"네, 말씀하세요. 바지를 갈아입힐 수 없어서 그냥 보냈지요."

"두리를 잠깐 남아 있게 하고 제게 전화를 주셨으면 좋았을 것을요."

"아…… 네……."

"그것도 그렇지만 제가 전화를 드린 더 중요한 이유는 아이들이 두리를 놀렸다는 것 때문입니다. 사실 알아보니 아이들이 두리가 화장실에 들어가지 못하도록 방해를 했다는데, 물론 장난이었겠지만 친구에게 피해를 주었으니 주의를 주어야 했던 상황인 것 같습니다. 잘못을 한 아이들에겐 어떤 방법으로든 자신들이 한 행동이 잘못이었음을 알게 해 주셨어야 하는 게 아닌가요? 더군다나 그런 상황에선 누구나 실수를 할 수 있었다는 사실을 애들에게 분명히 말하여 두리를 놀리는 일은 없었어야 한다고 생각합니다."

목소리가 어쩔 수 없이 바르르 떨리고 있는 것을 느꼈지만 진정하고 싶지도 않았다. 내 말을 다 들은 선생님은 자신이 생각이 짧았다고 사과를 하긴 했지만 마뜩찮은 목소리였다.

아이를 학교에 보내면서 겪어야 하는 속상함은 한두 가지가 아

니었지만 학부모들의 이해 부족과 근거 없는 배척도 만만찮은 속
상함이었다.

그때 오줌 사건 때 전화 통화를 한 엄마 둘은 진정으로 두리를 걱
정해 주었지만 그런 엄마들보다 나를 불편하게 하고 속상하게 하
는 엄마들이 더 많다.

"두리 엄마세요? 우리 민경이가 두리 때문에 못살겠대요."

참관 수업에서 만난 민경 엄마는 웃는 얼굴로 말했지만 이미 그
것은 비난이었다.

"자꾸 이것저것 챙겨 줘야 한다고, 그 조그만 것이 '아이. 귀찮
아 죽겠어.' 그러지 뭐예요, 호호. 그런데 막내이고 아들이라 손에
들고 키우셨나 봐요. 두리가 또래보다 많이 어리죠?"

두리의 짝꿍이었던 민경 엄마는 새삼 마지막 부분에서 왜 목소
리를 낮추는지 모를 일이었다. 게다가 이미 두리가 보통 아이와 조
금은 다른 아이라는 것을 들어서 알 텐데도 모르는 척, 내게 무슨
말을 듣고 싶었던 걸까.

"두리가 민경이 도움을 많이 받는다고 하더군요. 민경이가 똑똑
하고 야물어서 참 기특하겠어요."

거짓말은 아니었다. 솔직히 똑똑하고 야문 아이들이 다 기특하
고 부러웠으니까.

"너무 여시라서 벌써 제 것을 얼마나 챙기는지, 샘도 많고. 제 공
부하는 데 시간 뺏긴대요, 두리 때문에. 영악하게스리. 그런데 두

리, 학교에 가고는 싶어 해요?"

영악한 자식이 자랑스럽다는 건지, 못마땅하다는 건지 알 수 없었다. 하지만 분명한 건 민경에게 친구를 생각하는 마음이나 이웃과 더불어 살아가는, 특히 자신보다 부족한 이웃과 나누며 살아가는 마음을 가르치지는 않은 것 같았다.

학교에 가고 싶어 하냐고 묻던 민경 엄마가 주축이 되어 6명 정도의 엄마가 두리를 학교에 못 다니게 하자는 말을 선생에게 했다는 사실을 알고 솔직히 화가 났다. 두리보다 수업 분위기를 흐리는 애들도 있고 매일 아이들을 울리는 애도 있다는 것을 아는데 그 애들에게는 그런 말을 하지 않을 사람이 알지도 못하면서 어떤 선입견으로 두리와 함께 공부할 수 없다는 건지 화가 났다.

교장선생과 담임선생을 면담하고 그 달 학부모 총회 때 나가서 반 엄마들에게 공개적으로 얘기했다.

"아시는 분은 아시겠지만 두리는 자폐증이라는 장애를 가지고는 있습니다. 정도가 심하지는 않지만 분명 정상은 아닙니다. 하지만 다른 친구들을 괴롭히거나 피해를 주는 일은 하지 않습니다. 지금까지 두리 때문에 피해를 본 친구가 있나요? 두리가 괴롭혀서 학교에서 지내기가 힘들다고 하는 친구가 있나요? 있으면 솔직히 말해 주세요."

아무도 대답하지 않았다.

"특수학교에 가는 방법도 있겠지만 그리 간단한 일도 아니고,

더 좋은 방법이 지금처럼 일반학교에 다니는 것이라고 결정 내렸습니다. 물론 반드시 특수학교에 가야 하는 친구들도 있지만 우리 두리는 그렇지 않습니다. 이 말이 그러한 친구들이 우리 두리 보다 못하다는 뜻은 아닙니다. 일반학교에서 적응해 낸다면 두리의 앞으로의 인생이 훨씬 나아질 것이기 때문에 이 길을 택했습니다.”

엄마들 사이에서 작은 웅성거림이 들렸지만 하던 말을 계속 이어 갔다.

“그리고 자폐증은 전염병이 아닙니다. 오히려 친구들의 따뜻한 우정이 큰 힘이 됩니다. 한 아이가 앞으로 이 세상 속에서 사람들과 어울려 살아갈 수 있느냐 없느냐, 이 학교에서의 시간이 참 중요합니다. 도와주세요. 하지만 많은 엄마들이 아무리 생각해 봐도 안 되겠다고, 우리 두리가 학교에 나오지 않기를 바란다면 저도 다시 생각해 보겠습니다.”

가능한 한 태연하고 침착하게 말하려고 안간힘을 썼다. 하지만 내 입에선 단내가 났다.

세상이 우리만 두고 저만치 멀어져 가는 것 같았다.

결국 학교생활이 생각보다 힘든 이유는 두리 스스로 적응 못해서라기보다 다른 사람들 때문이었다.

수업에 필요한 준비물을 한 번도 준비 안 해 준 적이 없었는데 두리는 그 준비물을 제대로 활용한 적이 없었다. 시간이 지난 뒤에야 알게 된 사실인데 아이들이 두리의 준비물을 다 빼앗아 쓰기 때문이었다. 선생님은 내가 번번이 준비물을 챙겨 주지 않는다고 생각했던 모양이다.

그 사실을 알고 난 뒤부터 준비물이 있으면 두 개씩 준비했다. 숫자 카드가 준비물이면 두 벌씩, 세모 네모 모양의 물건의 사진이 필요하면 몇 개씩, 모형 시계도 두 개씩, 그 밖에 색종이든 뭐든 충분히 준비해서 보냈다.

"친구들이 달라고 하면 두리 것을 남겨 두고 주어야 해. 알았지?"

반 친구들이 안 뺏기를 바랄 수만은 없었다. 두리가 안 뺏기도록, 뺏기더라도 최소한 본인이 사용할 것 정도는 남길 수 있는 아이가 되도록 가르치고 또 가르치는 수밖에 없었다.

그런 나도 결국 이기적이었을까?

이기적인 사람들이 그렇게 많다는 사실에 나는 절망했다.

두리네 학년이 현장 학습, 우리 시절의 단어로는 '소풍'을 가게 되었을 때 도우미 엄마로 따라가고 싶었다. 설치고 싶어서가 아니라 두리에겐 특별한 관심이 필요했고 그것을 다른 엄마에게 부탁할 수가 없어서였다. 그런데 거절당했다.

학교 규칙상 대의원 엄마 두 명씩만 따라가게 되어 있는데 예외로 다른 엄마가 가게 되면 다른 엄마들도 너도나도 가고 싶어 한다는 것이었다. 그러면 인원도 많아질 뿐 아니라 엄마가 오지 못한 아이들에게 위화감을 줄 수 있다고 했다.

참으로 말이 안 되는 구실이었다. 손이 많이 가는 아이라서 엄마가 직접 가겠다는데 일반적인 잣대로만 가부를 결정하다니 답답한 노릇이었다.

결국 그날 두리는 모자랑 잠바를 잃어버리고 왔을 뿐 아니라 가방 속에 들어 있던 과자를 거의 먹지 못하고 고스란히 도로 가져왔다. 가방에 들어 있는 채 아예 개봉도 되지 않은 봉지 안에서 잘게 부서진 과자들을 보며, 난 울화가 치밀었다.

과자 봉지를 뜯지 못해 못 먹는 아이, 음료수 뚜껑을 열지 못해 못 먹는 아이를 돌봐 주지 않았다면 도우미로 간 엄마들은 무엇을 한 것일까. 물론 두리가 해 달라는 말을 하지 않았을 것이다. 그런 말을 하고 도움을 청할 줄 아는 아이라면 걱정도 안 했다.

두리를 작정하고 따돌리기로 하지 않았다면 있을 수 없는 일이었다.

"김밥 먹었어. 김밥 맛있었어."

아이의 그 말을 들으며 난 입술만 자근자근 씹고 있었다.

당장이라도 학교에 가서 그만 다니겠다고 말하고 싶었지만 참았다. 그렇게 하면 세상이 원하는 대로 밀려나 주는 것 같았다. 그렇게 밀려나려고 아이와 지금까지 고생한 것이 아니었다.

일일이 다 열거할 수 없는 갈등이나 힘겨움은 번번이 날 눈물짓게 했지만 나를 쓰러뜨릴 수는 없었다. 미래를 생각하면, 어른이 된 두리를 생각하면 뭐든지 견뎌 나갈 수 있었다.

학교에서 만나게 되는 다른 엄마들의 수군거림도 견딜 수 있었다. 나를 보면 손을 붙잡고 우리나라 교육 현실을 비판하다가 결론은 특수학교로 보내는 게 어떠냐고 말하는 엄마들, 우리를 위해 주는 듯한 그 눈빛 속에 묻어 있는 동정심과 호기심, 경멸까지도 참을 수 있었다.

내가 견디기 어려운 것은 두리의 표정이었다. 어느새 두리는 눈치를 살피고 있었다. 자기가 친구들과 뭔가 다른 것을 알아차렸고 엄마가 저 때문에 자주 운다는 것도 알아차린 듯했다.

신나고 즐거운 얼굴이 아니라 근심 어린 얼굴로 학교에 갔고, 학교에서 돌아왔다. 그러면서도 학교에 가지 않겠다고 떼를 쓰지 않은 것은 두리가 눈치를 보고 있다는 말이었다. 거기에다 점점 학교에서 있었던 일을 말해 주지 않았다. 본래 전달도 잘 못하는 아이지만 제가 할 수 있는 수준까지도 하지 않았다. 특히 아이들에게 괴롭힘을 당한 이야기는 점점 하지 않았다.

전학을 하기 얼마 전에는 돈까지 뺏기고 있었다는 사실을 알고 숨이 턱턱 막혔다. 배 부분을 열고 닫을 수 있게 만들어진 돼지저금통이 있었는데 하루는 두리가 그곳에서 돈을 꺼내는 것을 보았다. 학교 갈 시간이 다된 시각이었다. 처음 목격한 장면이라 몹시 놀랍고 걱정스러웠다.

말하지 않으려는 아이를 한참 붙들고 이유를 물어 보았더니 돈을 꺼내 간 것이 처음이 아니었다.

"아이들이 돈을 주면 좋아해요. 같이 놀아 줘요."

눈을 감고 말았다. 같이 놀기 위해 친구들에게 돈을 가져다주는 아이…….

선생에게 전하고 연루된 몇몇의 아이들을 모아 놓고 사정을 알아보았더니 처음 몇 번은 한 아이가 두리에게 돈을 가져오게 하였고 그 다음부터는 두리가 알아서 가져다준 모양이었다. 때리지도 않고 가끔 노는 데 끼어 주었기 때문이었다.

초등학교 2학년 교실에서 친구에게 어떤 식의 협박이든 협박으로 돈을 받아 내는 현실이 나는 무서웠다. 그리고 두리가 가여워서 견딜 수가 없었다. 차라리 좀 더 좋아진 다음에 학교로 보냈어야 하는 것은 아닌지, 아니면 특수학교를 보냈어야 했는지, 나의 판단이 아이에게 더 상처를 주는 것은 아닌지, 걱정스럽고 조심스러웠다.

한 번도 친구들 생일 파티에 초대받은 적이 없는 두리. 친구들이 손을 내밀어 주어도 그 손을 잘 잡지 못할 아이가 어른들이 만들어 낸 선입견을 아무 생각 없이 모방하는 아이들 사이에서 점점 혼자가 되어 가는 현실이 걱정스러웠다.

아이가 학교에서 돌아올 시간이 되면 가슴이 두근거렸고, 매 순간 혼란스럽고 힘들었다.

이렇게 최선을 다하고 있는데 아이가 나아지지 않으면 어쩔까, 아니 오히려 아이에게 좋은 방법이 아니면 어쩔까, 그런 걱정은 끊임없이 나의 신경을 갉아먹었다.

그렇게 헤쳐 나가는 동안 내 가슴은 희망을 품기보다는 좌절하기 쉬운 가슴이 되어 갔고 매사에 짜증이 늘어 갔다. 전에 없던 스스로에 대한 연민도 불편하기 짝이 없는 느낌이었다.

더 심한 장애아를 키우는 부모도 많거늘 난 본래 그리 약한 인간이었을까. 가슴은 피폐해 갔고 정신은 온갖 잡다한 상념들로 들어차 여유를 잃어 갔다.

그리고 하나마저 조금씩 잃어 가고 있었던 것이다. 그랬다.

5

며칠일까.

도무지 날짜를 모르겠다.

하나를 뿌리고 온 지 사흘쨈가, 나흘쨈가?

어머니는 점심 먹고 출발하겠다고 전화를 해 왔다.

"푹 좀 잤나? 오늘은 날이 좋다. 활짝 개였어. 오랜만에 보는 해라서 그런지 더위에 못 견디는 내가 다 좋다. 너도 창문 활짝 열고 햇빛 좀 받아라."

어머니는 내게 말하고 싶은 거였다. 시체처럼 방 안에 웅크리고 있는 짓 그만하라고. 최소한 그러려는 노력이라도 하라고.

어머니 생각에는 내게 필요한 만큼의 시간이 지난 것일까. 하지만 난 얼마만큼의 시간이 필요한지 알 수 없다. 얼마나 지나야 이 고통에서 조금은 자유로울 수 있는지 알 수 없다.

지금의 나는 아무것도 할 수 없다. 하나를 생각하는 일 외에는.

그럼에도 불구하고 커튼을 젖히고 창을 열어 본다.

변덕스러운 게 여름 날씨라지만 천둥 번개가 치던 게 어젯밤 맞나 싶을 정도로 날씨는 환하고 깨끗하다. 태양도 따글따글, 뜨거울 것 같다. 여름 바다, 그 푸른 물빛과 하얀 파도가 더욱 눈부실 날씨다. 그 뜨거운 기운을 받으면서 푸른 바다를 즐기는 이들이 몸에 문신처럼 남길 태양.

강에 뿌려진 하나가 바다에 도착했을까.

도저히 밝은 햇살을 견딜 수가 없다. 얼른 창을 닫고 커튼을 다시 친다.

창을 등지는데 전화벨이 울린다.

분명 카드 빚 독촉하는 전화일 것이다.

안 받아도 계속 울릴 것이므로 차라리 받는다.

"안녕하십니까? 사모님, 이틀 전에 전화 드린 H카드 이수현입니다."

젊은 남자가 무척 상냥하다.

"어떻게 좀 알아보셨습니까?"

이 남자랑 통화를 했던가. 했던 것 같다. 핸드폰은 꺼 버린 지 며칠이 지나자 집 전화를 걸어 왔었다.

그 전화를 받으면서 내가 무슨 말을 했던가. 이 남자는 나에게 무엇을 알아보라고 했었나?

기억이 어렴풋이 난다.

상대가 계속 말을 하는데 아무 말도 하지 않으니까 말을 하지 않는다고 뭐라고 했고, 어떻게 할 것이냐고 해서 아무런 대책이 없다고 하니까 그럼 왜 카드를 썼냐고 물었다.

결혼했냐고도 물었고 남편이 뭐하냐고도 물었다.

"아무런 대책이 없다고는 하셨는데…… 어떻게 그래도 무슨 대책을 마련해 주셔야죠. 이거 사모님이 쓰신 카든데, 어쩌실 겁니까?"

"알아요. 나도 하고 싶어요. 죄송해요. 그런데 할 수가 없어요."

"결혼하셨다고 했지요? 남편이……."

"없다고 했지요."

"죄송합니다. 솔직히 제가 맡은 고객만 삼백 명이 넘어서…… 일일이 기억을 잘……."

"당연하죠. 죄송할 것 없습니다."

"친척들이나 형제분들, 아무튼 보증이라도 서 주시거나 도움 주실 분들이 없나요?"

"저는 제가 먹여 살려야 할 아이들과 어머니만 계세요."

기계처럼 입술이 움직인다.

“일은 하고 계시나요?”

“현재는 못하고 있습니다.”

그만 이 생의 끈을 놓고 싶어요, 라는 말이 입 속에 맴돈다.

“아이들은?”

“둘 있습니다.”

“정말 사모님 같은 분에게는 제가 드릴 말이 없어요. 하지만 이것이 또 제 일이고…….”

그리고 계속 무슨 말인가를 하는데 더 이상 들리지 않는다. 아이들이 몇이냐는 그 남자의 질문에 나는 둘이라고 했다.

둘……, 그래, 내 아이는 둘이다. 하지만 그 말이 이렇게 선인장보다 더한 가시가 되어 나를 찔러 대다니…….

“정말 이럴 땐 저도 참 갑갑합니다.”

내 아이는 둘이었지만 이제는 하나랍니다. 내가 못나서, 못난 엄마 만나서 13년밖에 못 살고 죽었답니다.

“사모님, 장담은 못하겠지만 제가 한번 상부에 보고 올려 보겠습니다. 어떻습니까? 6개월 후면, 다달이 조금씩이라고 갚아 나갈 수 있겠습니까? 그게 통과 안 되면, 죄송하지만 유체동산 압류 들어갑니다. 아이들이랑 살아가시는데 그나마 가재도구까지 뺏기면, 너무 힘드실 것 같아서…….”

가재도구……, 그런 게 저한테는 아무런 의미가 없습니다. 그딴 게 무엇이라고요. 저는 살아 있지 않습니다. 저는 살아가고 싶지 않습니다.

"절대 동정이 아닙니다. 기분 나쁘게 여기지 마시고, 힘내세요. 제가 한번 노력해 보겠습니다. 그래도 안 되어서 나쁜 결과가 와도 절 욕하지 마세요."

남자는 진심인 것 같다.

"죄송하다니요. 제 인생인걸요."

"네! 힘내십시오. 며칠 있다 결과 알려 드릴게요. 좋은 하루 되세요."

저쪽에서 전화를 끊었는데도 난 전화기를 한참 그대로 들고 있다.

'동정이 아닙니다' 라던 남자의 목소리가 파리 소리처럼 귓가에서 웽웽거린다. 모르는 사람에게 듣는 그 말.

하지만 씁쓸한 기분도 금방 사라진다.

이미 그 어떤 다른 감정도 나를 지배하지 못한다. 자식을 먼저 보낸 엄마가 어떤 감정인들 온전히 느낄 수 있겠는가. 이제는 서운함을 느끼게 해도 좋으니 곁에 있었으면 싶은, 그 자식을 가슴에 묻은 엄마가 말이다.

하나가 6학년 2학기를 보내고 있을 때였다. 겨울이라 날도 빨리 어두워지는데 학교 일 때문에 늦는다던 아이가 도무지 올 생각을 안 해서 학교로 전화를 했다.

하나가 내게 거짓말을 하고 친구들과 놀러 갔다는 사실을 안 순간, 거의 이성을 잃었다. 세상이 무너지는 것 같았다. 분명 있다고 믿은 산이 하루아침에 사라진 기분이 그랬을까.

사춘기가 되면 다들 부모 속을 썩인다고 했다. 하지만 하나는, 내 딸 하나는 그러지 않으리라 믿었다. 아니, 그러면 안 된다고 생각했다. 나에 대한 배신이라고 생각했다. 하지만 아이는 일기장에서 '엄마한테 말해도 허락을 안 하실 게 뻔하기 때문에' 거짓말을 했다고 쓰고 있었다. '요즘은 내 마음을 천천히 말할 기회도 없다'는 아이는 내가 씌워 놓은 새장 때문에 창의적인 사고 대신 거짓을 택했고 거기에다 혼자 외로워하고 있었다. 외로워서 다른 곳으로 눈을 돌리고 있었던 것이다.

하나의 일기장에는 나에 대한 사랑과 미움, 두리에 대한 귀찮음과 애정이 뒤섞여 있다. 그 혼란이 아직은 버거운 나이였다. 하나의 마음이 어스레해지듯 서서히 병들어 가고 있는 동안 엄마로서 난 도대체 무엇을 하고 있었는가.

그때 내가 얼마나 날카로워져 있었는지는 안다.

딴에는 열심히 산다고 살았지만 어느 날 멈춰 서서 보니까 내게는 주렁주렁 악성종양 같은 빚만 달려 있었다. '빚내는 것도 능력이야'라고 자조하며 현금서비스나 보험회사에서 대출을 받던 때부터 이미 예견했던 일이지만 어쩔 수 없었다. 식구들이랑 먹고살아야 했고 가르쳐야 했고 치료해야 했고 두리에겐 특별 교육을 받게 해야 했다.

카드는 요술램프의 지니 같았지만 그 지니가 변신하면 사람들

목을 죄는 아귀로 변한다는 것을 실감하지 못했다. 그래서 자꾸만 지니를 불러내면서 제 무덤을 파고 있었다. 지혜롭지 못한 나는 내 무덤을 파면서 그것이 자식들의 무덤도 된다는 것조차 몰랐다. 자식들을 위해서 하는 짓이 결국 자식들의 무덤이 될 거라는 사실을 깨닫지 못했다.

이제 어찌할 것인가.

무덤은 다 파졌다.

새끼 하나 먼저 묻어 버린 어미인 내가 할 일은 정해진 것 아닐까. 하나 남은 아인들 잘 키울 수 있겠는가 말이다.

어디선가 심한 모래 바람이 불어온다. 눈을 감아도 느껴지는 모래 바람이다.

6장

꼬
시
래
기

1

"언제까지 이럴 건지 말해 봐라."

어머니가 방문 앞에 선 채 묻는다.

어머니는 질문을 하는 게 아니라 질책을 하고 있는 것이다. 안다. 하지만 난 아무 말도 못하고 빈 잔에 술을 따를 뿐이다.

시간이 지날수록 견딜 수 없는 고통으로 살아나는 하나의 죽음, 온몸을 불로 지진들 이리 아플까.

지나간 시간들이 공포영화의 죽지 않고 되살아나는 악령들처럼 끊임없이 살아나 머릿속과 가슴속을 헤집고 나를 쥐어뜯었다. 아이에게 너무 무심했다는 자책감과 내가 아이를 죽였다는 죄책감은 내게서 모든 감정이나 의지를 앗아 가고 이 모든 것으로부터 벗어나고 싶다는, 생각도 감정도 정지되었으면 좋겠다는 생각만 자꾸 심어 준다.

나보다 더 나쁜 상황의 사람들을 생각하라는 말도 들리지 않는다. 나는 그저 이제 더 이상 힘이 없을 뿐이다.

어머니나 두리가 보이지 않는 것은 아니었다. 보였다. 하지만 보일 뿐이다. 머릿속으로는 나를 일으켜 세우라고 외쳤지만 현실의 나는 아무것도 할 수가 없다.

"자식 앞세운 네 마음 모르지 않지만, 이건 아니다. 산 사람은 살아야지. 두리는 어쩔 건데, 어쩌려고 정신 못 차리는 거냐? 두리는 네 몫이야."

"모르겠어요. 정말 모르겠어요. 그저 다 귀찮아요. 모든 것이 귀찮고 아무것도 하고 싶지가 않아요. 아무것도."

귀신처럼 중얼거린다. 그리고 술잔을 기울인다.

"나는 이제 더 이상은 못하겠다."

어머니가 방으로 들어가더니 가방을 들고 나온다. 미리 싸 두었던 모양이다.

가슴이 철렁 내려앉았지만 여전히 난 어머니가 원하는 말을 하지 못한다. 오히려 내가 기다렸던 순간이 온 것 같은 야릇한 안도감을 느낀다.

어머니에게 이러면 안 된다는 걸 안다. 하지만 이미 나는 나의 시야에서 멀어져 버린 후다.

하나를 뿌리고 돌아왔을 때 어머니는 얼굴이 너무 부어 다른 사람 같아 보였다. 하루 반나절을 말 한마디 안 하고 지내면서 정말이지 어머니에게 미안했다. 보지 말아야 할 것을, 겪지 말아야 할 것을 너무 많이 보여 주었다.

어머니는 잘난 줄 알았던 딸이 남편에게 맞아 생긴 상처도 보고 말았고, 다른 여자 집이나 술집에서 남편을 데리고 들어오는 딸의 죽은 보랏빛 얼굴과 그 딸이 이혼한 후 밤에 가끔 혼자 술 마시며 넓지도 않은 집을 서성이는 것을 봐야 했다. 일 하나 맡기면서 밤 늦게까지 술 마시자는 사장에게 결국 성질부리고 돌아와서는 후회하며 가계부를 뒤적이는 작은 어깨도 보게 했고, 손자를 데리고 장애아들이 다니는 발달 센터를 들락거리게 했다.

고아였던 어머니가 첫정으로 받아들인 아버지는 정이 그리웠던 어머니에게 세상을 다 가진 기분을 느끼게 했지만, 결혼 생활은 눈물과 울화병으로 채워졌었다. 가난과 아버지의 바람기 때문이었다.

결국 40대 후반에 이혼하고 하나뿐인 자식을 바라보며 살아온 어머니는 내가 불행해지는 것을 아파하는 것이 아니라 분노했다. 나에게도 화를 냈다. 어머니에게 나는 당신의 인생 대신 선택한 존재였고 당신이 살아온 이유였기 때문이었다. 그것이 나에게 부담이고 스트레스라는 사실을 어머니는 알려고 하지 않았다. 모녀 사이에는 애증이 묘하게 얽혀 있다지만 우리 모녀는 특별히 그러한 것 같다고 생각하며 자랐다. 하지만 어머니에게 미안하고 어머니를 행복하게 해 주고 싶은 것 또한 사실이었다.

하지만 이제 난 철저하게 무기력하다. 아니다. 무기력이 아니라 아무런 의욕이 없다.

"난 죽고 싶어도 못 죽는다. 네게는 우습게 들리겠지만 하느님하고의 약속이니까. 너야 죽든 말든, 네 새끼도 네가 알아서 죽이든 살리든 해라. 더 이상 이렇게는 못 살겠다."

어머니가 현관 쪽으로 가는 게 느껴지지만 그대로 앉아 있다. 몸은 정지 상태지만 속은 요동을 치고 있다. 그래도 그저 앉아 있다.

솔직히 하나가 죽은 뒤로는 무슨 일이나 어떤 상황 앞에서 어떻게 해야 하는지, 판단력을 잃어버린 것 같다. 어머니가 저러는 것은 나를 일어서게 하기 위해서라는 생각도 든다. 하지만 그런 것도 지금 내겐 아무런 영향력을 발휘하지 못한다.

현재의 나는 사고 능력이 결여된 상태이니까.

"못된 년."

현관 문 닫히는 소리가 들린다.

이제 내 속에서 끊임없이 일어나는 목소리를 따를 수도 있겠다는, 그 은밀한 유혹을 받아들일 수도 있겠다는 생각이 들었다. 그런데 왜 눈물이 흐르는 걸까.

내가 은밀하게 꿈꾸고 있는 완벽한 포기 때문에 어머니가 가방을 싸 들고 나가도 붙잡지 않은 것이다. 솔직히 말하면 이 순간을 바라고 있었던 것 같은 기분마저 든다. 무엇인가를 결정하기 위해서는 가능한 한 가벼워지는 것이 좋으니까.

머리를 무릎에 파묻는다.

"쨍그랑!"

무엇인가 깨어지는 날카로운 소리가 채찍처럼 귀를 후려친다. 마루 쪽에서 나는 소리다. 얼른 뛰어나간다.

두리가 책장에 매달려 있고 바닥에는 꽃병이 부서진 채 널브러져 있다.

"두리야!"

너무 놀라서인지 책장까지의 그 짧은 거리가 얼른 당겨지지 않는다.

두리를 안아 내린다.

순간, 온몸으로 느껴지는 두리의 존재에 놀란다. 두리가 있었다는 사실을 새삼스레 안 듯이.

두리를 더 세게 안는다.

아찔하다. 내가 조금만 늦었더라면, 혹시 책장이 앞으로 넘어졌더라면, 생각만 해도 끔찍하다.

"안 그랬어요. 내가 안 만졌어요."

두리가 꽃병을 보며 놀란 눈으로 말한다. 두리는 지금 깨진 꽃병에 온 신경을 빼앗기고 있다.

"괜찮아? 괜찮아?"

아이의 여기저기를 살펴본다.

“괜찮아? 왜 책장에 올라가고 그래? 그러다 책장 넘어지면 어쩌려고?”

나는 어쩔 수 없이 울먹이며 말하고, 겁먹은 표정의 두리는 눈 주위가 금세 붉어진다.

“책장에 왜 올라갔어?”

“저 위에 누나를 만든 가면 있어요. 호랑이 가면.”

두리의 양팔을 잡고 있던 손이 나도 모르게 스르르 내려간다.

“누나는 보고 싶어요.”

두리를 또다시 와락 껴안는다.

“그래, 그래, 두리야. 엄마도 누나가 너무 보고 싶어. 너무 보고 싶어. 볼 수 없는데 자꾸 보고 싶어. 누나한테 미안해서 견딜 수가 없어. 누나에게 미안하다고 말 한마디라도 할 수 있으면 좋겠는데……. 그 말이라도 할 수 있다면 좋겠는데. 엄마 어떡하지? 어떡해…….”

어쩔 수 없이 울음이 터져 나온다. 두리도 따라 소리 내어 운다. 그 울음소리가 깨어진 꽃병 조각이 되어 내 가슴을 문지른다.

“두리야, 미안해. 미안해.”

두리를 더욱 세게 안는다.

완전한 포기를 꿈꾸고 있는데도 두리에게 일어났을 뻔한 위험 앞에서 소스라치는 내가 징그럽다. 두리와 이어져 있는 탯줄이, 아아, 참으로 징그럽다. 내 목숨보다 무거운 존재감인 엄마라는 삶이 전율이 되어 나를 집어삼킨다.

"방에 가 있어. 엄마 여기 좀 치우게."

두리를 남아 있는 울음을 딸꾹질로 매단 채 방으로 간다.

큰 유리 조각을 손으로 걷어치운 다음 청소기를 돌리고, 그런 다음에 손바닥으로 마룻바닥을 찬찬히 더듬어 본다. 유리 파편이 어디까지 날아갔을지 모를 일이다. 게다가 눈으로는 확인할 수 없는 미세한 조각이 남아 있을 수 있다.

그런데 신기한 일이다. 꽃병은 두리가 올라간 책장이 아니라 옆 책장에 놓여 있었다.

어떻게 떨어졌을까.

하지만 꽃병이 떨어지는 바람에 내가 두리를 발견할 수 있었다. 꽃병이 두리를 구한 셈이다. 꽃병이 놓여져 있던 책장을 보지만 아무 변화 없이 그대로다.

어쨌거나 내가 방치한 탓에 두리에게 큰일이 날 뻔했다. 마루를 손바닥으로 쓰다듬고 또 쓰다듬는데 손바닥 대신 가슴이 자꾸 따끔거린다.

두리는 어쩌지? 어떻게 하지?

요란하게 울리는 전화벨 소리가 내 상념을 토막 내고 난 또 잠시 놀란다.

이제 전화벨 소리에 더 이상 놀라지 않을 때도 되었는데 여전히 놀란다.

카드사에서 온 전화가 아니다.

"세 내는 날이 이틀이나 지났는데 오늘도 입금이 안 됐네요."

집주인이다.

월세 낼 만큼의 돈은 있지만 내지 않았다. 몇 달 전에 쓴 리라이팅 원고료가 들어오면 낼 생각이었다. 있는 돈 다 털어 월세 내고 나면 너무 막막해질 테니까, 최소한의 생활비로 남겨 두었던 것이다.

완벽한 포기를 생각하면서 생활비를 걱정하는 아이러니. 하지만 사실일 뿐이다. 완벽한 포기를 꿈꾸는 것도, 생활비를 걱정하는 것도.

"죄송합니다. 경황이 없어서. 며칠 내로 꼭 드릴게요."

"월세 날짜 안 지켜주면 곤란해요. 이번에만 기다려 드릴게요."

그리고 집주인은 마무리 인사말도 없이 전화를 끊는다.

하긴 마무리 인사말로 뭐가 있을까.

터무니없는 내 생각이 스스로도 웃겨 허탈하게 웃는다.

버겁다는 생각을 하면서도 기계적으로 출판사 전화번호를 누른다. 리라이팅한 원고료를 지불받을 출판사다.

"정말 죄송해요, 선생님. 내일, 늦어도 이번 주 안으로는 꼭 처리되도록 할게요."

미안해하는 편집장에게 나도 미안하다고 말한다.

청소를 마무리하는데 힘이 급격하게 빠지는 것이 느껴진다. 요즘은 솔직히 육체적으로도 너무 힘이 든다. 힘들다고 느끼는 순간, 거짓말처럼 급격하게 기운이 빠진다. 온몸이 저릿저릿하고 손가락 까닥할 힘조차 없다. 빈혈 약을 안 먹은 지 오래되어서 그런지 어지럼증도 심해졌다.

이렇게 마른 몸에 어울리지 않게 고혈압이다.

혈압 약을 안 먹은 지 꽤 된 것 같다. 한번씩 뜨거운 수건을 얹은 것처럼 머리가 뜨거워지고 안면 근육이 불편해질 때가 있다. 하지만 병원에 갈 생각은 없다.

작년인가, 누군가에게 이런 말을 한 적이 있다.

소극적 자살……, 그 말이 정말 절실했을 때였다. 하지만 이제 소극적 자살도 누릴 수 있을까라는 생각이 든다. 아니, 누리고 싶지 않다. 그것도 시간이 필요한 일이니까.

방에 들어와 보니 두리는 어느새 잠이 들어 있다.

놀라서 우느라 지쳤던 모양이다.

잠든 아이의 모습은 언제나 천사 같다.

아직 눈가에 눈물기가 남아 있는 것 같다. 두리의 얼굴에 가만히 손을 갖다 댄다. 손바닥으로 전해 오는 온기가 혈관을 통해 내 몸을 데운다.

말 한마디, 행동 하나도 두리를 생각하며 지냈는데, 하나가 가고 난 뒤 두리에게 어떤 영향을 미칠지 생각하지 못했다. 그러고 보니 그동안 두리와 말을 주고받은 것도 몇 마디 안 되었던 것 같다.

이러면 안 될 텐데 내가 내 마음대로 안 된다. 정말 이렇게 철저하게 자신이 싫은 적이 없었다. 지난 시간의 나도, 현재의 나도 마음에 들지 않는다.

옅은 보랏빛 핏줄이 비치는 아이의 볼에 가만히 입술을 댄다.

아이는 요즘 많이 두렵고 무섭겠지. 좋아지고 있었는데 아이가 이번 일로 퇴행하기라도 하면 어쩌지.

갑자기 심장이 펄떡펄떡 뛴다.

두리가 몸을 뒤척이며 입맛을 다신다. 두리는 꿈속에서 무엇을 먹는 꿈을 자주 꾸는지 자면서 입맛을 잘 다신다. 꿈속과 연결되어 있는 현실.

두리와 잠자듯이 이렇게 하나에게 갈 수 없을까.

난 가만히 두리 옆에 눕는다.

눈을 감는다.

따스한 기운이 얼굴에 느껴진다. 누군가의 손길처럼. 얼른 눈을 뜬다. 두리는 조금 전과 같은 자세로 천장을 향해 누워 있다.

몸을 옆으로 돌려 한 팔로 두리를 껴안는다.

2

설거지를 하다가 바라본 창밖으로 짙은 녹색의 산이 눈길을 잡는다.

지리했던 비 끝이라 그런지 세상은 더욱 싱싱해진 초록빛이다.

쫓기듯 이사 온 곳이지만 눈만 돌리면 푸른 산이고 가슴으로 스며드는 공기는 깨끗하여 종종 현실의 나를 잊게 해 준다. 하지만 그것은 몇 분도 지속되지 않는 약효였다. 쫓기는 심정으로 사느라 조금만 걸어가면 느낄 수 있는 산 내음 한번 제대로 맡아 보지 못했다.

갑자기 싱싱한 초록빛 속으로 달려가고 싶다. 그 속에서 나무처럼 양팔을 벌이고 대지의 생명력을 빨아들이고 싶다. 할 수만 있다면 온몸과 온 마음을 초록으로 물들이고 싶다. 흘리는 눈물까지 초록색이도록.

하지만…….

밥공기에 달라붙은 밥알이 손가락 끝에 느껴지는 순간, 갈망은 비바람에 푹 꺾이는 잡꽃이 되고 만다.

혼자 로봇을 가지고 노는 두리의 목소리가 들린다.

"왱, 왱, 푸앙!"

어제 두리가 위험한 지경에 처한 것을 보고 난 뒤 어떤 생각이든 정리될 때까지 두리에게 불안감을 주지 말자고 다짐했다. 그런데도 끼니때가 되면 밥만 차려 줄 뿐 제대로 함께 있어 주지도 못하고 있다.

어서 개학이 되어 학교에 갔으면 싶기도 하고 그때까지 내가 어떤 결정이든 내려야 하는데, 하면서 조바심이 나기도 한다.

"푸샤, 푸샤……."

지치지도 않을까. 두리는 한 시간 넘게 저렇게 로봇을 가지고 놀고 있다.

두리가 로봇들을 가지고 놀면 음향효과가 뛰어나서 옆에 있는 사람에겐 꽤 시끄럽게 들린다. 푸아푸아, 슈웅, 꽈앙……. 도무지 따라 할 수도 없는 소리들이다.

그 소리들 위로 하나의 목소리가 겹친다.

"아휴, 좀 조용히 하고 놀아. 아니면 저리로 가든지. 엄마, 얜 도대체 왜 이렇게 온갖 소리를 내?"

"진짜 혼자서 잘 놀아. 무슨 말을 하는지도 모르겠어. 중얼중얼하지 말라고 해야 하는 거 아냐?"

"어떻게 잠시도 입을 다물지 못해, 좁쌀영감?"

툴툴거리던 그 얼굴이 보인다.

나는 얼른 눈을 감는다.

배가 또 아프다. 아침부터 배가 자꾸 아파서 식은땀을 흘리고 있다.

작년에 수술 받았던 배는 그 뒤로도 가끔씩 꼭 수술하기 전처럼 아파 올 때가 있다. 물론 그 강도는 훨씬 약해졌지만 증상은 비슷했다. 그럴 땐 배가 육안으로도 식별할 수 있을 만큼 부어올랐다.

왜 그럴까. 장에 염증이 생겨 부어오르는 것일까. 설마 또 복수가 찬 것은 아니겠지.

어쨌든 진통제를 먹어도 간헐적으로 나도 모르게 끙끙, 신음할 만큼 아프다.

일찌감치 자야겠다고, 오늘은 제발 깊이 잠들기를 바라고 있는
데 초인종 소리가 난다.

두리가 먼저 쪼르르, 현관 앞으로 가서 누구냐고 묻는다.

"엄마 계시니?"

"누구세요?"

밖에서 누구라고 말할 때까지 두리는 같은 질문을 할 것이다.

어쩐지 추심원일 거라는 생각에 문 앞으로 가서 재차 묻는다.

"누구세요?"

"E카드사에서 왔습니다."

역시 내 추측이 맞다. 제일 나중에 연체하기 시작한 E카드사에
서였다.

"제가 지금 몹시 몸이 아파요. 얘기 나눌 수가 없는데 다음에 오
면 안 되나요?"

진심이다.

"우리도 아프지는 않아도 바빠요. 문 좀 열고 얘기합시다."

능글거리는 목소리에 소름이 돋는다. 정말 문을 열어 주고 싶지
않다.

"정말 아파요. 다음에 얘기하면 안 될까요?"

"이것 보세요. 일단 문부터 여세요."

사근사근하던 남자의 목소리는 금세 난폭해졌다.

문 따는 소리가 나자 문을 확 열어젖히는 남자는 생각보다 덩치

가 크지 않다.

"왜 괜히 힘 빼게 하십니까?"

"몸이 안 좋아서 도저히 얘기할 수가 없어요."

남자를 안으로 들어오게 하고 싶지는 않다. 그래서 슬리퍼를 신은 채로 그 자리에 서서 이야기한다. 당연히 남자는 문턱에 선 채다.

"그럼 간단히 본론만 얘기하도록 하죠. 어떡하실 겁니까?"

남자의 목소리가 대번에 올라간다. 동시에 내 가슴이 벌렁벌렁 뛰기 시작한다.

"카드 빚은 빚이 아닙니까? 카드로 빌려 쓴 돈은 남의 돈 아니냐고요. 남의 돈을 빌려서 필요할 때 잘 썼으면 갚을 때도 잘 갚아야지. 아무리 어디 들어갈 때 마음하고 나올 때 마음이 다르다지만……."

"지금 내가 어떻게 할 수가……."

"이것 보세요, 아주머니. 생각을 좀 해 보세요, 생각을. 개인한테 천만 원이 넘는 돈을 빌리고 지금 내가 어떻게 할 수가 없다, 그러면 그 사람이 그러냐? 그럼 갚을 수 있을 때 갚아라, 이럽니까?"

"왜 이렇게 큰 소리를 내세요?"

당차게 나가고 싶은데 도저히 떨려서 목소리조차 제대로 안 나온다. 단순히 심리적인 위축감 때문만은 아니다. 그렇게 믿고 싶다.

몸이 안 좋기 때문이야. 몸이 너무 안 좋아.

실제로 이마와 목 뒤로 식은땀이 느껴진다.

"내가 본래 목소리가 좀 큽니다. 타고난 걸 어쩝니까? 그러니 듣기 싫은 목소리 안 들으시려면 어떻게 하실지 말씀을 하세요. 언제 어떻게 상환하실지, 그냥 밀고 나가실 건 아니시죠?"

어지러워서 손으로 이마를 짚는데 남자의 다리 뒤로 앞집 문이 열리는 것이 보인다. 앞집 여자가 나와서 우리 집 쪽으로 고개를 내밀어 보고는 다시 안으로 들어간다.

"더 큰 소리로 하셔야겠네요. 아래층 위층 사람들 다 나오게 하려면."

나도 모르게 나온 말이다. 말투도 싸늘했다. 의도한 바는 아니었다.

"오해하시지 마시고요. 내가 그랬잖습니까? 목소리가 본래 크다고."

"제삼자가 채무자의 채무 사실을 알게끔 하는 것이 부당 추심이라는 것쯤은 나도 압니다."

남자의 얼굴이 묘하게 일그러진다.

"참 내. 이제 이 짓도 못해 먹겠군. 너도나도 죄다 똑똑해졌어."

혼잣말처럼 중얼거리는 남자 앞에서 나는 안간힘을 쓴다. 심한 현기증이 인다. 남자 앞에서 쓰러지고 싶지는 않다. 절대로.

"민원을 넣든 말든 마음대로 하시고요, 난 일부러 그랬던 것은 아니니까. 아무튼 제때 상환하시면 이런 일도 없지 않습니까? 못 갚을 것 같으면 카드는 왜 썼습니까? 이게 다……."

다 아주머니 잘못이라는 말을 하고 싶을 것이다. 그런데 남자는 말을 멈춘다.

맞다. 다 내 잘못이다. 그래서 나는 추심원들과 싸우거나 하고 싶지 않았다. 그들이 심하게 구는 것이 기분 나쁘지 않아서도 아니고, 아무리 채무자지만 갖고 있는 권리들이 어떤 것이라는 것을 몰라서도 아니다. 그저 그런 모든 행동들이 싫었다. 무슨 이유를 갖다 대든 어떤 명분이 있든 결국은 내 몫이고 내 잘못이었다.

모든 것이 귀찮다. 그것이 내가 심한 추심을 묵묵히 받아들이는 이유다.

제 쪽에서 먼저 민원, 운운하던 남자의 목소리가, 하지만 확실히 작아졌다.

추심원들은 채무자로부터 어떻게든 돈을 받아 내는 것이, 그것이 현금이든 대환대출로 돌리는 것이든, 자신들의 수당을 높이는 길이기 때문에 수단 방법을 가리지 않고 매달리기 마련이다. 그것은 생존의 방법이었다. 하지만 그러는 과정에서 지나친 추심 행위가 나왔고 여기저기서 불만의 소리가 높아졌다. 그러지 않아도 카드사들의 이미지는 그다지 좋은 편이 아니므로 지나친 추심을 한다는 오명까지 갖고 싶지는 않았는지 카드사들이 가장 부담스러워 하는 것이 민원이라고 했다. 아마 추심원들을 교육할 때 카드사나 금융감독원에 민원 들어올 일은 자제하라고 할 것이다. 그것이 실제로 지켜지든 말든 말이다.

남자는 내가 민원을 넣겠다고 할까 봐 먼저 선수를 친 것이다.

나는 그럴 생각도 없고 힘도 없는데 말이다.

"다 내 잘못이죠. 그래서 내가 해결해야겠죠. 지금 당장, 며칠 내에 해결하겠다는 답을 드릴 수는 없어요. 왜냐하면 결국 거짓 약속이 될 테니까요. 어떻게 해결하겠다는 답도 마찬가집니다. 하지만 해결할게요."

남자가 들고 있는 손가방이 갑자기 툭 떨어진다.

휴지 한 장 들 힘도 없는 사람은 난데 남자는 왜 가방을 놓쳤을까.

"가방이 왜 이래?"

남자가 혼자 구시렁거리면서 가방을 주워 든다.

이 자리에 벗겨지는 옷처럼 스르르 주저앉고 싶다. 서 있기가 정말 너무 힘들다.

"그렇게 막연한 대답은 갚을 의사가 없다는 뜻으로 받아들일 수밖에 없는데요."

"그게 아니고…… 갚고 싶기는…… 제가 더 갚고 싶…… 어…… 요."

그야말로 한마디씩 뱉어 내듯이 말한다. 그만큼 힘이 든다. 제발…… 그만 가 주면 좋겠다.

그 순간, 또 남자의 가방이 툭 하고 떨어진다. 누군가 일부러 치기라도 한 듯.

"가방이 이거 왜 이래?"

남자는 당황한 빛으로 가방을 주워 든다. 그러면서 자신의 허리

께를 두리번거린다.

"이상하네, 정말."

가방을 살펴보며 중얼거리다가 나를 보며 말한다.

"정말 몸이 안 좋긴 안 좋은 모양이십니다. 얼굴이 완전히 백지장이군요."

남자가 이번에는 비아냥이 아니라 진심으로 놀라는 말투다.

이마를 짚으니 손이 금세 축축해진다. 금방이라도 쓰러질 것 같다.

"미안하군요. 오늘은 그만 가 보겠습니다. 몸 추스르는 대로 방법을 찾아보세요. 조만간 전화 드리겠습니다."

그래도 남자는 결코 자신의 임무를 잊지 않는다. 남자에게 화가 난 것은 아니다. 남자는 자기 직업에 충실했다. 그 역시 어떤 집의 가장일 테니까, 살아가야 할 테니까, 나는 그를 충분히 이해할 수 있다.

남자가 가고 난 뒤 난 바로 그 자리에서 뒤로 벌렁 눕는다.

엉덩이 정도까지는 마루에, 다리는 현관에 걸친 채 한참 그대로 누워 있다.

남자랑 얘기하는 동안 내 뒤에 붙어 서 있던 두리가 내 팔을 흔든다.

"죽었어요, 엄마?"

그리고 어디서 본 것인지 코밑에 손가락을 대어 본다. 그리고 혼잣말을 한다.

“숨소리는 난다.”

손가락으로 소리를 듣는 우리 아들, 까무룩 해지는 정신 속에서도 난 웃는다. 정말 웃는다. 웃는데 눈물이 난다.

한참을 그렇게 누워 있다가 한기가 느껴지면서 약간 정신이 든다.

나는 거의 기다시피 방으로 들어와 아무렇게나 이불을 펴고 눕는다.

“엄마, 누우세요. 베개 베고 누우세요.”

아이들은 극한 상황에서 자라는 것일까. 강해지는 것일까.

베개도 채 꺼내지 못하고 그냥 누웠더니 두리가 베개를 꺼내 들고 온다.

우리 두리도 극한 상황에서는 생존 본능으로 자랄까. 그래야 한다. 어떤 상황에서도 두리는 자라야 한다.

“고마워, 우리 아들.”

의기양양한 표정으로 두리도 내 옆에 눕는다.

“이건 누구 엉덩이?”

“두리 꺼.”

“이건 누구 엉덩이?”

“엄마 꺼.”

오랜만에 해 보는 놀이다.

두리와 둘이 자면서 밤마다 하는 의식이었다. 엉덩이 한 짝을 두드리면서 누구 거냐고 물으면 아이는 반드시 한 짝은 엄마 것이라고 답해 주었다. 그건 그 누구도 넘볼 수 없는 영역이었다.

할머니랑 제 누나가 아무리 꾀어도 어김없이 엄마 것이었다. 그런 우리를 보며 하나는 "엄마는 참, 두리 마마보이 만들 거야? 그러지 마."

그러면서 제법 날 훈계하기도 했다. 그러고는 제 동생에게 "두리야, 네 엉덩이는 다 네 거야. 알았어?"라고 일러 주었고, 그러면 두리는 "아니야, 이건 엄마 거야"라고 우겼다.

하나 말이 옳다는 것을 알면서도 나는 그 놀이만은 멈추지 않았다.

우리 하나, 보고 싶다. 정말이지 죽을 만큼 보고 싶다.

두리를 꼭 껴안는다. 숨이 막혀 올 만큼.

그러고는 두리 손바닥을 잡고 거기에다 천천히 세모를 그린다. 몇 번씩. 두리가 함빡 웃고는 내 손바닥을 가져간다. 그리고 저도 거기에 천천히 세모를 그린다.

우리 세 사람의 암호다.

손바닥에 손가락으로 그리는 사랑의 메시지.

어디선가 아이들과 사랑을 표현하는 암호를 정해 놓으면 좋다는 글을 읽은 적이 있다. 그래서 정한 암호였다. 동그라미는 고맙다는 뜻이고 네모는 미안하다는 뜻, 그리고 세모는 사랑한다는 뜻으로 정하고 우리 세 사람은 서로의 손바닥에 마음을 그리곤 했다.

자려고 누워서, 함께 앉아 텔레비전을 보다가, 길을 걷다가 우린 그렇게 서로의 손바닥에 서로의 마음을 녹여 놓곤 했다. 그것은 이 세상에서 얻을 수 있는 가장 큰 에너지였다.

하나가 특히 많이 사용했다. 쑥스러워서 말로는 못해도 손바닥에 하는 표시는 할 수 있다면서 씩, 웃던 하나.

미안하다는 뜻의 네모를 그릴 때는 손바닥에 코가 닿을 만큼 고개를 숙이고 그린 다음, 내 메시지가 갈 때까지 같은 자세로 있던 하나. 내가 손바닥에 세모를 그린 다음에야 헤헤, 웃으며 고개를 들었다.

두리의 손을 꼭 잡으며 나는 하나의 손이 너무 그립다.

그 그리움을 깨뜨리듯 전화벨이 울린다.

출판사에서 온 전화다.

리라이팅 원고료를 입금했다는 전갈이다.

"아휴, 총무팀에서 연락 안 드렸다고 해서 제가 지금 드려요. 입금시키고 바로 연락드리라고 했는데 깜빡 했나 봐요. 저도 오늘 하루 종일 외부에 있어서…… 확인해 보셨나요?"

다달이 정기적으로 들어오는 인세도 아니고 부정기적인 원고료였기 때문에 출판사에서 연락해 줄 때까지 통장을 챙겨 보지도 않았다. 가끔은 약속 날짜를 기다려 챙겨 보기도 했지만 오늘은 그럴 힘도 없었다.

"확인해 보셨어요? L은행으로 넣었대요."

화들짝 놀라 벌떡 일어나 앉는다.

"무슨 소리예요? 내가 그 은행 말고 새 계좌 알려 주었잖아요?"

“아차! 맞아요. 어머, 어쩌죠? 저도 다시 한번 체크하지 않았고 경리 아가씨도 그냥 전에 넣던 통장으로 보낸 모양이네요.”

편집장은 당황해하는 기색이다. 하지만 지금 편집장이 당황해하는 것이 문제가 아니다. 얼른 전화를 끊고 계좌 조회를 해 본다. 이 와중에 그래도 돈을 받아 보겠다고 며칠 전 새로 만든 통장이다.

무통장 입출금 거래 내역을 듣고 있다가 수화기를 내려 버렸다.

설마 했던 일이 벌어져 버렸다. 그 은행에서 결제되던 카드 역시 연체 중인데 기다렸다는 듯이 10원도 남기지 않고 대금이 빠져나간 뒤다. 머릿속에서 날카로운 마찰음이 들리고 주변이 뿌옇게 흐려진다. 방 안의 물건들이 그 속으로 사라진다.

“어떻게 해요? 선생님, 어떻게 하죠?”

다시 전화를 걸어온 편집장은 미안하다며 어쩔 줄을 모른다.

“됐어요. 일 번거롭게 한 내 잘못이죠. 괜찮아요.”

달리 할 말이 없다. 오히려 일 처리를 잘못했다고 한 소리 들었을 경리에게 미안하다.

“이건 악몽일 뿐이다.”

“그래, 이건 악몽이야.”

나도 모르게 중얼거리며 두리 옆에 나무토막처럼 눕는다.

손바닥이 자꾸 간지럽다. 손바닥이 간질간질한 것을 느끼며 까무룩 잠이 들었다.

3

몇 시나 되었을까.

이렇게 깰 바에야 차라리 잠들지 않았으면 한다. 잠이 설핏 들었다가도 깜짝 놀라 깨곤 한다. 그럴 때마다 가슴이 답답하고 심장이 조여 너무 힘들다. 시계는 일부러 보지 않는다. 시계를 보면 더 답답해진다.

사방이 너무 조용해 내가 누워 있는 이 공간 자체가 하염없이 아래로 가라앉고 있는 것 같다. 가늠할 수 없는 깊이의 바다 속으로. 네 식구가 지내기도 좁던 이곳이 두리와 둘만 있으니 이리 휑할 수가 없다.

배의 통증은 조금 나아진 듯하다.

두리는 숨소리를 내며 자고 있다. 손으로 아이의 볼을 만져 본다. 이마도 만져 본다. 약간의 땀이 손에 밴다. 살아 있는 아이, 내 아이……. 전에는 이렇게 하면 가슴이 뛰고 따뜻해졌는데 이제는 말로 표현할 수 없는 아픔만 느껴질 뿐이다.

왜 이리 아프기만 한지 모르겠다.

두리에게서 얼른 눈을 돌린다. 그리고 스탠드를 켠다.

내 책상 위에 놓여 있는 하나의 일기장.

내 손은 어느새 하나의 일기장을 펼치고 있다. 몇 번이나 읽은 일기, 읽으면 예리한 유리 조각으로 손목을 긋는 것처럼 아픈데도 자꾸 읽게 된다.

난 아예 후보로 나가지 않았다. 초등학교 때는 내내 반장 아니면 부반장이었다. 하지만 중학생이 된 후로는 하지 않기로 했다. 아무래도 반장을 하면 엄마가 학교에 자주 오셔야 하고 솔직히 돈도 든다.

후보로 추천받았을 때 그냥 공부 핑계를 대고 하지 않겠다고 했다.

엄마는 역시 내 짐작대로 잘했다고 하셨다.

그런데 솔직히 서운하다.

사실 나는 반장이 되고 싶다. 왜 반장이 되고 싶은지는 모르겠다.

그냥 정말 공부나 해야겠다. 엄마는 정말 내가 안 하고 싶어서 그랬다고 생각하시는 걸까? 엄마가 내 마음을 알아주시면 그래도 덜 서운할 텐데……

사실 오늘은 나도 무척 기분이 좋지 않아 엄마랑 이야기라도 하고 싶었다.

학교에서 친구들이랑 안 좋은 일이 있었다. 혜은이가 자꾸 쓸데없는 질문을 해서 화가 났다.

보통 우리는 집이나 가족 이야기는 잘 안 한다. 우리끼리 할 얘기도 많다. 그런데 오늘 혜은이가 자꾸 아빠에 대해 물었다. 다른 애들도 시큰둥

하게 대답하고 말았다. 자기 아빠는 오빠보다 자기를 더 좋아한다며 어찌나 자랑을 하던지. 자랑하는 것까지는 좋다. 왜 나에게 자꾸 물어보는지 모르겠다.

지방에 가 계신다고 했더니 무슨 일 때문에 가 계시느냐, 한 달에 몇 번씩 오시느냐, 별것을 다 물어본다.

혜은이는 샘이 많고 자랑도 잘하는 애다. 어찌 보면 애들처럼 유치하기 짝이 없다. 그래서 그러려니 하고 넘어가는데, 자기 사촌이모가 이혼을 했는데 그 사촌형제들은 자기 아빠가 미국에 가 있다고 말한다고 하는 것이 아닌가.

때마침 5교시 시작하는 종이 울려서 그 자리를 벗어났지만 내내 기분이 좋지 않았다. 내가 무슨 거짓말을 하다가 들킨 것 같기도 하고 자존심도 상하고 아무튼 기분 나빴다.

엄마는 엄마 아빠가 이혼한 것 때문에 내가 부끄러워할 필요 없다고 말씀하셨다. 잘못을 했다면 엄마 아빠가 한 것이니, 난 주눅 들 필요도 없고 숨길 필요도 없다고 했다. 사람들마다 얼굴이 다 다르듯 살아가는 모습도 다를 뿐이라고, 당당하라고 말했다.

엄마 말이 옳은 건 안다.

하지만 난 그렇게 하지 못했다. 엄마 말과 진짜 현실은 다르기 때문이다. 아이들은 그냥 간단하게 사는 모습이 다르다고 보지 않기 때문이다.

가끔은 엄마가 나보다 더 순진한 것 같다. 아무리 엄마 아빠가 이혼한 친구들이 많아졌다지만 그래도 어쨌든 이상하게 비친다는 것을 난 안다.

내가 그런 상황인지 모르는 아이들이 하는 말들을 들어 봤으니까.

엄마도 가끔 그런 말을 한다. 엄마 생각은 안 그런데도 혼자 사는 여자라고 세상이 만만하게 볼 때가 있다고. 그러니 나는 아빠가 없다는 말도, 남편이 없다는 말도 할 필요가 없다고 생각한다. 무시당하지 않기 위해서는 거짓말을 해도 된다고 생각한다.

사실 솔직히 말하면 아빠가 보고 싶거나 그리운 것은 아니지만 아빠가 있었으면 하는 날도 있다. 아빠 얘기를 하는 친구들이 부럽다.

수업이 끝나고 혜은이가 또 이야기를 시작하려고 하자 은주가 다른 이야기를 하며 화제를 자꾸 바꿨다. 그리고 나랑 둘이서만 버스 정류장으로 갔다.

어쩐지 은주가 무엇인가를 눈치 채고 날 위해 그렇게 해 준 느낌이 들었다. 고마우면서, 한편으로 기분이 좋지 않았다.

그래서 엄마랑 이야기를 하고 싶었다.

그런데 엄마는 저녁 내내 신경질만 내신다. 오늘은 두리에게도 짜증을 낸다.

나도 신경질이 난다. 그래서 저녁만 먹고 방에 박혀 있다. 음악이나 듣다가 자야겠다.

엄마가 문자를 보내왔다.

종종 집 안에 같이 있으면서도 엄마는 문자를 보내온다. 특히 나를 혼낸 뒤에 많이 보내오고, 아무 일 없는 날도 "힘내, 우리 딸! 사랑해"라는 문자도 가끔 보내온다.

오늘 보내온 문자는 "미안해, 하나야. 엄마가 하나를 사랑하는 것 알지? 미안해, 정말"이라는 문장이었다. 그것을 보고 울었다. 나도 "엄마 사랑해. 난 영원히 엄마랑 있을 거야"라고 답을 보냈다.

아까 저녁 먹고 엄마가 아빠에게 가서 사는 게 어떻겠냐고 물었다.

내가 제일 싫어하는 말이 아빠 닮았다는 말이다. 엄마가 혼낼 때 소리를 지르거나 때리는 것보다 더 싫은 것이 아빠 닮았다는 말이다. 엄마도 정말 화가 많이 났을 때 그런 말을 한다는 것은 알지만 정말 그 말만은 안 했으면 싶었다.

엄마는 내가 그 말을 들을 때 얼마나 마음이 아픈지, 얼마나 속상해하는지 모를 것이다. 난 아빠를 닮고 싶지 않기 때문이다.

그런데 이제 아빠랑 사는 게 어떠냐고 묻다니…….

기가 막혔다. 엄마에게 싫다고 울면서 소리쳤다. 엄마에게 그렇게 소리 지른 적은 거의 없었다. 하지만 화가 나서 견딜 수가 없었다.

어떻게 내게 그런 말을 할 수 있는지, 엄마에게 화가 났다.

하지만 엄마가 그렇게 말한 이유를 알기에 미워할 수만은 없다. 엄마가 불쌍하다.

난 단칸방이라도 좋으니 엄마랑 살겠다고 했다.

이사를 가야 한다고 했다. 분명 돈 문제 때문이다. 이사를 한다고 해결되는 것은 아니겠지만 여러 가지로 따져 보았을 때 이사하는 게 좋을 것 같다고 하셨다. 그리고 아마 꽤 오랫동안 경제적인 문제 때문에 힘들 텐데 공부도 해야 하는 내가 걱정이라 아빠와 있는 게 어떨까 하고 생각하셨다고 했다. 그리고 조금 나아지면, 내가 원하면 다시 데려오겠다고 했다.

말도 안 된다.

나도 알 건 다 안다. 아빠는 우리를 버렸다.

그리고 나는 기억한다. 초등학교도 입학하기 전의 기억이지만 아빠가 엄마에게 했던 몇 가지 일들을 뚜렷이 기억한다. 아빠가 싫다. 아빠에게 가라는 말을 하는 엄마도 싫다.

엄마가 그런 말을 해도 절대 안 간다.

난 이리저리 왔다 갔다 하고 싶지 않다. 엄마 아빠 사정에 따라 엄마에게 맡겨졌다가 아빠에게 맡겨졌다가 그렇게 살고 싶지 않다.

어른들은 바보 같고 답답할 때가 있다. 우리를 위해서라는 이유로 우리를 더 힘들게 하는 일이 종종 있다.

나를 위해서 아빠와 함께 살라고? 그게 나를 위해서라는 걸 누가 확신할 수 있나. 난 힘들어도 엄마랑 있는 게 좋은데, 내가 좋아하는 대로 하는 것이 나를 위하는 게 아닐까?

이사를 했다.

새 학교에 다닌 지 일주일이 넘었는데 새 친구 하나 생기지 않았다. 밥도 혼자 먹고. 전학하는 게 정말 싫었다.

이사하기 전 전학하기 싫다고 말했다가 할머니한테 엄청 혼났다. 엄마 속도 모르고 그런 말 한다고. 사실 나도 말해 놓고 후회했다. 엄마가 내 말을 듣고 소리 없이 우는 바람에 난 더 이상 아무 말도 못했다.

엄마가 어떤 심정일지 알 것 같아서 애써 표정을 밝게 해 보았지만……. 새 학교가 정말 마음에 안 든다.

아니, 지내다 보면 나아지겠지.

그런데 자꾸 옛날 학교가 생각난다.

친구들도 보고 싶다. 나랑 헤어질 때 울던 친구들…….

아이들도 다 이상해 보이고, 시설도 전 학교랑 너무 다르다. 급식도 교실에서 먹는데 반찬이 너무 아니다.

마음에 안 든다고 생각해서 그런지 뭐든 다 마음에 안 든다.

하지만 엄마한테는 좋다고 말했다. 엄마는 요즘 너무 우울하다. 일거리도 없는 모양이고 카드사에선 자꾸 빚 갚으라고 재촉인 모양이다. 방송에서 나오는 이야기들이 귀에 자꾸 들어온다. 카드 빚 때문에 생기는 일들…….

두려운 생각이 든다.

엄마가 힘내시도록 나라도 잘하고 씩씩하게 지내야 한다. 누구보다 엄마가 힘들겠지. 전학 온 슬픔따윈 잊자.

그래도 솔직히 친구들이 보고 싶고 그립다.

엄마에게 맞았다.

아직도 다리와 엉덩이가 얼얼하다. 처음엔 손으로 머리와 어깨를 때리더니 어느새 회초리로 엉덩이와 다리를 때렸다. 나중엔 그것도 던져 버리고 나를 마구 흔들어 대었다. 그럴 땐 엄마가 꼭 미쳐 버린 것만 같다.

무섭고 화가 난다.

별것도 아니었다.

할머니가 방 좀 정리하고 지내라고 야단을 치면서 옷을 치우셔서 내가 할 때 되면 한다고 대답했다. 그런데 할머니가 내 말투 가지고 야단을 쳤고 엄마가 오셔서 또 잔소리를 했다. 난 짜증스러워서 인상을 좀 쓰면서 '알았어요' 라고 했다.

그 뒤로 난리였다.

엄마는 소리를 지르면서 내 머리를 몇 대 때렸다. 난 이상하게 야단을 맞으면 말이 나오지 않는다. 엄마 말대로 얼른 '잘못했어요, 안 그럴게요' 하면 되는데 그게 안 된다.

엄마는 점점 화를 내었고 결국 둘 다 울고 말았다.

엄마가 제일 싫어하는 게 거짓말이고 그 다음이 버릇없이 구는 거라는 걸 안다. 하지만 어떨 땐 숨을 쉴 수가 없다. 난 그냥 말한 것인데도 불만스럽게 말했다고 하거나 인상을 썼다고 할 때가 있다.

내가 야단맞을 때마다 그 원인은 거의가 두리다.

두리가 옆에 없을 땐 두리를 생각하면 안쓰럽고 불쌍하지만 솔직히 어떨 땐 귀찮고 짜증스럽다.

말도 안 되는 질문을 자꾸 하고, 하지 말라는 짓은 왜 또 그렇게 하는지, 엄마처럼 매번 찬찬히 대답해 줄 수가 없다. 엄마는 두리에겐 대화가 가장 중요한 공부이므로 귀찮더라도 참고 잘 대답하고 가르쳐 주라고 하지만 난 잘 안 된다.

텔레비전을 볼 때도 매번 같은 질문을 몇 번이나 반복해서 정말 짜증 난다. 게다가 그 질문이 얼마나 웃긴지 모른다.

"누나는 자두보다 나이가 많지?", "엠씨몽을 엔디 보다 나이가 많아?", "누나, 한예슬이랑 누나 보다 커?", "보아가 커, 누나가 커?", "엔디는 30살 되면 얼마나 커?", "30살인데 200미터일 수 있어?", "6학년 형이 3학년보다 작을 수 있어?"……

작년에는 나이 가지고 1년 가까이 애를 먹이더니 금년 들어서는 키 가지고 내내 비슷한 질문이다. 그것도 아니면 텔레비전 내용이나 만화영화, 게임 등에 나오는 내용을 가지고 질문한다. 당연히 나는 알아들을 수 없고 귀찮아서 퉁명스럽게 대답한다.

"브레인 서바이벌에서 누가 일등할 것 같아?"

"떡 먹는 용만이 몇 번 돌아? 두 번? 백 번?"

"켄신이 멋져, 사노가 멋져? 둘이 싸우면 누가 이길까?"

어떨 땐 무슨 내용인지 알아들을 수도 없다. 그러니 속이 안 터질 수 없다. 짜증을 내고 나면 미안하고 불쌍하지만 나도 모르게 짜증이 난다. 그럴 때마다 난 엄마에게 혼난다. 그럴 땐 솔직히 두리가 성가시고 밉다.

엄마가 날 때리고 화장실에 가서 우는 것, 나도 다 안다.

엄마는 다른 모든 상황에서 다른 사람한테는 이성적인 것 같은데 이상하게 나에게만은 감정적이다. 화도 잘 내고 소리도 잘 지른다. 엄마가 날 때리고 나면 얼마나 괴로워하는지도 안다. 그러면서 왜 그러는지 모르겠다.

오늘은 솔직히 엄마가 밉다.

하지만 또 속상하기도 하다. 엄마를 울렸으니까. 모르겠다. 어떨 땐 모든 상황이 싫다. 자꾸 이 세상에 나 혼자 남겨진 것 같은 생각이 든다.

난 누굴까? 엄마가 날 사랑한다고 생각하면서도 자꾸 슬픈 생각이 든다. 겁도 난다.

가끔씩 무척 우울해진다.

사춘기라서 그런가? 오늘도 기분이 다운되어서 별말 안 하고 지냈다.

이제 이 학교 친구들과도 친해져서 예전처럼 떠들 수 있게 되었는데 내가 점점 떠들기 싫어진다. 친구들이 나는 떠들고 웃는 게 어울린다고 하지만, 솔직히 말도 안 하고 싶을 때가 요즘 들어 많아졌다.

나도 왜 그런지 모르겠다. 자꾸 슬픈 생각이 들고 엄마에게 아이처럼 어리광을 부리고 싶다. 그런데 엄마에게 그럴 수 없다. 엄마랑 언제 다정하게 이야기를 해 보았는지 모르겠다.

엄마는 우울한 얼굴이었다가 굉장히 기분 좋은 얼굴이었다가 한다. 그래서 더 불안하다. 요즘은 나나 두리를 혼내다가도 갑자기 혼자 방으로 들어가며 "다 귀찮아. 정말 귀찮아, 지겨워"라고 말한다.

그럴 때 나는 온몸에 전기가 흐르는 것 같다.

아, 정말 싫다. 엄마가 그런 말하는 게 제일 무섭다.

이상하게 불안하다. 왜 엄마가 우리를 어디론가 보낼지도 모른다는 생각이 들까?

야, 김하나! 기운 내자. 넌 씩씩하잖아.

밝게 웃으며 지내야 덜 슬프다. 자꾸 슬픈 얼굴을 하면 더 슬퍼지는 거야. 난 나답게 웃으며 지내는 거야.

엄마가 어젯밤부터 내내 자다가 조금 전에야 일어나 늦은 저녁을 드셨다.

어제 일은 생각도 하기 싫다. 할머니랑 엄마가 소리 지르며 싸웠다. 엄마는 정말 미친 사람 같았다.

엄마가 우리를 심하게 혼낼 때 가끔 찢어지는 높은 소리를 내기는 하지만 어제는, 정말 달랐다. 다른 사람 같았다. 저러다가 영영 엄마가 이상한 사람으로 변해 버리면 어쩌지 하는 걱정까지 되었다.

두리와 나에게 죽자는 말까지 했다. 그 말이 그냥 하는 말이 아니라는 것을 엄마의 얼굴을 보고 느낄 수 있었다. 정말 두려웠다.

난 울면서 죽기 싫다고 말했다. 정말 죽기 싫다.

돈이 왜 이렇게 우리를 힘들게 할까? 돈 많은 사람들은 지나치게 많은데 우린 왜 이렇게 울면서 살아야 할까?

엄마가 밉다가도, 짜증 나다가도, 이 세상에 나만 있는 것처럼 외롭고 쓸쓸하다가도 엄마를 보면 좋고 안기고 싶다.

사실은 엄마가 너무 불쌍하다. 내 마음을 몰라주고 어이없이 화를 낼 때 밉고 야속하기도 하지만 난 엄마를 사랑한다.

할머니와 엄마, 그리고 나랑 두리, 이렇게 네 식구 웃으면서 행복하게 살고 싶다. 그러기 위해 내가 할 일이 있다면 다할 것이다. 엄마랑 할머니를 화나게 하는 일을 하지 않도록 해야겠다.

두리에게도 더 잘해야겠다.

이렇게 가족이 함께할 수 있는 것이 최고의 행복이라는 생각이 든다. 다른 것은 이 행복만 간직할 수 있다면 조금씩 헤쳐 나갈 수 있겠지.

힘든 엄마, 이제 나 때문에 속상하거나 울게 하는 일이라도 줄여 드려야지.

음. 내가 이제 철이 드나 보다. 히히, 기특하다, 김하나.

아이는 우주 속에 버려진 느낌으로 살았나 보다. 난 남들은 물론이고 나 자신에게도 사기를 치면서 살았다. 아이들을 위해 사는 것처럼, 아이들을 위해 최선을 다한 것처럼. 그리고 아이들에게 좋은 엄마인 것처럼.

나는 실패작이다.

딸로서도 아내로서도 엄마로서도, 작가로서도.

그리고 나의 나쁜 기운이 생명체가 되어 하나를 죽였다. 죽어야 할 내가 남았고 하나가 죽었다.

이제 내게 살아야 할 이유는 사라졌다. 영원히 이 밤이 이어졌으면 좋겠다.

4

꿈인지 현실인지 모르겠다.

두리의 말소리가 들린다. 웃음소리도 들린다. 마치 누군가와 얘기를 하는 것처럼.

혼자서 곧잘 노는 두리지만 저리 깔깔대며 웃다니.

혼자 내버려 둔 지 너무 오래되었다. 이제 어떻게든 마무리를 지어야 하는데……. 얼핏얼핏 들리는 소리 속에 "누나"라는 두리의 목소리가 들린다. 표현하지 않아도 저 녀석 역시 제 누나가 엄청 그리운 모양이다.

일어나서 두리에게 가 봐야지 싶은데도 눈을 뜰 수가 없다.

아까 아침을 차려 주고 곧장 자리에 누웠다. 말로 표현할 수 없는 기운이 나를 점령하여 놓아 주지를 않는다. 간단히 졸음이라고 하기엔 특별한 기운에 내내 휘둘려 정신을 차릴 수가 없다.

저만치 머리맡에 놓인 가방이 흉물스럽다. 어서 정신 차려서 가방을 챙겨야 하는데 자꾸 잠이 온다. 두리의 비현실적인 웃음소리를 들으며 어디론가 떠내려가는 기분이다. 마치 에스컬레이터를 탄 듯.

"엄마. 엄마."

꼭 하나 목소리 같아 눈을 뜨니 두리가 얼굴이 바싹 갖다 대고 있다.

하나가 살아 있을 때에도 가끔 두 녀석 목소리를 헷갈리곤 했다.

특히 전화 목소리에는 깜빡 속기도 했다.

"으응, 두리야."

잠기운에 몽롱하더니 결국 잠이 들었던 모양이다.

"엄마, 일어나세요."

"그래."

두리 얼굴이 왜 그런지 달라 보인다.

지금 내 머릿속의 생각 때문일까. 두리는 내가 하는 생각을 알고 있을까.

두리를 꼭 안아 본다. 또 뭉클해진다.

"엄마, 밥 드세요."

두리를 가슴에서 떼고 본다. 배가 고픈 모양이다. 그러고 보니 벌써 점심때가 지난 모양이다.

"우리 두리 배고프구나. 엄마가 밥 줄게."

일어서는데 빙, 하고 현기증이 나서 얼른 벽을 짚는다.

"어서 가서 밥 먹어요."

두리가 내 손을 잡아끈다.

거실로 나가 주방 쪽을 보던 난 내 눈을 의심한다.

식탁 위에 밥이 차려져 있다. 밥공기, 김치 그릇, 오이지 그릇, 부추김치 그릇, 아침에 자기가 먹다 남긴 햄이 담긴 접시까지 식탁 위에 놓여져 있다.

"두, 리, 야."

제 숟가락 한번 제 손으로 놓아 본 적 없는 아이다. 그게 자랑이 아니라 그런 것을 하기에 앞서 먼저 해내야 하는 일들이 더 많았다. 다른 애들은 자연스럽게 하는 일조차 연습과 숙달이 필요한 아이였다. 제 손으로 식탁을 챙기는 일보다 책가방을 챙기고 옷을 벗고 양말을 신고 옷을 입고 이런 것부터 손에 익도록 연습해야 했다.

그런데 밥을 차려 놓았다.

밥통은 어떻게 열었을까.

온몸으로 찌릿찌릿, 어떤 움직임이 돈다. 마치 얼어 있던 몸이 풀리듯이.

"두리야, 네가 한 거야?"

"네."

며칠 동안 두리를 제대로 못 본 걸까. 아이가 달라 보인다.

"누나가 엄마 밥 먹게 하래요. 누나가 도와줬어요. 가르쳐 줬어요."

이건 또 무슨 소리인가.

엉뚱한 말을 잘하는 두리지만, 난데없이 제 누나가 도와줬다니.

두리도 내내 제 누나 생각을 하나 보다.

그래, 저 혼자 내버려 둔 게 얼마인가. 혼자 이것저것 하다가 제 누나 생각이 많이 났나 보다. 또 가슴이 먹먹해진다.

"어서 밥 많이 먹어요. 엄마."

무슨 각오를 한 아이처럼 말도 또박또박 한다.

“밥 안 먹으면 힘없어요. 엄마가 그랬어요.”

밥공기에 엉성하게 담겨져 있는 누런 밥을 보니 목이 따가워진다. 누런 밥은 내가 포기하려는 삶이고 그것을 두리가 내 앞에 가져다 놓은 것 같다.

두리가 내 생각을 알고 있는 것일까.

“빨리 먹어요.”

두리의 재촉에 밥 한 숟갈 입 안에 집어넣는다. 도저히 넘어갈 것 같지가 않다. 젓가락으로 김치를 집으려고 보니 젓가락이 짝짝이이다. 그것이 또 왜 이렇게 가슴 시리게 하는지 모르겠다. 나도 가끔 그렇게 챙기기도 하면서 말이다.

“누나를 얘기했어요. 엄마, 누나 보고 싶어요? 사진에게 말하면 누나도 들려요.”

제 누나 목소리가 들린다는 말인가?

아이의 얼굴이 너무 진지하다. 밥을 씹지도 못하겠다.

“사진 가져옵니다.”

두리가 작은방으로 쪼르르 간다.

얼마나 제 누나 생각을 했으면…….

“엄마는 줄게요. 누나하고 얘기해요.”

두리가 액자를 내민다. 하나와 두리가 비둘기들 사이에서 활짝 웃고 있는 사진이다. 작년에 부산에서 찍은 사진.

“누나 많이 보고 싶구나, 우리 두리.”

“네, 누나도 두리가 보고 싶어요. 진짜 왔어요.”

“누나는 죽었어. 두리야, 알지?”

“네.”

“죽은 사람은 이제 우리랑 만날 수도 없고 얘기할 수도 없어.”

“누나도 얘기했어요. 투명인간 K예요. 하늘나라에 살아요. 또 가요.”

두리의 얼굴이 오늘따라 맑갛다. 유달리 얼굴이 하얀 아이.

“누나, 엄마 밥 먹어.”

두리가 사진을 보며 말한다.

마른 입 안에 미숫가루를 털어 넣은 것처럼 목이 멘다.

“나중에 누나랑 얘기할게, 두리야.”

두리에게서 사진을 받아 들어 식탁 한쪽에 둔다.

“엄마.”

“응?”

“술 아니고 밥 많이 먹어요.”

아이의 얼굴이 진지하다.

“술 마시면 아파요. 누나는 말해요. 엄마 아프면 무서워요. 누나처럼 죽을까 봐요.”

손에서 젓가락이 뚝 떨어진다.

누나처럼 죽을까 봐…….

“두리야…….”

"누나처럼 엄마를 없으면 슬퍼요. 두리도 가요."

온몸이 덜컹거린다. 가슴속에 태풍이라도 불어 대는 것 같다.

"나도 어서어서 밥 많이 먹고 자랐어요. 어른이면 엄마 업어 줄 게요. 엄마처럼 두리는 엄마를 업어요."

눈물을 틀어막기라도 하듯 밥을 꾹꾹 먹는다. 시제나 조사가 틀려서 어색한 두리의 말이 더 선명하게 가슴에 새겨진다.

'누나처럼 엄마를 없으면 슬퍼요.'

밥이 제대로 넘어가지 않는다. 억지로 삼켰더니 토할 것만 같다.

얼른 화장실로 달려가 금방 먹었던 것을 다 게워 낸다.

건강 상태가 최악이다. 튼실한 다리와 팔, 보기에도 건강하고 실해 보이는 사람들이 늘 부러웠다. 억세고 거칠어 보여도 좋으니 튼튼했으면 싶었다.

두리가 그 작은 손으로 내 등을 두드린다. 그 손짓이 슬프다가 아프다가 화가 난다.

그만둘 거야. 도저히 안 돼. 이 지경으로 내가 할 수 있겠어? 제발! 이제 그만해도 되잖아. 많이 했어. 욕먹어도 좋아. 이제 그만 살아 줄 거야. 그래, 난 졌어. 욕해. 그만 손들어 줄게.

갑자기 어디서 힘이 나는지 모르겠다.

화가 나는데 그것조차 힘이 된다. 꺼내 놓고도 머뭇거리던 가방을 열고 옷가지를 챙기기 시작한다.

7장

이유

1

귀신이 곡할 노릇이라는 말, 여러 번 쓰는 날이다.

가방에 물건을 챙겨 넣고 돌아서면 다른 곳에 가 있고 한 가지를 찾아서 넣으면 또 하나가 없어지고 한다. 분명 집어넣은 줄 알았던 두리 잠바가 다시 옷장에 걸려 있기도 하고 책이 책상 위에 다시 올려져 있기도 했다.

그럴 때마다 난 놀란다. 내 속의 또 다른 내가 방해하는 것 같아서.

넋이 빠진 사람, 이라는 말이 그냥 나온 말이 아니다. 내 몸이 움직이고는 있지만 그야말로 넋이 나간 상태에서 움직이고 있다. 아니, 두 개의 내가 싸우고 있는 모양이다. 그러니 내가 뭘 어디에 넣었는지 챙겨 놓았는지 모르는 것이고 나도 모르게 다시 꺼내서 원래 자리로 갖다 놓곤 하나 보다.

이러지 말자. 이러지 말자.

몇 번이나 중얼거리며 두 번째 가방의 지퍼를 잠근다.

아무것도 모르는 두리는 기차를 타러 간다고 들떠서 이리저리 뛰어다니고 있다.

두리를 부산에 데리고 갈 것이다. 제 아빠에게 데려다 줄 것이다.

길게 심호흡을 한다.

어제 전남편과 통화했다.

아이를 데리고 가겠다고 했다. 이제 두리를 좀 맡아 달라고 했다. 처음에는 곤란해하던 그는 하나 소식을 듣고 한동안 아무 말도 하지 않았다.

"하나는 이제 없어. 이제 없다고. 난 이제 이 땅에서 살지 않기로 했어. 친구가 있는 외국으로 갈 거야. 두리는…… 함께 갈 수가 없어. 어차피 미성년자라서 친부의 동의가 있어야 해, 알지? 당신이나 내가 어떻게 해도 법적으로 당신이 두리의 보호자더군. 그리고 그 이유가 아니더라도 난 지금 두리를 데려갈 수가 없어. 당신이 맡지 못하겠다면, 두리는 시설에 맡겨야 해."

말을 하는 동안 손가락 끝이 저려 오고 가슴이 또 답답해 왔지만 남의 몸뚱이인 양 그냥 내버려 두었다.

"하나가 없다니…… 무슨 소리야?"

한참 후에야 그가 물었다.

"하나는…… 죽었어."

또 얼마의 시간이 흘렀다. 몇 초였을까. 몇 분이었을까.

"그게 무슨 말이야?"

"들은 대로야. 두리를 맡아 줘."

"……."

"두리를 맡아 줘."

내 목소리에서 절박함을 느꼈을까.

"그래……."

"조금 있다 다시 걸게."

일단 전화를 끊었다. 갑자기 그를 붙들고 울고 싶어졌기 때문이다. 그에게 우리 하나가 죽었다고, 난 결국 이 정도로밖에 못 살았다고 말하며 펑펑 울고 싶어졌기 때문이었다. 그에 대한 원망이나 분노 같은 감정 대신 오랜만에 만난 친정오라버니 앞에서 엎드려 우는 누이 같은 심정이라니, 참으로 난데없지 않은가.

머릿속 회로뿐만 아니라 감정선까지 엉망으로 뒤엉킨 모양이다.

그리고 꽤 시간이 흐른 것 같았다. 그가 먼저 전화를 걸어 왔다.

"만나서 이야기하자. 외국 간다는 건, 무슨 말이야?"

초등학교 동창이 미국 산다는 사실을 그가 알고 있다는 게 다행이었다.

"사실 함께 살고 있는 여자가 있어. 우린 애도 낳지 않기로 했고 나도 애를 절대 데려오지 않는다는 것이 조건 중 하나였지만, 두리

이야기를 했어.”

말로 표현할 수 없는 감정이 나를 할퀴었다. 당연히 두리 아빠 혼자서 두리를 키울 것이라고 생각한 건 아니었다. 그런데 그 감정은 무엇이었을까.

“내가 내려갈게. 내일.”

어떻게 만날까 하고 묻는 그에게 내일 가겠다고 말했다. 가능한 한 빨리 보내고 싶었다. 시간이 지날수록 자신이 없어질 것 같았다. 두리를 보낼 자신이. 두리를 두고 떠날 자신이.

난 두리를 두고 떠날 것이다. 자유를 찾아.

혼란과 갈등 속에서 빨리 해방되고 싶다. 그것이 두리를 위한 길이기도 하다. 두리를 위해서라도 빨리 털어야 한다. 이미 항복한 어미로부터 두리를 해방시켜야 두리가 산다. 남은 생의 길은 몇 걸음만 걸어가도 피를 철철 흘리며 쓰러지게 될 것이고 그럴 때 내가 두리에게 보여 줄 수 있는 모습은 뻔하다.

“엄마, 내 로봇 넣었어요? 내 가방에 없어요.”

두리 목소리에 흘러내렸던 치마를 치켜 올리듯 넋을 추슬렀다.

“로봇?”

“네, 울트라 로봇.”

두리가 제일 좋아하는 미니 로봇들이다. 좀 긴 외출이다 싶으면 꼭 챙겨 가는 로봇. 작년에 부산으로 여행을 갈 때도 가져갔었다. 기차 안에서는 물론 밤에 숙소에서 쉴 때도 가지고 놀았다.

아까 두리가 메고 갈 작은 배낭에 넣었는데……, 아닌가?

내 기억력을 더 이상 자신할 수 없다.

"서랍에 없어?"

마루로 나가면서 묻는다. 마루에 놓인 문갑의 서랍 두 개는 두리의 작은 장난감들의 집이다.

"없어요."

"아까 내가 분명히 넣은 것 같은데……. 가방 한번 다시 보자."

가방 안을 뒤져 봐도 없다. 서랍에서 꺼내서 가방 속에 넣은 것이 실제 있었던 일 같기도 하고 상상 속 일 같기도 하다.

"두리 언제 가지고 놀았어?"

"어제 밤에요."

"잘 갖다 두었어?"

"네."

"그럼 어디로 갔지?"

마루며 작은방, 안방까지 찾아보지만 로봇은 보이지 않는다.

"빨리 가야 하는데……. 기차 안 놓치려면 여유 있게 가야 하는데……."

옷장 문까지 열어 보고 책상 서랍도 열어 보지만 보이지 않는다. 걱정이다. 로봇이 없으면 두리는 움직이지 않으려고 할지 모른다.

기차를 놓치게 되면……. 그러고 싶지 않다. 나는 빨리 시간처럼 흐르고 싶다.

“엄마, 로봇 없어도 돼요. 기차 놓치면 못 가요. 가요.”

뜻밖의 일이다.

내가 설득하기도 전에 두리가 먼저 포기한다.

“그래? 우리 두리 이제 형 다 되었네. 멋져, 씩씩한 우리 아들.”

나는 희미하게 미소 지으며 두리 엉덩이를 두드렸다. 말은 그렇게 했지만 어쩐지 마음이 아프다. 자기가 가는 길이 어떤 길인지도 모르고 얼마나 좋으면 로봇을 다 포기하나 싶어서.

가방 두 개가 모두 무겁다. 현관 쪽으로 옮기고 윗도리를 가지러 방으로 들어서서 눈을 꼭 감는다. 그렇게 눈을 감은 채 잠시 서 있다.

이렇게 떠나는구나.

윗도리를 걸치고 나가니 그 사이 두리는 벌써 신발까지 챙겨 신고 서 있다.

“어, 두리 벌써 신 신었어? 다시 올라와. 오줌 한번 더 누고 가자. 서울역까지도 한참 가야 해.”

“네.”

두리가 씩씩하게 대답을 하고 메고 있던 배낭을 내게 벗어 주고 화장실로 간다.

바보처럼 자꾸 눈물이 핑핑 돈다.

“옷 잘 입었어?”

화장실에서 나온 두리의 옷매무새를 만져 주고 배낭을 메어 준다. 그런데 배낭 입구가 조금 열려 있고 만져지는 아랫부분이 울퉁불퉁, 이상하다. 배낭을 완전히 열고 살펴보니 두리가 찾던 울트라 로봇들이 들어 있다. 아까 분명 배낭도 봤는데 그때는 보이지 않았다. 순간, 온몸으로 전율 같은 것이 느껴진다. 난 바보처럼 주위를 둘러본다. 이곳에 두리와 나말고도 누군가 있는 것처럼.

마음이 너무 허해져서 이상한 생각까지 드나 보다.

"두리야, 로봇이 가방에 있네."

"정말이요?"

"잘됐지? 아까 엄마가 잘못 찾았나 봐. 여기 있었는데."

"누나는 찾아 주었어요."

두리가 환하게 웃는다. 그렇게 웃을 수 있는 두리가 부럽다. 이 생과 다른 생의 구분쯤은 대수롭지 않게 생각하는 두리가 부럽다.

엘리베이터를 타는데 기분이 이상하다. 마치 누군가 뒤에서 잡아당기는 것처럼 몸이 무겁다.

약해지면 안 돼.

얼른 1이라는 숫자를 꾹 누른다. 순간, 청바지 뒷주머니 쪽으로 손을 가져가 본다. 없다. 핸드폰이 없다. 신발장 위에 두고 왔다. 재빠르게 열림 버튼을 누른다.

그런데 신발장 위에 있어야 할 핸드폰이 보이지 않는다.

정말 내가 어떻게 되어 버린 걸까. 이렇게 머릿속이 비워져 있다니……. 아니, 분명 신발장 위에 두었는데……. 아까 두리 화장실

보내느라 배낭을 받으면서 신발장 위에 둔 것 같은데…….

복잡한 머리를 흔들며 집 전화로 핸드폰 번호를 눌러 본다.

안방에서 '라디오를 크게 틀고' 라는 노래가 들린다. 내 핸드폰 벨소리다.

핸드폰은 신기하게도 화장대 서랍 속에 들어 있다.

언제 여기에 넣었지? 아까 루주를 바르고 난 뒤? 아닌데…….

혼란스럽다. 마치 누군가 부산에 가는 것을 막으려고 하는 것 같다. 그 누군가는 나의 잠재의식일까.

차창 밖으로 세상이 달아나고 있다.

두리는 오랜만에 타는 기차가 신기하고 좋은지 기분이 고조되어 있다. 보통 때보다 말도 많이 하면서 이것저것 쫑알거리는 모습이 고스란히 가슴에 얹힌다.

"내가 1학년 때 누나도 6학년이었어요."

창밖을 보던 두리가 말한다.

"누나 함께 갔지요? 비둘기 또 보기로 했는데……."

작년에 제 누나와 함께 기차를 타고 부산에 갔던 기억을 떠올린 모양이다.

그랬다. 그러고 보니 벌써 1년 전이다.

작년 여름방학 때 아이들을 데리고 부산에 갔다. 두리가 제 힘으로 걷기 시작한 이후로, 처음 기차를 타고 떠난 여행이었다.

“엄마, 하늘나라에도 바다는 있어요?”

두리가 진지한 표정으로 차창 밖의 하늘은 본다.

“누나와 수영했는데…….. 누나도 다시 비둘기 보러 가기로 했는데…….”

곁에 있던 사람을 다시 볼 수 없는 상실감을 두리는, 벌써 겪고 있다. 두 번씩이나. 그리고 또 겪어야 한다.

사람 일이란 게 어떻게 보면 참 어이가 없다.

작년만 해도 우리 세 식구, 나름대로 행복했다. 내년에 다시 오자고 바닷가에서 셋이 손가락도 걸었다.

초등학교 1학년이 되어서야 발가락 사이에 백사장 모래를 묻혀 본 두리가 그렇게 소리 내어 많이 웃은 적도 없었다. 바다 속에 들어가 있는 두 아이를 보면서, 아! 나는 참 행복해했다.

파란 하늘과 파란 바다 속, 커다란 튜브에 함께 매달려 있는 아이들을 사각 앵글 속에 담으면서 하늘도 바다도 다 내 가슴에 품은 것 같았다. 가능하면 이제 아이들을 데리고 자연을 찾아 부지런한 발걸음을 해야겠다고 생각했었다. 너무 늦은 결심이었나 보다.

아이 둘 데리고 사는 일이 그리 힘들었을까. 어째서 그렇게 팍팍하게 살았을까. 아이들을 위해 시간을 쪼개 산다고 생각한 내가 실제 아이들에게 필요한 시간을 마련하지 못한 것 같다. 일 하나 덜하고 아이들과 여기저기 여행을 다녔어야 했다.

하지만 그 당시엔 휴가를 챙기지 못하더라도 그렇게 일거리가 있는 것이 다행스럽다는 생각만 했다.

지혜로운 사람이었다면 내게 주어진 시간을 조금은 다르게 활용하지 않았을까.

세상과의 통로를 닫고 사는 애한테 실제 필요한 게 뭔지 한 걸음 떨어져서 생각해 보지 못했다. 세상의 여러 모습과 여러 목소리를 들려줄 수 있는 기회를 가졌어야 했다. 그리고 두리만이 아니었다. 하나에게도 마찬가지였다.

애들에게 진정으로 필요한 게 뭔지 모르고 허겁지겁 돈 버는 데 신경 쓰고 돈으로 뭘 해 줄 생각부터 했다. 그리고서도 결국 돈을 부리는 게 아니라 돈에게 부림을 당해 결과적으로는 이리 엉망이 되고 말았다. 어디서부터 뭐가 잘못된 걸까.

아이들을 잘 키운다고 생각했지만, 잘 키우기 위해 노력했지만, 결국 실패했다. 이제 아무것도 해 줄 수 없다. 그리고 그와 함께 난 살아갈 이유를 잃어 버렸다. 나는 자격 없는 엄마다.

"엄마, 누나 사진도 가지고 오지 않았어요. 가지고 오면 좋았어요. 누나가 말을 안 해요."

양미간을 찌푸리는 두리의 머리를 꼭 안아 준다.

보통의 사람들이 느끼는 대로 느끼지 못하고 표현도 다르게 하는 아이니까 사랑하는 사람의 죽음에 대한 느낌도 차라리 달랐으면 했다. 그래서 덜 슬프고 덜 아프기를 바랐다. 그런데 그렇지 않은 모양이다. 두리가 점점 하나 얘기를 많이 한다. 사진을 보면 누나 목소리가 들린다고까지 한다.

자기만의 세상을 가진 두리는 자기만의 세상에서 제 누나와 이야기를 하는 모양이다. 그 세상에서 나도 우리 하나를 만날 수 있을까.

가슴속에서 물컹물컹하고 뜨거운 것이 목으로 올라온다.

"엄마, 나하고 비둘기 봐 주지요?"

"'엄마, 내게 비둘기 보여줄 거지요?' 라고 해야지. 아니면 '보러 갈 거지요?' 하든지."

"네. 비둘기 보러 갈 거지요? 비둘기 밥 주고 싶어요."

아이들은 유달리 비둘기를 좋아했다. 용두산공원에서 비둘기에게 모이를 주면서 두리와 하나는 자지러지게 좋아했다. 비둘기들이 떼 지어 날아오르면 비명에 가까운 소리를 지르며 깔깔댔고 제 손에 놓아 둔 모이를 먹으려고 비둘기가 날아오면 얼굴이 상기되기까지 했다.

비둘기들과 함께 뛰어다니던 아이들 모습이 영화의 한 장면처럼 눈앞에 펼쳐진다.

"그래, 비둘기 보러 가자. 비둘기 모이 많이 주자."

"두 개? 몇 개? 하나에 오백 원이었어요. 거스름돈을 엄마 드릴까요?"

눈을 반짝이는 두리를 보며, 언제나 약간씩 범위가 빗나가는 대화를 하는 두리를 보며 눈물이 핑 돈다.

유난히 까만 눈을 오래 마주 볼 수가 없다.

그 맑은 눈을 보면 두리 손을 놓을 수가 없을 것 같다.

이렇게 허망하게 무너지려고 그리 애를 쓰고 살아왔을까.

'지 아빠에게 말해 주어야지. 두리가 좀 엉뚱한 말을 하면 말도 안 되는 소리 하지 말라고 나무라지 말고 찬찬히 설명해 주고 받아 주라고.'

마음속으로 다짐을 해 보지만 괜히 요동치는 가슴이 진정되지는 않는다.

두리에 대해 설명해 줄 게 너무 많은데 그럴 수 있을까. 그가 내 설명을 잘 알아듣고 잘 지킬 수 있을까.

2

부산역은 마지막 휴가를 즐기려는 사람들로 북적거린다. 여행의 설렘 혹은 여행의 추억을 품고 스쳐 지나가는 사람들에게서는 자갈치시장의 비린내 같은 삶의 냄새가 난다. 그리고 그들이 내는 소리가 확성기를 댄 듯 크게 내 귀를 때린다.

내게선 무슨 냄새가 날까.

아이아버지를 만나기로 한 롯데리아로 들어간다. 두리는 햄버거, 햄버거 하고 중얼거리면서 좋아한다.

"엄마는 왜 안 드세요?"

두리가 햄버거를 먹다 말고 묻는다. 내 앞에 놓인, 손도 안 댄 치즈버거를 보면서.

"누나 치즈버거 시켰어요. 그죠?"

두리도 기억하고 있다. 하나는 치즈버거를 좋아했다. 두리에게는 불고기버거를, 하나에게는 치즈버거를 사 주고, 나는 녀석들의 것을 한 입씩 베어 먹곤 했다. 하나가 내 입에 햄버거를 넣어 주면기를 쓰고 제 팔을 뻗어 햄버거를 먹여 주던 두리…….

기어코 눈물 한 방울이 뚝 떨어진다. 두리가 못 보게 얼른 훔친다.

"엄마, 하늘나라에서도 먹어요? 햄버거?"

얼른 천장으로 고개를 젖힌다.

"글쎄, 먹을까? 두리 생각은 어때?"

"음…… 이해 부족이에요."

가끔 뜻도 모르는 단어를 아무렇게나 끼우기도 하는 두리. 얼굴에 석고 팩이라도 한 듯한 기분이다.

"하늘나라에도 있으면 좋아요. 누나 햄버거 좋아하니까. 또 피자도. 누나는 피자대장!"

웃느라 두리의 눈이 작아진다.

빨리 가야 한다. 지체하지 말자.

침을 한번 삼키고 두리를 부른다.

"두리야."

“네.”

“우리 아들 대답도 예쁘게 한다.”

“어떻게 예뻐요? 멋지죠.”

어깨를 으쓱하는 두리.

기특한 짓을 해서 “아이고, 예뻐”라고 하면 두리는 꼭 그랬다. 멋지다고 말하라고. 자기는 여자가 아니기 때문이라고 했다. 여자에겐 예쁘다고 말하고 남자한테는 멋지다고 말해야 한다고 생각하는 두리에게 성의 평등을 이야기할 순 없었다. 그저 그렇게라도 제 생각을 말하는 두리가 기특하고 예뻐서 웃곤 했다.

“그래, 우리 아들 멋지다.”

“우리 엄마 예뻐요.”

“두리야.”

“네.”

“아빠…… 오실 건데…….”

두리가 잠시 내 얼굴을 빤히 쳐다본다. 가슴이 쿵쾅, 쿵쾅, 터질 것 같다.

“아빠……, 알지?”

석고팩이 점점 굳어지듯 입을 움직이기가 힘들다.

긴 숨을 쉬고 나서 다시 입을 연다.

“엄마가, 일이 굉장히 많아. 알지?”

“네. ‘꿈으로 산다’ 하지요.”

우리 가족만 알아들을 수 있는 대답이다.

나는 훅하고 숨을 들이쉰다. 눈물이 쏟아질 것 같아서다. 내가 원고를 쓰느라 컴퓨터 앞에 앉아 있으면 두리는 왔다 갔다 하면서 모니터 맨 위에 나타나는 문서 이름을 보고 하루에 몇 번씩 묻곤 했다.

"'전쟁과 평화' 했어요?"

다른 이름이 그 자리를 차지할 때까지 매일 그 질문은 반복되었다. 새 작업이 시작되어 그 문서 이름이 바뀌면 새 이름으로 물었다.

"엄마 일해야 하니까 마루에서 놀아"라고 말하면 "네, '협상하는 시간' 해요?"라며 마루로 나가는 두리, 우리 가족이 아닌 사람들은 알아들을 수 없는 말이었다. 그리고 오가며 슬쩍슬쩍 엉뚱한 글자를 쳐 놓기도 해서 모니터를 보면서 가끔 웃게 만드는 우리 아들.

"그것 말고도 많아. 그리고 멀리 가야 할 일도 많아."

"엄마는 일해야 해요."

"그래, 맞아. 그런데 할머니 안 계신 것 알지?"

두리가 이제는 대답 없이 나를 보기만 한다.

"그래서 말인데, 당분간 두리가 아빠랑 있었으면 좋겠어. 그래서 부산 온 거야. 아빠가 여기 있으니까."

나는 두리 눈을 더 이상 마주 보지 못하고 놓인 햄버거를 베어 문다.

두리는 아무 말이 없고 난 고문처럼 햄버거를 먹는다.

"엄마도 가고 두리가 있어요?"

한참 후에 두리가 묻는다. 나는 고개만 끄덕이며 우적우적, 햄버거를 계속 먹는다.

"엄마가 일하면 어깨랑 등 아프잖아요. 내가 두드려 주면 시원한대요."

두리 목소리가 흔들린다고 느끼는 것은 순전히 내 기분 탓일까. 가슴 한복판에 햄버거가 걸린 기분이다. 얼른 콜라를 마신다.

"몇 밤 자요?"

두리 상체가 이제 조금 내 쪽으로 기울어짐을 느낀다. 하지만 나는 얼마 남지 않은 햄버거만 먹는다. 대답할 수가 없다.

"토요일에 와요?"

가슴을 손으로 탁탁, 쳐 보지만 소용없다. 콜라를 하나 더 시켜야겠다.

"토요일에 와요? 토요일에 옵니다."

"콜라 다 마셨네."

"토요일에 오죠?"

두리는 대답할 때까지 물을 것이다.

"그래."

결국 한 줄기 눈물이 흘러내리고 만다.

여자랑 함께 나올 줄은 몰랐다.

아이아버지랑 젊은 여자가 롯데리아로 들어서는 것을 보면서 나는 잠시 머뭇거린다. 손을 들 수도 없고 부를 수도 없다. 그가 우리를 발견하고 천천히 다가오고 여자가 뒤따른다.

나는 자리에서 일어나 두리 옆으로 옮겨 앉는다.

그는 좀 더 까매졌고 늙었다. 살은 찌지 않은 것 같다. 오히려 좀 더 마른 것 같다.

"두리야."

그가 부르자 두리는 "네"라고 대답한다. 그러면서 내 쪽으로 몸을 당겨 앉는 것이 느껴진다.

"오랜만이야."

그가 나를 본다.

"응."

"함께 있는 사람이야."

여자를 소개한다. 그러지 않았으면 했는데 말이다. 여자의 얼굴을 보고 나도 모르게 두리의 손을 꼭 잡는다. 그대로 두리의 손을 잡고 일어서서 나가고 싶다. 여자의 얼굴이 너무 차갑다. 단지 웃지 않고 어색한 표정을 짓고 있어서가 아니라 차가운 느낌이 드는 여자다.

"두리에 대해 몇 가지 적어 둔 게 있어."

그런 내 기분을 몰아내기라도 하듯 얼른 노트를 꺼내 그에게 내민다.

자폐아에 대한 개괄적인 이론들, 그리고 두리의 특징, 지금까지

받은 프로그램, 현재 상태, 주의해야 할 행동이나 말, 그리고 좋아
하는 음식 싫어하는 음식, 좋아하는 행동 싫어하는 행동, 싫어하
는 곳 등등을 적은 노트다.

"물론 이것 가지고 다되는 건 아니겠지. 살아가면서 그때그때
필요한 건 따로 있을 테니까. 그리고 도움 받을 만한 사이트 주소
도 적어 두었어."

"하나는……."

"미안하지만, 오늘은 긴 얘기를 할 수가 없어. 하나 얘기는 더구
나 하고 싶지 않아."

"언제 그런 거야?"

그의 목소리도 잠겨 있다.

그래, 아무리 그래도 자식이 죽었다는데 마음이 찢어지지 않을
리 없다. 오늘은 그에게 분노를 느끼지 않고 대하기로 하자. 지금
이 순간만큼은 그를 용서하자. 자식을 잃은 아비로 앉아 있는 순간
이니까.

"솔직히 우리가 이 자리에서 해야 할 이야기는 별로 없는 것 같
아. 하나는 특히 그렇고……. 두리도, 두리에 대한 것도 말이 필요
없을 것 같아서……. 내가 아무리 얘기해도 이제 두리는 ……."

잠시 호칭 때문에 망설인다.

"이제 두리는…… 두리 아빠가 봐야 하니까……."

여자가 얼굴을 돌리는 게 보인다.

가슴이 한구석이 허전해진다.

하지만 여자에게 내가 할 말은 없다. 아니, 할 말이 없는 게 아니라 소용이 없을 것이다. 내가 무슨 말을 하든 두리에게 어떻게 할지는 여자의 마음이다. 성격도 모르는데 자극이 될지도 모르는 말은 차라리 안 하는 게 나을 것이다. 난 두리 아빠에게 아이를 맡기러 온 것이고 그 다음 문제는 두 사람이 알아서 하겠지.

마음속으로 어서 일어나자고 나 자신에게 몇 번씩 말한다.

"두리에게 약속한 게 있어. 비둘기 보러 가기로. 나랑 가기로 했는데 내가 바로 돌아가는 기차를 타야 하기 때문에 아빠랑 가라고 했어. 부탁인데, 꼭 가 줘. 지금 가면 좋을 것 같아."

일부러 두리랑 비둘기를 보러 가지 않았다. 아빠랑 공원에 가서 비둘기를 보게 되면 빨리 가까워지지 않을까 싶어서.

"두리야, 엄마 갈게."

두리가 고개를 끄덕인다. 그리고 말간 얼굴로 나를 본다.

"아빠 말씀 말 잘 듣고 일찍 자고…… 밥 많이 먹고……."

무슨 말을 하는지 모르겠다. 아니, 내가 말을 하는지 다른 사람이 말을 하는지조차 알 수가 없다.

생각보다 너무 쉽다. 그래서 더 불안하고 당장이라도 폭발해 버릴 것 같다. 두리가 울며 떼를 쓸지도 모른다고 생각했다. 그리고 내가 자리에서 일어서면 저도 따라나설지 모른다고 생각했다.

그런데 두리는 순순히 고개를 끄덕이며 빤히 나를 쳐다볼 뿐이다.

나는 자리에서 분연히 일어난다.

"엄마."

두리가 날 부른다. 평소랑 거의 비슷한 말투로. 그리고 그 까만 눈으로, 그 맑은 눈으로 나를 본다. 나를 믿는다는 그 눈을 나는 차마 마주 볼 수가 없다.

두리는 지금 벌어지고 있는 일이 무엇인지 알지 못하기 때문에 담담하게 받아들이는 것이다. 며칠 후면 다시 만난다고 생각하기 때문에 쉽게 떨어지는 것이다. 아! 그런 것이다.

"엄마, 토요일에 오지요?"

아무 말도 못하고 두리를 보기만 한다.

"약속했어요. 엄마가 약속을 잘 지켜요."

더 이상 있을 수가 없다.

"부탁해."

목소리가 제대로 나왔는지 모르겠다. 두어 걸음 옮겨 자리를 빠져나오는데 두리가 또 부른다.

"엄마."

"응."

애써 두리를 돌아본다.

"밤까지 하면 등 많이 아프지요? 그런데 두리가 없어서 못 두드려요. 컴퓨터 오래 하면 허리랑 등 아파요. 두리가 없어서 아프겠어요. 그러니까 밤에는 자요."

무릎이 꺾이면서 그 자리에 털썩 주저앉는다.

그와 여자가 자리에서 부산하게 일어난다. 그 두 사람 중 한 사람이라도 내게 손을 뻗칠까 봐 얼른 일어선다.

"용두산공원에 꼭 들렀다 가."

그 말만 하고 두리를 쳐다보지도 않고 그곳을 빠져나온다.

환청처럼 아이가 날 부르는 소리가 들리고 아이의 울음소리가 들린다. 하지만 아무 일도 일어나지 않는다.

어쩌면 두리는 내가 걱정했던 것과 달리 잘 적응하고 지낼지 모른다. 우리의 생각과 다른 부분이 많은 아이니까.

그래, 그래야지. 적응하고 살아야지. 아이아버지한테 보낸 건데, 아이아버지한테……

혼잣소리를 중얼대면서 역 광장으로 간다.

자꾸 누가 내 옷자락을 잡아당기는 것 같다. 그래서인지 걸음걸이가 자꾸 휘청거린다. 마치 술을 마신 뒤처럼 똑바로 걸어지지가 않는다. 실제로 누군가 뒤에서 내 옷을 잡아당기는 것 같아 자꾸 손을 휘이휘이 내저으면서 걸어간다.

3

몇 시나 되었을까.

비가 온다. 쭈그리고 앉아 헤드라이트 사이로 떨어지는 빗물을 본다. 간단할 것 같다. 저 속으로 몇 걸음만 걸어가면 된다.

어제 부산에서 어떻게 기차를 탔으며, 어떻게 서울역까지 왔는지 모르겠다. 4시간이면 짧은 시간이 아닌데 그동안 무슨 생각을 했는지, 내가 그 시간을 지나오기는 했는지 모르겠다. 그저 머릿속이 텅 비어 버린 것 같다.

집에 도착하자마자 이것저것 정리를 했다. 뭐라고 표현해야 할까. 몸속에서 이상한 기운이 치솟아 조금도 피곤하지 않았다. 하루 동안에 8시간 넘게 기차를 타고 차를 탄 시간만 해도 2시간 정도인데 집으로 돌아와 새벽이 될 때까지 옷장 정리도 하고 버릴 것도 버렸다.

그러고는 나도 모르게 쓰러져 잠이 들었고 거짓말처럼 오늘 하루 종일 잤다. 눈을 떴을 때는 다시 어스름이 내리기 시작한 시각이었다. 그렇게 이 세상을 확인하는 순간 왼쪽 가슴이 조여 오며 아팠다. 그 아픔을 느끼는 것이, 다시 깨어났음을 실감하는 것이 크나큰 절망이었다. 깨어나지 않을 어떤 행위를 한 것도 아니면서 다시 깨어났다는 것이 절망이었다.

서둘러 술을 마셨다. 빈속으로 침투하는 술은 아주 빠르게 스며들었다. 온몸과 온 마음이 금방 알코올에 젖어 들었다.

술병이 제 속을 드러냈을 때 나는 밖으로 나왔다.

이제 하나가 아니라 두리를 잊어야 하는 시간이다.

이 세상에서 함께하면서 두리에게 필요한 엄마가 되지 못할 바에야, 두리에게 제대로 살아갈 수 있는 힘을 주지 못할 바에야 두리에게 새로운 기회를 주는 편이 낫다. 하나처럼 혼자 생각으로 실패할 순 없다.

헤드라이트 불빛이 마치 생명체처럼 꿈틀거린다.

빗속의 헤드라이트 불빛은 묘한 느낌으로 나를 잡아끈다. 저 속으로 걸어 들어가기만 하면 된다. 산업도로라선지 유달리 트럭들이 많이 다니는 길, 낮에도 차들이 빠른 속도로 달리는 곳, 지금은 더하다.

어머니…….

죄송해요. 어머니 생각은 하지 않을래요. 말씀처럼 더 못한 꼴 보여 드리는 것보다 나을 것 같아요. 정말로 자신이 없거든요. 다행이에요. 어머니에게 믿음이 있어서. 그 속에서 이 생의 헛된 인연들은 잊고 마음의 평화를 찾으세요.

두리는 부르지 않을 것이다.

두리는 부르면 안 된다.

끊임없이 지나가는 차들처럼 어떤 식으로든 인연을 맺었던 사람들이 거짓말처럼 떠오른다. 불현듯 못 견디게 보고 싶은 사람도 그 속에는 있다.

멀미를 하듯 속이 울렁거려 토할 것 같다.

나를 버리려는 순간에 이곳에서의 사람들을 생각한들 무엇 하겠는가.

가당찮을지 몰라도 소망이 있다.

하나를 볼 수 있을까. 이 육신을 버리면 하나를 다시 볼 수 있을까.

자리에서 벌떡 일어난다.

한 걸음 한 걸음 차도 쪽으로 간다. 시선을 멀리 둔 채. 보지 않아도 왼쪽에서 달려오는 차들이 느껴진다. 심장이 터져 버릴 듯 세차게 뛴다.

오른발을 막 차도로 내디디려는데 클랙슨 소리와 엄청난 굉음을 내며 차 한 대가 스쳐 지나간다. 나도 모르게 놀라 몸을 뒤로 움찔했는데 가슴이 더욱 뛴다.

심호흡을 길게 한다.

올려다본 하늘엔 북극성이 유달리 밝다. 찰나로 고개를 왼쪽으로 돌리니 괴물의 눈처럼 불빛을 뿜으며 트럭 한 대가 달려오고 있다. 숨을 멈추고 막, 발을 차도로 내디디려고 하는 순간, '엄마!' 하고 소리치는 하나의 목소리가 들린다.

나도 모르게 발을 거두는 순간 몸이 중심을 잃고 뒤로 엉덩방아를 찧는다. 차가 쌩 하니 앞을 지나간다. 얼른 일어나 두리번거린다.

분명 하나의 목소리였다.

"엄마!"

또 들린다.

"하나야. 하나야!"

나도 모르게 소리치며 하나를 부른다.

그리고 서서히 주저앉는다. 마치 강력한 중력이 나를 끓어앉히듯이.

주저앉은 채 달리는 차들을 본다. 갑자기 소름이 확 끼친다. 소변이 금방이라도 나올 것만 같고 몸이 부르르 떨린다.

잠시 후 등 뒤로 따뜻한 기운이 느껴진다. 마치 담요로 감싸지는 것처럼. 너무 그리웠던 것이 나를 감싸듯 해 따뜻하다.

시간이 흐르고 있을까.

굉음을 내며 달리는 차들을 보며 생각한다.

만약 죽지 못하고 불구가 되어 버린다면…….

나는 자리에서 일어나 귀신처럼 걷는다. 달리는 불빛들을 두고 내가 머물었던 껍데기를 향해 귀신처럼 걸어간다.

“엄마.”

“엄마!”

하나의 목소리다.

분명 하나의 목소리다.

눈을 뜨니 정말 하나의 모습이 눈에 들어온다.

“하…… 나…… 야.”

너무 놀라 얼른 일어날 수도 없다.

“엄마, 나야. 하나. 엄마 딸 하나.”

“그래, 하나구나. 우리 하나구나.”

손을 천천히 하나에게 갖다 댄다. 손을 통해 하나가 느껴진다. 떨리는 몸으로 나는 하나를 껴안는다.

이건…… 꿈일까……, 아니면 내가 죽었을까.

죽을 결심을 하고 거리로 나갔던 날, 차들이 나를 쫓아오듯 굉음을 내는 거리에서 다시 집으로 돌아왔다. 그리고 며칠 동안 나는 시체처럼 지냈다. 식물처럼 인간도 그 자리에서 말라 버릴 수 있다면 좋을 텐데 그렇게 되지 않았다.

어제 저녁, 술을 마시고 준비한 약병을 꺼내 들었다. 그 약병 속엔 몇 년 전부터 모아 놓은 약들과 몇 달 전부터 모은 약들이 뒤섞여 있었다.

막 약을 손바닥에 부으려는 순간이었다. 또 '엄마!' 하는 하나 목소리가 들렸고 그 바람에 약병을 놓치고 말았다. 약병이 떨어지면서 온 방 안으로 약이 굴렀다. 손아귀에서도 몸에서도 힘이 빠져나갔다. 흩어진 약들을 하나씩 줍는데 목에서 피 냄새가 났다. 한 손으로 한 쪽 귀를 틀어막은 채 약을 주웠다.

겨우 다 주워 손바닥에 한 움큼 올려놓고 한 손으로는 컵을 들었다. 그리고 털어 넣으려는데 갑자기 손이 심하게 떨리면서 이번에는 물이 쏟아졌다.

정지된 영상처럼 그 자세로 잠시 그냥 있었다.

그리고 거짓말처럼 울음이 터져 나왔다.

엉엉.

아이 같은 울음이 터져 나왔다.

아이가 부모에게 야단맞으며 방을 치우듯 그렇게 울며 약들을 또 주웠다. 몇 개는 입 안에 집어넣으며 주워 모았다. 덜 주웠지만 손 안에 모인 만큼 집어넣으려고 고개를 젖히는데 또다시 손이 사시나무 떨리듯 떨리면서 엉뚱한 곳으로 약들이 떨어져 내렸다. 얼굴로 목으로……

울음소리마저 잠기고 손은 미친 듯이 떨리고 온몸도 진동계 바늘처럼 떨렸다.

말로 표현할 수 없는 심정이었다. 기가 막혔다.

더 이상 약을 주워 들 힘도 못 내고 퍼질러 앉아 짐승처럼 흐느끼듯 울었다.

난 거짓으로 결심을 했던가. 애까지 떼 놓고 왔는데……. 내 잠재의식이 약을 집어 삼키지 못하게 하는가?

울다가 술을 더 마시고 잠을 잤다. 약으로 안 된다면, 아무것도 먹지 않고 술만 마시다 죽으리라……, 그런 생각으로.

며칠을 잤을까, 아니면 하루도 되지 않았을까.

그런데 누군가 부르는 소리에 눈을 떴고, 하나가 보인 것이다.

침을 못 삼킬 만큼 목이 아픈 걸 보니, 난 살아 있는 것이 분명하다.

이토록 생생한 꿈을 꾸다니…….

하나가 내 앞에 앉아 있다. 하나의 눈이 너무 슬프고 간절한 빛이라 가슴이 쓱쓱 베이면서 붉은 피가 뚝뚝 떨어지는 것 같았다.

“엄마, 이런 생각하지 마. 이러지 마. 어서 두리에게 가.”

정말 현실처럼 생생하다.

“두리가 많이 아파. 그곳에서 두리 더 못 있어. 두리는 더 나빠질 거야. 벌써 안 좋아졌어. 말도 안 해.”

심장 박동이 빨라진다. 정지되어 있었던 기계가 돌 듯 온몸이 저릿저릿해진다.

“그리고 지금 많이 아파. 열도 굉장히 나고.”

“아파? 어디가?”

하지만 내 질문은 밖으로 소리 내어 나오지 않는다.

“어서 가서 두리 데리고 와, 응? 두리 데리고 와서 엄마랑 살아!”

도대체 말이 안 나온다. 말을 하고 싶은데 소리가 안 나온다.

“엄마.”

하나가 내 손을 꼭 힘주어 잡는다.

딱 한 번만이라도 더 보았으면, 딱 한 번만이라도 더 만져 보았으면 싶었는데 이렇게 하나가 생생하게 느껴지다니…….

“나, 조금 빨리 갔다고, 먼저 가서 엄마 기다리는 거라고 생각해. 정말로 영혼이 있어. 영혼이 가는 그곳에서 엄마 기다리고 있는 거야. 그런데 엄마, 엄마 알아? 지금 엄마가 하려는 일이 얼마나 불행한 일인지?”

하나의 손을 쓰다듬고 또 쓰다듬는다. 꿈이라면 영원히 깨지 않기를 간절히 바라면서.

"엄마! 내 말 좀 들어 봐. 스스로 목숨을 끊는 사람들은 내가 있는 곳에 못 와. 알겠어, 무슨 말인지? 나, 엄마랑 두리 다시 볼 날만 기다리잖아. 엄마가 이렇게 죽으면 다시 볼 수가 없다고. 나랑 십삼 년밖에 못 살았잖아."

하나 얼굴 위로 한 줄기 눈물이 흐른다.

"나, 엄마랑 다시 살고 싶어. 다시 만나서 오래오래 살고 싶어. 너무 억울해. 엄마를 다시 못 보면……."

13년밖에 못 살았다는 그 말이 불에 달구어진 대못이 되어 가슴 한가운데에 정확히 박힌다.

"나를 위해서 두리를 위해서 살아. 이렇게 비겁하게 손놓아 버리지 말고. 이건 두리만이 아니라 내게도 나쁜 짓이야. 두리 목숨에 내 목숨이 보태진 걸 엄마는 몰라?"

두리 목숨에 보태진 하나 목숨…….

"엄마는 할 수 있어. 그리고 엄마, 나 때문에 너무 마음 아파하지 마. 나 엄마 때문에 일찍 죽은 게 아니야. 엄마도 알잖아. 사람의 목숨은 사람의 힘으로 어쩔 수 없는걸."

내 얼굴 위로도 줄줄, 눈물이 쏟아져 내린다.

"엄마, 엄마 마음속에 날 묻지 마 . 난 두리 속에 있을게. 그러니 두리와 내가 하나가 된 거야, 응? 엄마, 알지? 내가 엄마 사랑하는 걸."

소리가 입 속에서만 맴돈다. 하나를 봐야 하는데 눈앞이 자꾸 흐려진다.

“두리가 엄마를 얼마나 찾는지 모르겠어? 엄마만 기다려. 아무것도 하지 않고. 두리 많이 안 좋아졌어. 말도 못하고, 오줌도 못 가리고…….”

그래, 두리……. 우리 두리…… 얼마나 아프고 힘들까.

“엄마, 제발! 두리 잘못되면 어떡해? 응? 두리 잘못되면 어쩌냐고?”

나는 벌떡 일어선다.

자식을 두 번 죽일 생각을 했다. 잠시나마…….

하나가 살아 있었을 땐 두리 때문에 하나를 못 보았는데 이제 하나 때문에 두리를 못 볼 뻔했다.

할 수 있는 순간까지, 내 목숨이 붙어 있는 순간까지 새끼를 품어야지.

옷장 문을 여는 순간, 핑 돈다. 방 안이 심한 파도가 치는 바다에 떠 있는 배 같다. 스르르, 주저앉는다.

어서 움직여야 하는데…….

이 세상과의 끈인 듯 이불잇을 꼭, 잡아 보지만 정신은 희미해져 간다.

차가운 기운이 느껴져 눈을 뜬다.

하나…… 야.

벌떡 일어나 앉는다.

하나가 있었는데…….

방 안을 둘러보아도 어디에도 하나의 흔적은 없다. 하나의 손을
잡았던 느낌은 선명히 남아 있는데…… 이처럼 생생한 꿈이라니.

"두리 잘못되면 어떡해?"

하나의 목소리가 다시 들리는 것 같다.

'두리야…….'

그때 핸드폰이 울린다.

"여보세요."

"나야."

두리 아빠다. 가슴이 철렁 내려앉는다.

"왜? 무슨 일이야? 두리 아프지? 두리 많이 아파?"

"그래. 두리가 많이 아파."

그의 목소리가 어둠처럼 무겁다.

"몇 번이나 전화하려고 했어. 오해할까 봐 망설였어. 내가 못 맡
겠다는 게 아니고 두리가 안 되겠다. 두리, 말도 안 하고, 먹지도
않고. 이틀 동안은 먹기는 하더니 이제는 문만 보고 시계만 본다.
몇 시냐고 묻는 게 전부야. 게다가 밤뿐만 아니라 낮에도 옷 입은
채로 볼일을 보나 봐."

차가워 보였던 여자의 얼굴이 떠오른다.

두리가 어떻게 견디고 있을까.

갈 테니 오늘만 잘 부탁한다고 말하고 전화를 끊는다. 몸을 움직일 때마다 식은땀이 나고 금방이라도 폭싹 주저앉을 것 같지만, 결심한 이상 지체할 순 없다.

4

두리의 가느다란 팔에 꽂힌 링거 호스가 유달리 굵어 보인다.

두리 팔에 꽂혀 있는 주사 바늘이 내게는 온몸에 꽂혀 있는 느낌이다.

아까 두리를 만나자마자 병원부터 온 것이다.

아이아버지의 차로 옮겨지는 두리는 불덩이였다.

"애가 이 지경인데 병원에 갔어야지."

말투가 좋게 나올 리 없었다. 아이아버지보다 여자가 먼저 내 말을 받았다.

"병원에 갈 수가 있어야 가죠. 차를 타고 있을 때까지는 괜찮다가 병원 앞에만 가면 울어 대니, 도저히 진찰을 받을 수가 없었어요."

처음으로 듣는 여자 목소리는 안내 방송을 하는 여자의 것 같았다.

"늘 그렇게 우나요? 애가 죽어 버리는 줄 알았어요."

조수석에 앉은 여자의 표정은 보이지 않지만 짐작할 수는 있었다.

더 이상 아무 말도 하지 않고 품속의 두리를 더 힘껏 껴안았다.

그리고 도착한 병원, 아이의 증세는 탈수 현상이라고 했다.

아아, 내가 도대체 무슨 짓을 하려고 한 건가.

두리는 나를 보고도 눈을 제대로 뜨지 못한다.

이마를 만지니 열이 심하다.

설마……

가슴이 펄떡펄떡 요동을 친다.

두리야, 나약하고 이기적이고 바보 같은 엄마를 용서해 주렴.

아이의 손을 잡고 침대에 얼굴을 묻는다.

하나 때의 악몽이 되살아난다.

두리는 비둘기를 보고 좋아하지도, 뛰어다니지도 않았다고 했
다. 부산에 데려다 준 날, 아이아버지는 약속대로 두리를 데리고
용두산공원에 갔지만 아이는 전혀 즐거워하지 않았고 엄마와 누
나와 함께 왔었다는 말만 몇 번 되풀이했다고 했다.

"그때 생각했어. 두리와 함께 지낼 수 있을까, 두리가 여기서 지
낼 수 있을까 하고."

그는 독백처럼 그 말을 하고 긴 한숨을 내쉬었다.

그 말을 듣는 나도 가슴 저 깊은 곳에서부터 긴 숨이 터져 나왔다.

"어깨 잡는 것을 정말 싫어하더군. 이 사람이 어깨를 잡고 야단
을 좀 치다가 놀란 모양이야."

"기절하는 줄 알았어요. 그리고 무슨 애가 고집이 그리 세죠?"

두리는 당황하거나 기분이 좋지 않을 때, 어깨를 잡고 야단을 치면 패닉을 일으킨다. 아이에게 어떻게 했을지 그림이 그려진다. 동시에 생살을 불에 덴 듯 아프다.

두리 때문에 두 사람이 싸우기도 많이 한 모양이었고, 두 사람 다 나가면 두리 혼자 집에 남겨진 모양이었다.

"초등학교 2학년짜리가 오줌을 못 가릴 거라고는 생각도 못했어요. 너무 하신 게 아니에요? 그런 아이를 무책임하게 떠맡기다니."

"그만해."

두 사람이 앞에서 토닥거리는 소리를 들으며 난 두리를 더 세게 안고 또 안았다.

아아, 아무 생각도 하지 않고 보내 버렸다. 생의 끈을 놓아 버렸기 때문에, 항복해 버렸기 때문에 이곳에서 일어날 일들에 대해 생각할 필요가 없다고 생각했었다. 그리고 그럴 수 있었던 것은 두리를 맡게 될 사람이 그래도 아이아버지였기 때문이었다.

그래, 그에게 무책임하다고 말할 자격도 없다.

"엄마."

"두리야!"

두리가 나를 보고 있다. 아이가 정신이 든 것이다. 얼마나 고마운지…….

딸아이는 말 한마디 못하고 보냈는데, 사람의 언어로 서로 말할 수 있다는 것이 이토록 고마운 것이구나.

"엄마, 며칠이에요? 몇 시예요?"

대답을 할 수 없다. 목으로 울음을 삼켜 넣느라.

"엄마가 약속 안 지켰어요. 그래도 두리는 봐줄게요. 엄마가 세 번 봐주니까요."

그 짧은 몇 마디도 힘든 모양이다. 다시 눈을 감는다.

그 정도의 말도 힘들 만큼 아이의 체력이 약해져 있다.

아무 말도 못하고 아이의 손을 힘껏 잡을 뿐이다. 눈물이 그치지 않고 쏟아진다. 어디에 눈물이 남아 있었을까.

"엄마 울어요?"

우는 기척을 느꼈는지 두리가 다시 눈을 뜬다.

"울면 친구들이 더 놀리는데요? 엄마가 말했고요. 울지 마세요. 이제 안 아파요. 엄마 보니까 나았어요."

"으응. 그래, 맞아. 울면 바보 같아. 엄마 안 울어."

"엄마 오니까 잘래요. 엄마 못 볼까 봐 안 잤어요."

두리 눈이 저절로 자꾸 감긴다.

"그래, 어서 자. 엄마 안 가. 안 가고 두리 옆에 있을게. 두리 이거 다 맞고 열 내리면 우리 집에 가자. 엄마랑 우리 집에 가자."

두리가 다시 나를 본다.

"할머니도 갔어요?"

할머니도 가냐는 말이다.

“엄마도 할머니 보고 싶지요?”

눈물이 또르르 굴러 내린다.

그래, 할머니도 오시게 하자. 두리야, 우리 다시 살자. 그래, 화내지도 말고 항복하지도 말자.

두리의 가슴을 가만히 토닥거린다.

하나 말대로 그 애 목숨으로 살린 두리다. 두리 목숨은 두 아이의 목숨이다.

“엄마하고 십삼 년밖에 못 살아서 속상해. 엄마랑 다시 살고 싶어. 그런데 엄마 알아? 엄마가 스스로 죽어 버리면 다시는 나랑 못 만나.”

하나 목소리가 또 생생히 들려온다.

꿈이었을까. 어찌 그리 생생할까. 하나가 아직도 못 떠나고 떠돌고 있나 보다. 이제 하나도 보내 줘야지. 여기서 못 누린 것 맘껏 누리면서 평화롭고 기쁘게 지내게 해야지.

갑자기 몸이 따뜻해져 온다.

종종 마치 누군가 나를 껴안는 느낌이 든다. 어쩌면, 나를 지켜 주는 천사가 있는지 모른다는 생각이 불현듯 든다. 그리고 그 천사는 바로 다름 아닌 내 딸 하나일지 모른다는 생각을 하며 미소 짓는다.

문득 손바닥에 이상한 느낌이 전해 온다.

손바닥이 간질간질하다. 가만히 눈을 감는다. 꼭 내 손바닥 위에 세모가 그려지는 것 같다. 천천히 삼각형이 그려지고 있는 것이 느껴진다.

사랑해, 엄마.

우리 하나가 그렇게 말하고 있는 것 같다.

나는 마치 하나의 손을 잡듯 왼손을 살짝 오므리고 오른손 둘째 손가락으로 그 옆에다 천천히 네모를 그린다. 그리고 동그라미, 세모를 차례로 그린다.

작가의 말

오랜 꿈을 꾸고 있었다.

어쩌면 우리 생이 꿈일지도 모르는데……. 그렇다면 꿈속에서 꿈을 꾸고 있었나. 꿈속의 꿈은 전생이라고도 하던데……. 중얼거리며…….

그래도 나는 '꿈을 꾸고 있었다' 라고 쓴다.

이런 말을 한 적이 있다.

반찬이 아니라 맛있는 밥 같은 소설을 쓰고 싶다고, 지하 단칸방에 사는 아저씨도, 고층 아파트에 사는 아주머니도 읽을 수 있는 소설을 쓰고 싶다고.

화려하거나 대단한 외침은 아닐지라도 사람 냄새 나는 소설을 쓰고 싶었다. 지치고 힘든 가슴을 거짓말처럼 따뜻하게 데우는 오래된 사진 같은, 정겨운 이의 격려 한마디 같은, 어두운 길을 밝혀 주는 초라한 골목길의 외등 같은, 엄지손가락을 꽉 쥐는 아기 손 같은……. 그런 소설을 쓰고 싶었다.

그런데 참 오랫동안 어떤 소설도 쓰지 못했다. 그래서 서둘렀다. 참으로 성에 안 차는 놈이지만 얼른 내 속에서 내보내자, 서둘렀다. 그러지 않으면 내내 '싫어' 하다가 말 것 같아서.

글을 쓰면서 고백하자면, 울었다.

내가 가여워 울고, 모델을 삼은 실제 인물들이 가여워 울고……. 내가 힘든 사람들에게 오히려 더 아픔만 주면 어쩌나 싶어 가슴 졸였다.

어쩌면 당분간은 우리가 살아가는 이 시대의 아픔을 쓸 수밖에 없을지도 모른다. 그 속엔 내가 있고 내 친구가 있고 내 후배가 있고 내 이웃이 있을지도 모른다.

하지만 그것을 쓰는 까닭은 아픔을 치유하기 위해서다. 더 오래 아프지 않기 위해서다. 아픔을 이겨 낼 희망을 갖기 위해서다.

겨울에 나와서 다행이라는 생각이 든다. 봄이 올 거라는 말을 할 수 있어서.

2004년 12월
이채원

이 유

초판 1쇄 인쇄일 ㅣ 2004년 12월 9일
초판 1쇄 발행일 ㅣ 2004년 12월 15일

....

지은이 ㅣ 이채원
펴낸이 ㅣ 이숙경

....

펴낸곳	이가서
주소	서울시 마포구 서교동 330-1 2F
전화 · 팩스	02-336-3502~3 02-336-3009
이메일	leegaseo@naver.com
등록번호	제10-2539호

ISBN   89-5864-051-0   03810

가격은 뒤표지에 있습니다.
저자와 협의하여 인지는 생략합니다.